Karl D.A. Röder

Besserungsstrafe und Besserungsstrafanstalten als Rechtsforderung

SALZWASSER VERLAG

Karl D.A. Röder

Besserungsstrafe und Besserungsstrafanstalten als Rechtsforderung

Unveränderter Nachdruck der Originalausgabe von 1864.

1. Auflage 2022 | ISBN: 978-3-75259-623-6

Verlag: Salzwasser Verlag GmbH, Zeilweg 44, 60439 Frankfurt, Deutschland
Vertretungsberechtigt: E. Roepke, Zeilweg 44, 60439 Frankfurt, Deutschland
Druck: Books on Demand GmbH, In de Tarpen 42, 22848 Norderstedt, Deutschland

Besserungsstrafe

und

Besserungsstrafanstalten

als

Rechtsforderung.

Eine

Berufung an den gesunden Sinn des deutschen Volks.

Von

Karl D. A. Röder.

Quo itum, quo itur et – quo eundum.

Leipzig und Heidelberg.

1864.

Den

gründlichen Kennern der Einzelhaft,

Seinen

Freunden und Mitkämpfern

für die gute Sache der Besserung der Gefängnisse und Gefangenen:

Willem Hendrik Suringar,

Julius Füeßlin,

Edouard Ducpétiaux

widmet diese Schrift

der Verfasser.

Vorwort.

Die vorliegende Schrift hat den Zweck, die Gebildeten unsers Volks — gleichviel ob Rechtsbeflissene oder nicht — in den Stand zu setzen sich ein gründliches Urtheil zu bilden über die Art, in der die heutigen Staaten strafen, in Vergleich einerseits zur Vorzeit und anderseits zu der Strafweise, die allein dem Recht und der Aufgabe des Rechtstaats entspricht, die ebendarum das Ziel bildet, dessen Erreichung der Zukunft vorbehalten bleiben muß. Der Verfasser wird glauben nicht umsonst gelebt zu haben, wenn es ihm gelingen sollte, wenigstens Einiges dazu beizutragen die Zeitgenossen diesem Ziel näher zu bringen und der Einsicht den Weg bahnen zu helfen, daß unsere ganze Strafrechtswissenschaft und Strafgesetzgebung an der Wurzel krank ist. Demzufolge haben denn auch fast alle Verschiedenheiten der heute geltenden Strafgesetzbücher nicht viel mehr inneren Grund und Anspruch auf Fortbestand als wie ganz ungleiche besonderen Grundsätze für die Zucht oder Erziehung der Jugend von England oder Deutschland, oder gar von Schwaben oder Hessen ihn haben würden.

Der Versuch schien an der Zeit, außer den Grundgedanken, die für alles Strafrecht maßgebend sein müssen, zugleich die wichtigsten bisherigen Erfahrungen auf dem Gebiet des Vollzugs der Freiheitstrafen möglichst gedrängt darzulegen, wodurch jene

Grundgedanken so schlagend bestätigt werden, — damit aus beiderlei Vordersätzen ein Jeder selbst den Schluß ziehen könne: daß das Strafrecht der Zukunft aufhören müsse und werde ein peinliches Recht zu sein. Mehrfache deutlichen Zeichen weisen darauf hin, daß endlich die überlieferten Vorurtheile tief genug erschüttert seien und unsere Zeit reif werde um das schwere Unrecht, was fort und fort unter dem Namen des Strafrechts in seiner bisherigen Gestalt an den Verbrechern geübt ward, in voller Klarheit einzusehen und demzufolge zu verlangen, daß dasselbe durch ein gesunderes, dem gemeinen Besten wie dem Menschenrecht der Sträflinge gemäßeres Verfahren, daß die blind vergeltende, bloß quälende Unrechtstrafe durch die einzig rechtmäßige vollbewußt Besserung bezweckende Strafe ersetzt werde.

Der Grund dieser, längst allgemein geahnten Rechtsforderung ist so einfach und klar, daß es in der That nur des schlichten unbefangenen Menschenverstandes bedarf um ihn zu fassen. Ihre endliche Geltendmachung im Leben ist daher ebenso gewiß unabweislich als es die Anerkennung der so lange verketzerten Behauptung war, daß die Erde sich um die Sonne dreht, so sehr auch voraussichtlich die große Menge der im alten Geleise der Zunft Festgefahrenen sich dagegen sträuben wird zuzugeben, daß die ihr eingeimpften, schulmäßig übertünchten und in das Helldunkel vornehmer Redensarten gehüllten, Begriffe von Verbrechen und Strafe als gänzlich unhaltbar aufgegeben werden müssen, daß mithin ihr ganzes, sauer errungenes Wissen in diesen Dingen so überaus wenig werth ist*). Wir vertrauen fest, daß, trotz

*) Daß diese Ueberzeugung auch Andere theilen, erhellt z. B. aus nachfolgendem Urtheil eines gründlichen Kenners des Gefängnißwesens und Psychologen über unsere Schrift: „Der Strafvollzug im Geist des Rechts": „Mir ist besonders der rechtsfilosofische Theil, die Begründung und Entwickelung des Begriffs der Strafe, und die hieraus sich ergebenden Folgerungen für den Vollzug, völlig neu und wichtig. Die Sache ist so klar, einfach und wahr, daß man gar nicht begreifen könnte, daß sie nicht schon

dieses Widerstandes, zuletzt auch bei unserm Volk die einfache Wahrheit sich Bahn brechen werde, wenn auch vielleicht nicht sobald als bei manchen andern Völkern, denen aller Nebel, auch der Begriffe, weit unerträglicher ist als uns.

Zu einiger Entschuldigung der Mängel dieser Schrift, die in Manchem vielleicht ebenso zu kurz gefaßt als in Anderm zu eingehend erscheinen mag, darf Folgendes in Betreff ihrer Entstehung nicht verschwiegen werden. Ihre Grundlage bildet ein Aufsatz über „Besserungstrafe und Besserungstrafanstalten“, der für die neue Ausgabe des Welcker'schen Staatslexikon bestimmt und bereits im Sommer 1857 druckfertig war. Der Herausgeber hatte uns zu dessen Abfassung aufgefordert mit dem Bemerken, daß er die in der vorigen Ausgabe von ihm und Mittermaier über den Gegenstand enthaltenen Aufsätze aufgebe und uns völlig freie Hand gebe. Dessenungeachtet ließ er, ohne vorher ein Wort darüber verlauten zu lassen, nur drei Viertel unsres Aufsatzes abdrucken, dem er mit dem weggelassenen Viertel geradezu die ganze wissenschaftliche Grundlage unter den Füßen weggezogen und dafür seinen eignen frühern Begründungsversuch untergeschoben hatte. Selbstverständlich zogen wir in Folge Dessen unsere so verstümmelte Arbeit ganz zurück. Am Besten wäre es nun freilich gewesen, dieselbe gleich damals ganz unverändert erscheinen zu lassen; allein andere Arbeiten kamen dazwischen. Unterdessen hatte sich im Gefängnißwesen und den darauf bezüglichen Gesetzen vieler Länder Manches geändert: neben glücklichen Gesetzentwürfen und wahren Fortschritten tauchten anderwärts Fehlgriffe aller Art und stets erneuerte bloßen Versuche auf, bei denen man schmerzlich die Beachtung auch der unwidersprechlichsten Erfahrungen vermißt und immer wieder so zu sagen von Vorn anfing. So blieb

---

längst sich die allgemeine Zustimmung errungen habe, wenn man nicht wüßte, wie schwer gerade das Einfache und Natürliche gegen hergebrachten Zopf der Zunft und Schule aufzukommen vermag“.

denn Nichts übrig, als unsern Aufsatz namentlich mit Rücksicht auf diese neueren Vorgänge einigermaßen zu erweitern. In dieser Hinsicht auf einen kahlen Bericht durchweg uns zu beschränken, konnten wir nicht über uns gewinnen, in der Hoffnung, daß wenigstens hier und da eine Bemerkung ein geneigtes Ohr finden werde. Wem es um eine weitere Ausführung des hier Gesagten zu thun ist, Den müssen wir auf unsere früheren, hier einschlagenden, Schriften, besonders auf die Schrift: „Der Strafvollzug im Geist des Rechts" 1863 — verweisen.

Wem aber die Wahrheit, und das von ihrer Geltung oder Verkennung abhängige Wohl oder Wehe so vieler Tausende von Mitmenschen, gleichgültig genug ist um ihr nicht einmal auf Kosten seiner schriftstellerischen Eitelkeit die Ehre zu geben, Wer sich vollends — wie wir es erlebt haben — nicht schämt mit bloßen platten und plumpen Witzeleien auf triftige Gründe zu antworten, Dem haben wir Nichts weiter zu sagen. Das Urtheil aller Derer, denen es nur um die Sache gilt, wird ihm sicher sein Recht widerfahren lassen. Wir dürfen, Gottlob — die Hand auf's Herz — versichern, daß wir nie ein Wort haben drucken lassen, weder in Lob noch in Tadel, aus andern Gründen als weil die Wahrheit es uns zu fordern schien. Daß damit den Wenigsten gedient ist, haben wir freilich zur Genüge erfahren!

Heidelberg, im April 1864.

K. Röder.

Inhaltübersicht.

Erstes Hauptstück.

Besserung als Hauptaufgabe jeder gerechten Strafe.

Zweites Hauptstück.

Rückblick auf die Gefängnisse der Vorzeit.

Drittes Hauptstück.

Beleuchtung der Strafanstalten der neuern Zeit.

Viertes Hauptstück.

Die neuesten Fortschritte der Einsicht und der Gesetzgebung im Gefängnißwesen.

Erstes Hauptstück.

Besserung als Hauptaufgabe jeder gerechten Strafe.

§. 1. Einleitung.

Wenn von Strafe und Strafanstalten als Mitteln der Besserung, d. h. Zucht oder Züchtigung, die Rede sein soll, so fallen sie selbstverständlich unter den umfassenderen Begriff der Besserungsanstalten, d. h. solcher Einrichtungen, die auf den Zweck der Besserung besserungbedürftiger Menschen berechnet sind. Dergleichen Anstalten aber lassen sich von sehr verschiedenen Seiten auffassen und darstellen, namentlich von der erziehlichen, der sittlich-religiösen und der rechtlich-staatlichen Seite. Soll nun eine solche Darstellung nicht ganz einseitig ausfallen, so muß dabei, von welcher dieser Seiten man auch vorwaltend ausgehe, doch der innige Zusammenhang unter ihnen allen vollständig gewahrt werden.

Auch hier, wo zunächst und hauptsächlich vom Standort des Rechts und Rechtstaats die Frage der Besserung, Besserungstrafe und Besserungstrafanstalt besprochen werden soll, darf daher das stete Ineinandergreifen des Religiössittlichen, Erziehlichen und Rechtlichen nie aus dem Auge verloren werden. Ohne Feststellung des richtigen Wechselverhältnisses dieser verschiedenen Richtungen und Thätigkeitgebiete des Lebens der Menschheit und der dieselben bestimmenden Grundgedanken fehlt jede sichere Grundlage für eine genügende und streng folgerechte Beantwortung aller der Fragen, die die Strafe selbst, ihre Vollziehung und die dahin einschlagenden Anordnungen betreffen; es fehlt mit einem Wort jede Möglichkeit einer Theorie der Strafe. Ohne Theorie aber gibt es überhaupt keine Praxis, die mehr als ein bloßer handwerkmäßiger, innerlich haltloser und widerspruchvoller Schlendrian (s. g. Routine) sein könnte. Mit Recht hat daher ein neuerer Schriftsteller über Gefängnißwesen*) gesagt: „daß die bloß praktische Behandlung so wenig wie die bloß historische befriedigen könne, daß, vollends in unsrer Zeit, der Satz: daß die Theorie der Erfahrung nachhinkt — nicht gilt, am Wenigsten im Gebiet der Gefängnißkunde, wo die Erfahrungen noch so jung und bestritten sind, endlich daß man den Streit über das Pönitentiarsystem nicht einmal verstehen, geschweige entscheiden könne, wenn man nicht auf den letzten Grund des Strafrechts zurückgeht".

Es war daher ein Verdienst der von K. Welcker schon 1813 veröffentlichten Schrift „Die letzten Gründe von Recht, Staat und Strafe", die enge Verknüpfung dieser drei Begriffe unter sich hervorgehoben zu haben. Solange man dieses Zusammenhangs nicht voll bewußt geworden ist — und Das ist noch heute nur selten der Fall — solange kann alles Hin- und Hergerede über Straftheorien, Straf- und Pönitentiarsysteme zu Nichts führen, wenigstens, trotz richtiger Ahnungen in Einzelem, niemals zu endgültiger Lösung schwebender Fragen und großen, durchgreifenden Verbesserungen der Strafgesetzgebung und des Strafvollzugs, also auch des Gefängnißwesens.

Eine Fluth von seichten und müßigen Schriften würde nicht über Deutschland sich ergossen und zu der herrschenden Verwirrung ein gutes Theil beigetragen haben, wenn deren Verfasser begriffen hätten, daß man zuerst wissen muß: Was man sich unter Recht zu denken hat und wie dasselbe sich zur Sittlichkeit verhält — sowohl nach der wesentlichen Unterscheidung als der steten Wechselbeziehung beider — um wissen zu können: Was

*) F. v. Wick, über Strafe und Besserung und deren Verhältniß zu einander. 1853. S. 1 ff. Daß unter Andern auch der Schwede Naumann Dieß eingesehen hat, zeigt schon der Titel seiner kleinen Schrift: „Die Strafrechtstheorie und das Pönitentiarsystem".

Strafrecht ist und welche rechtliche und sittliche Bedeutung überhaupt der Strafe zukömmt; nicht minder daß, Was und wiefern der Staat mit der Strafe zu thun habe, von der Vorfrage abhängt: ob und in welchem Sinn des Worts die Verwirklichung des Rechts der Zweck des Staats ist; daß endlich ohne gänzliche Klarheit der Begriffe von Rechtsgrund und Rechtszweck überhaupt und deren Verhältniß zu einander*) der wissenschaftliche Streit über den rechtlichen Grund und Zweck der Strafe, mithin über das Wahre in den s. g. absoluten, (d. h. angeblich rein rechtlichen, aber rechtszwecklosen) und den s. g. relativen (d. h. zweckbezüglichen) Straftheorien unentscheidbar ist und bleibt. Hieraus erhellt, wie unerläßlich es ist, wenigstens die maßgebenden Grundgedanken und Grundsätze kurz hier zu entwickeln, wovon nach unserer Ueberzeugung jede Würdigung der bisherigen Versuche von Strafbesserungsanstalten, jeder Vorschlag zum Besseren, jeder haltbare Neubau der Straf-Gesetzgebung und Vollziehung ausgehen muß.

§. 2. Herrschende irrigen Vorstellungen von Recht und Staat und Folgen derselben.

Vor Allem folgenreich sind die Begriffe von Recht und Staat. Bei Bestimmung beider hat die bisher in der Rechts- und Staatslehre vorherrschende Kant-Fichte'sche Schule, — womit im Wesentlichen, wenn auch mit etwas verdunkelndem Ausdruck, die Hegel'sche übereinstimmt — vollständig abgesehen von jeder Beziehung derselben auf die menschliche Lebensbestimmung nach allen ihren Theilen: den darin begriffenen einzelen Lebenszwecken. Und doch ist Nichts gewisser, als daß alles echt menschliche Wirken der Einzelen wie der verschiedenen Kreise der Gesellschaft, also auch des Staats, dem letzten und höchsten Zweck des Menschen und der Menschheit untergeordnet bleiben und dienen muß.

---

*) S. Röder „Grundzüge des Naturrechts" (2. Aufl.) I, §. 48, und Ahrens, die Rechtsphilosophie, 4. (deutsche) Ausg. 1852. S. 301.

Aus Kant's unbegründetem Zweifel an der Möglichkeit wissenschaftlicher Feststellung der menschlichen Lebensaufgabe selbst mußte sich freilich für ihn die Unmöglichkeit ergeben, zu bestimmen, welche Handlungen allein diesem höchsten Zweck entsprechend seien, m. a. W. es fehlte ihm der einzig richtige Maßstab zur Beurtheilung: ob das menschliche Thun und Lassen so beschaffen sei, daß es auf den Namen eines sittlichen oder gerechten Anspruch habe. Mußte er demnach nothgedrungen bei seinem Versuche der Begründung der Rechts- und Staatslehre ganz absehen („abstrahiren") von dem wesentlichen Inhalt der menschlichen Handlungsweise, so sah er keinen andern Ausweg als den: seine gesammte praktische Filosofie auf lediglich formalistische Grundsätze zurückzuführen, d. h. auf solche, die bloß von der Art und Weise (Form) des Handelns hergenommen waren. An die Spitze stellte er nämlich den Satz, den schon die Scholastiker in dem bekannten Sprichwort gefunden zu haben glaubten: Was Du nicht willst, daß man Dir thue, Das thue Du auch Andern nicht — und dem Kant nur den etwas veränderten Ausdruck gab: Handle so, daß die Maxime Deines Handelns ein allgemeines Gesetz sein könnte, wonach, ohne daß Dieß widersprechend wäre, Alle handeln könnten. Das bloß formale Merkmal der Vereinbarkeit mit gleichem Handeln Aller sollte also der Prüfstein des Sittlichen und Rechtlichen sein.

Das Ungenügende einer solchen Auskunft liegt am Tage; denn es blieb danach die gesammte Rechts- und Sittenlehre im Grunde ganz leer, indem nicht etwa aus den wesentlichen Bedürfnissen der menschlichen Natur ein, von aller Willkür unabhängiger, sachlich bestimmter Gehalt für sie als ein nothwendig gegebener abgeleitet, sondern derselbe vielmehr größtentheils von dem Dafürhalten jedes Einzelen abhängig gemacht ward. Mußte demzufolge schon Kant's ganze praktische Filosofie „abstrakt", „formal" und „subjektiv-individualistisch" ausfallen, so war Dieß, wo möglich, noch mehr der Fall bei seiner obendrein nur verneinenden, d. h. nur ein gegenseitiges Unterlassen, nicht aber ein Thun, an die Menschen verlangenden, Begriffbestimmung des Rechts als „des Inbegriffs der

Bedingungen, unter denen die Willkür des Einen mit der Willkür des Andern nach einem allgemeinen Gesetze der Freiheit zusammen vereinigt werden kann", oder, wie es mit Rücksicht auf Fichte von den Nachfolgern Beider schärfer ausgedrückt ward, als „der Beschränkung der äußern Freiheit eines Jeden zum Zweck der Koexistenz Aller". Unter dem sichtlichen Einfluß Rousseau's und der Strebungen ihrer Zeit, die mit Grund vorwaltend auf Beseitigung der zahllosen hergebrachten Fesseln der freien Bewegung in allen Gebieten des Lebens gerichtet waren, ward so von Kant und Fichte als einziger Gegenstand des Rechts und der Rechtsordnung: die äußere Freiheit hingestellt, als einziges Ziel: die Unterlassung jedes störenden Eingreifens in den Kreis der äußern Freiheit Anderer, ein bloßes neminem laede.

Dabei ward mithin die äußere Freiheit als gleichbedeutend mit dem Recht genommen, und zwar eigentlich als in gleichmäßiger Abgränzung bereits vorhanden vorausgesetzt, so daß sie nur aufrecht erhalten, nicht auch, sofern sie etwa noch mangelte, herbeigeführt werden müßte. Demnach sollte denn, im Geist des neuern Liberalismus, die äußere Freiheit als Selbstzweck gelten, während sie doch rechtlich und sittlich einen Werth nur hat, sofern sie als Mittel für die wesentlichen Lebenszwecke gelten kann, dagegen im umgekehrten Fall grade ihre zweckmäßige Beschränkung der Forderung des Rechts entspricht, z. B. bei aller Bevormundung, Erziehung und Strafe. So ward denn hier der einzele Theil des Rechts, der sich auf die Freiheit, die innere und die äußere, bezieht und deren Bedingungen begreift, das bloße Freiheitrecht, für das ganze Recht ausgegeben; dieses letztere wollte man bestimmen bloß in Bezug auf die äußere Geltung eines einzelen Vermögens: der Freiheit oder Selbstbestimmung — anstatt in Bezug auf alle Vermögen und Kräfte des Menschen, auf den ganzen allumfassenden Zweck eines wahrhaft menschlichen d. h. vernunftgemäßen Lebens des Menschen und der menschlichen Gesellschaft, wonach es sich vielmehr darstellt: als der Inbegriff aller dahin zielenden, von den Menschen Einander zu beschaffenden Bedingungen (der positiven sowohl als der negativen).

Aus der oben erwähnten mangelhaften Begriffbestimmung des Rechts ergab sich aber auch die verhängnißvolle Einschränkung des Rechtsgebiets lediglich auf das äußere Thun, oder vielmehr Unterlassen, und dessen Gesetzmäßigkeit; es sollte danach die Gesinnung und Triebfeder des Handelns, kurz der innere Mensch, gleich als ob er mit dem äußeren nicht lebendig und untrennbar verbunden wäre, das Recht und die Rechtsgesellschaft oder den Staat ganz und gar Nichts angehen; nur das äußerlich Erzwingbare sollte der Rechtsordnung angehören, ja sogar ein Staat von alles Rechtsinns baren Gliedern, von „Teufeln", möglich sein. Der so von dem äußeren Menschen gewaltsam losgerissene innere Mensch ward ausschließend dem Gebiet der Sittenlehre überwiesen und diese unlebendige Abstraktion abermals dadurch auf die Spitze getrieben, daß das Rechtsgesetz und das Sittengesetz, obgleich beide aus einer Menschenvernunft entsprungen, doch geradezu einander Widersprechendes sollten aufstellen können, ja sogar ein Recht auf Unsittliches als möglich behauptet wurde, ohne daß man darin einen Mißstand sah*).

§. 3. Hinausschreiten des Lebens über den herrschenden Rechts- und Staatsbegriff.

Selbstverständlich konnte das Leben und der Staat der Wirklichkeit mit diesem dürren inhalt- und sittenlosen, wo nicht sittenwidrigen, rein äußerlichen Zwangrechtsbegriff sich nicht abfinden lassen, geschweige dadurch allseitig geleitet und gefördert werden. Nur von einer Seite enthält dieser Begriff überhaupt Wahrheit, sofern er nämlich die Aufhebung der zahllosen ungebührlichen Eingriffe in das wesentliche äußere Gebiet der Selbstbestimmung

---

*) Feuerbach wollte, um diesen Mißstand zu beseitigen, die Einheit der Vernunft, anstatt bloß in den Folgerungen, vielmehr in der Quelle selbst aufheben durch Annahme zweier Arten von Vernunft! — Vergl. unsre Grundzüge des Nat.-R. (2. Aufl.) I, §. 39.

sowohl der Einzelen als der engeren oder weiteren Kreise der Gesellschaft verlangt, namentlich also Freiheit der Gewissen und des Bekenntnisses, der Wissenschaft und Lehre, der Gewerbe, des Handels u. s. f., kurz: ein s. g. laisser-faire, Emanzipation von der bisher allerseits von Staatswegen geübten Bevormundung. Er kam insofern einem dringenden Zeitbedürfniß entgegen und ward gleichsam die wissenschaftliche Losung der s. g. Partei der Freisinnigen oder Liberalen, die aber freilich ebendemselben vielgehörten Vorwurf ausgesetzt ist, wie der Rechts- und Staatsbegriff, den sie zu verwirklichen gestrebt hat: dem einer bloß verneinenden, nicht aber bejahenden, d. h. auf das Schaffen und Aufbauen zielenden Richtung. In der Einsicht, daß unsere Staaten unmöglich in der Sicherstellung des Rechts in diesem beschränkten Sinn des Worts ihren einzigen Zweck sehen könnten, ging Dahlmann, gleich vielen Andern, über die Wahrheit hinaus durch Billigung der Bemerkung v. Haller's, daß die Auffassung des Staats als bloßer Rechtsgesellschaft lediglich ein Geschöpf der Einbildungskraft der Juristen sei. Jedenfalls hatte schon Cicero ihn ebenso aufgefaßt, wenn er sagt: quid est enim civitas nisi juris societas!

Die bestehenden Staaten waren sich auch immer bewußt, daß sie nicht bloß als Rechtsschutz- oder Versicherungsgesellschaften gewirkt, d. h. nicht bloß für die verneinenden (auf Bekämpfung des Unrechts gerichteten) Bedingungen eines vernünftigen Lebens in Gesellschaft, sondern zugleich vielfach für die Beschaffung der bejahenden (positiven oder affirmativen) Bedingungen desselben Sorge getragen hatten. In richtiger Ahnung hatten sie unstreitig von dieser Seite weit Höheres und Besseres geleistet, als sie nach jenem engherzigen Rechts- und Staatsbegriff hätten leisten sollen und dürfen. Zu diesen Leistungen gehörte z. B. die Errichtung von Schulen und vieles Andere, was man bisher nothgedrungen unter den Gesammtnamen der Polizei zu bringen pflegte, weil man verkannte, daß diese positive, bisweilen in gewissem Sinn erziehliche Seite der Staatsthätigkeit ebenso wesentlich ist und ebensowohl unter den Begriff des Rechts und seiner Verwirklichung fällt, wie die im engern Sinn s. g.

Rechtspflege. In Folge des Mangels an dieser Einsicht wußte man sich nicht anders zu helfen, um den Staatsbegriff wenigstens einigermaßen mit den Leistungen des wirklichen Staats in Einklang zu bringen, als daß man diesem letzteren noch neben der Aufgabe der Rechtsverwirklichung eine, freilich überaus unbestimmt gefaßte und darum der gefährlichsten Mißdeutung ausgesetzte, weiter reichende Aufgabe in dem Gemeinwohl (salus publica) setzte und darauf hin ihm z. B. erlaubte, angeblich gar nicht einmal rechtswidrige, aber unzweifelhaft unsittliche Handlungen, wie Kuppelei, Blutschande u. A. m. als Verbrechen zu bestrafen.

§. 4. Wahre Aufgabe des Rechts und Staats in Verhältniß zur Bestimmung der Menschheit.

Dieser schlechte Nothbehelf wird aber in dem Augenblick überflüssig, wo man einsehen gelernt hat, daß das Recht im wahren vollen Sinn des Worts sämmtliche von menschlichem Zuthun abhängigen Bedingungen der Erreichung der Zwecke eines echt menschlichen Lebens in sich begreift*). Demgemäß besteht nämlich die Aufgabe des Staats oder Rechtvereins in der Herstellung einer solchen äußeren Ordnung der Dinge, worin alle auf bestimmtem Gebiet vereint lebenden Menschen Einander das zu Erreichung ihrer vernünftigen Lebenszwecke Erforderliche gewährleisten.

Unleugbar sind aber wenigstens die festländischen Staaten Europa's in den letzten Jahrhunderten sehr weit über Das hinausgegangen, was hiernach ihre alleinige bleibende Aufgabe, als Rechtstaaten, mit sich bringt, ganz ähnlich wie auch im Mittelalter die Kirche weit über ihren Zweck als Religionsgesellschaft hinausgeschritten war und, im Bewußtsein ihres damaligen Berufs als Vertreterin der Einsicht, auch die Gebiete der weltlichen Thätigkeit vormundschaftlich unter ihre Flügel genommen hatte. Jenes Uebergreifen geschah trotz der Erkenntniß, die wir schon dem Christenthum verdanken, daß der

*) S. Röder, Naturrecht I, §. 40 f.

Mensch vom Staatsbürger, in welchem die Alten ihn untergehen ließen, geschieden werden muß; obwohl sich schon aus dieser Erkenntniß von selbst ergibt, daß der Staat heute nicht mehr, wie im Alterthum, als Eines und Dasselbe mit der Gesellschaft (als status rei publicae) sich benehmen, daß er folglich auch nicht alle wesentlichen Zwecke des Lebens der Menschen und der menschlichen Gesellschaft überhaupt, und jedes Volks insbesondere, ohne Weiteres sich als die seinigen setzen darf, für die er mit allen seinen, zunächst doch nur äußerlichen, Mitteln geradezu und unmittelbar zu wirken habe.

Hiernach soll und darf er also nicht neben seiner Eigenschaft als Rechtstaat zugleich die Rolle der Religionsgesellschaft oder Kirche, des Sittlichkeit-, Wissenschaft-, Kunst-, Unterricht-, Gewerb-, Handelsvereins u. s. f. spielen und die letzte Entscheidung in allen göttlichen und menschlichen Dingen für seine Regierung in Anspruch nehmen, kurz: nicht eine irdische Allmacht sich anmaßen, also auch nicht des ganzen Menschen, seiner Erziehung und Bildung, in der Art ausschließend sich bemächtigen, wie es vor 2000 Jahren im alten Hellas geschah und wie es, in unbegreiflicher Verblendung, noch heute Hegel und seine Schule wieder für die wahre Aufgabe ihres allweisen oder, wie Welcker treffend sagte, als die „eingefleischte Vernunft" hingestellten Staats ausgeben.

Wohin ein solches, dem Staat angemuthetes, hofmeisterndes Sicheinmischen in Alles und Jedes durch Vielgesetzgeberei und Vielregiererei führt, wie sie alles Volk, indem sie es entmündigt, zugleich entsittlicht, das Rechtsgefühl abschwächt und die Thatkraft ertödtet, — Dieß veranschaulicht ein Blick auf die Früchte der väterlichen Zwingherrschaft China's oder auch nur der Polizeistaaten einer kaum entschwundenen Zeit, in Vergleich zu dem allerseits hebenden und kräftigenden Geist der Selbst-Bestimmung und Verwaltung in Großbritannien und seinen Pflanzländern.

Jedenfalls haben die heutigen Staaten neben sich namentlich der Kirche einen wesentlich selbständigen Antheil an der höchsten gemeinsamen Aufgabe des Menschenlebens und der Menschenbildung einzuräumen, nicht minder aber künftighin auch andern, jetzt kaum im Beginn ihrer Bildung stehenden, demnächst aber ebenso wesentlich selbständigen Vereinen für alle übrigen Hauptlebenszwecke, zumal für wissenschaftliche, sittliche und erziehliche. Je mehr die eben erwähnten Vereine ihres Berufs und Zwecks sich bewußt werden und ebendarum von der bisherigen Staatsbevormundung los und ledig zu werden begehren, um so mehr haben die Staaten ihr eignes Wirken für deren Zwecke als ein nur mittelbares anzusehen, d. h. als ein solches, das unmittelbar nur auf den allein wesentlichen und bleibenden nächsten Zweck des Daseins des Staats: auf die Verwirklichung des Rechts im Leben für ein bestimmtes Land und Volk — zu richten ist; sie dürfen und sollen eben nur vermittelst, von Seiten und binnen der Gränzen des Rechts, d. h. durch Gewährung aller zweckentsprechenden Außenbedingungen, auch die Erreichung aller übrigen selbständigen Zwecke durch die für diese bestehenden gesellschaftlichen Kreise ermöglichen und insofern fördern. Die gehörige Benutzung aber der von Recht und Staat beschafften Bedingungen, folglich die Art und Weise der Verwirklichung der dadurch bloß möglich gemachten Zweckerreichung, macht aber ohne Frage eine rein innere, jeder Staatseinmischung unzugängliche Angelegenheit eines jeden dieser Kreise aus und hängt wesentlich von der Selbstbestimmung der Angehörigen desselben ab.

§. 5. Verhältniß des Rechtstaats zur Erziehung und Bildung bei Erwachsenen und Unerwachsenen.

Für die folgende Darstellung ist es nun vor Allem wichtig daran festzuhalten, daß, kraft der engen Verbindung aller Theile der Menschenbestimmung, das Wirken für jeden einzelen der darin begriffenen Zwecke, wie z. B. für die Religion, Sittlichkeit, Wissenschaft, so auch für das Recht, allen übrigen zu Gut kömmt; und gerade in dieser engen Beziehung des Rechts zu allen Lebensaufgaben und aller Menschenbildung liegt das Wahre, was der griechischen Betrachtung des Staats geradezu als Erziehungs- und Bildungsanstalt nicht abzusprechen ist.

Jedenfalls ist Nichts gewisser als der tiefgehende Einfluß, den die Staatsgesetze — von den Verfassungsgesetzen an durch die Gesetze über das Mein und Dein hindurch bis zu den geringfügigsten Polizeigesetzen hin — allezeit geäußert haben auf die Denk-, Gefühls- und Handlungsweise, auf Bildung und Sitte, auf Belebung oder Erstickung der sittlichen und rechtlichen Gesinnung der Bürger, auf Vor- und Rückschritt ihres gesammten Lebens- und Bildungszustands.

Wenn aber auch in dieser sehr weiten Bedeutung des Worts der Staat als eine gesellschaftliche Veranstaltung aufgefaßt werden mag, die gewissermaßen für die stete Vervollkommnung und Erziehung und insofern auch für die Besserung aller Staatsangehörigen mitzuwirken berufen ist, so leistet er diesem Beruf doch schon vollständig Genüge durch gute Gesetzgebung und Verwaltung.

Die Erziehung und Bildung im engern Sinn des Worts muß nun bei allen Erwachsenen in der Regel, auch rechtlich, als beendet angenommen werden; das Wirken des Staats dafür wird folglich, dem Begriff des Rechts gemäß, durchaus darauf sich beschränken müssen: es Keinem seiner Glieder, auch dem Aermsten nicht, an der Gelegenheit und den äußeren Bedingungen der eignen Fortbildung fehlen zu lassen, also nicht z. B. an Einrichtung und freiester Benutzbarkeit öffentlicher Sammlungen von Büchern, Natur- und Kunstgegenständen, an guten Volksblättern, unentgeltlichem Unterricht in Gewerb- und Sonntagschulen ꝛc.

Bei den noch Unerwachsenen hingegen, die schon als solche immer der eigentlichen Erziehung bedürfen, hat der Staat das Seinige gethan, wenn er gute öffentlichen Schulen aller Art errichtet und durch die gesetzlich ausgesprochene Schulpflichtigkeit dafür gesorgt hat, daß dieselben wenigstens in dem Maß von allen Unmündigen besucht werden, als es zur Erlangung solcher Kenntnisse unentbehrlich ist, ohne welche die vollständige Erfüllung der Pflichten des Menschen und Bürgers nicht wohl denkbar ist; wenn er ferner nur zur Ergänzung und Nachhülfe für die häusliche, regelmäßig der Fürsorge der Aeltern und Vormünder anheimzugebende, Erziehung solche öffentlichen Anstalten gründet, die da, aber nur da, wo eine Erziehung im Familienkreise entweder gar nicht möglich ist oder wo doch die Mittel derselben durchaus nicht ausreichen, entweder bleibend oder zeitweise an deren Stelle zu treten bestimmt sind.

Das Erstere ist der Fall bei Waisen und Findlingen, sowie bei solchen Kindern, die durch Verurtheilung ihrer Aeltern zu langwierigen Freiheitstrafen, oder wegen heillosen Mißbrauchs, Mißhandlung oder Verwahrlosung durch die Aeltern, Diesen von Rechtswegen nicht gelassen werden konnten. Daß die Unterbringung aller dieser Kinder, wo möglich*), in rechtschaffenen Familien wegen des unersetzlichen Werths des Familienlebens unbedingt vorzuziehen ist, versteht sich ebenso von selbst, als daß der gräuliche, leider noch immer hier und da übliche, Weg der Versteigerung solcher Kinder an den Wenigstfordernden dazu nicht führen kann.

Das Letztere ist der Fall dann, wenn schwere Vergehen Unerwachsener, namentlich gegen die eignen Aeltern, oder große Bösartigkeit und Unbändigkeit, schlechterdings eine besonders strenge Zucht für diese Verwahrlos'ten und Verwilderten unerläßlich machen, — eine Nacherziehung, die, um Erfolg zu versprechen, nach allen Regeln der Erziehkunst, also namentlich in genauester Rücksicht auf die Altersstufe und die Alleineigenthümlichkeit, durchgeführt werden muß, wie es im älterlichen Hause fast nie thunlich sein wird. Die Verbringung dieser Entarteten in solche Besserungshäuser kann dann entweder auf Antrag der Aeltern selbst erfolgen**), oder in Folge richterlichen Erkenntnisses, worin in Betracht des jugendlichen Alters ausgesprochen ward, daß die gesetzlichen Voraussetzungen derselben

*) In Frankreich erwies es sich nur bei einem Viertheil der Kinder möglich und trug nur bei 1/16 Derselben gute Früchte.

**) So nach dem Code Nap. art. 276 und 377. Wieweit aber, auch ohne deren Zustimmung, zumal wenn sie selbst nichts taugen, der Staat hier gehen darf, darüber herrscht noch überall sichtliches Schwanken. Siehe Julius, Nordamerika's sittliche Zustände, II. Bd. 4. Abth. S. 331—368.

Strafbehandlung, wie sie für die Erwachsenen vorgeschrieben ist, — das im Code s. g. discernement, sonst: die s. g. volle Zurechnungsfähigkeit — hier nicht vorhanden seien, oder endlich auch wohl in Folge eines nothgedrungenen polizeilichen Einschreitens.

Eine höchst bemerkenswerthe Ahnung des einzig Richtigen*), nämlich der Nothwendigkeit einer erziehenden Strafbehandlung, gibt sich aber in der feststehenden Thatsache kund, daß alle neueren Gesetzgebungen, die französische (Code pénal art. 66) an der Spitze, sich gedrungen fühlten, wenigstens bei jugendlichen Uebelthätern ganz oder theilweise die Anwendbarkeit der Regeln, die im Uebrigen als maßgebend aufgestellt werden, — oder, um mit dem preußischen Landrecht zu reden: „die Strenge der Gesetze" — als unstatthaft zu erkennen, m. a. W. zu Ehren des wahren Rechts hier die Folgerichtigkeit aufzugeben. Demgemäß sollte Kindern und jungen Leuten, ohne Unterschied ob sie nach jenen Regeln für zurechnungsfähig galten oder nicht, und demzufolge verurtheilt oder freigesprochen worden — ob sie also danach mehr als eigentliche Verbrecher oder mehr als bloß sittlich verwahrlos'te Taugenichtse anzusehen waren — doch in beiden Fällen eine eigentlich züchtigende, erziehende Behandlung zuerkannt werden. Man sah also ein, daß Beide der Sache nach gleich wesentlich der Strafe, d. h. der vernünftigen Nacherziehung, bedürftig und würdig seien, mithin in besondere

*) Näher haben wir uns darüber ausgesprochen in unsrer Gesammtanzeige einer Reihe von Schriften über Gefängnißwesen in der „Kritischen Zeitschrift für die gesammte Rechtswissenschaft", 5. Bd. bes. S. 264 u. 309 ff. Am Merkwürdigsten ist die oben erwähnte Ahnung des wahren Rechts in dieser Beziehung, sowie in Hinsicht der von ihm zuerst aufgestellten Verjährung der Strafen, beim Code pénal, bei dem sich obendrein zugleich das Bedürfniß deutlich kund gab, wenigstens in manchen Fällen die Verbrecher gegen seine eignen barbarischen Strafen zu retten. — Hier, wie überall, z. B. bei der Frage der bedingten Begnadigungen, läßt sich nicht verkennen, „wie sehr die (herrschende) Theorie des Strafrechts der vollen Berücksichtigung des Natürlichen (er hätte beifügen können: überhaupt jedem Fortschritt) entgegensteht", um mit Jahn (Reisebericht S. 60) zu sprechen.

Besserungsanstalten verwiesen werden müßten, falls die häusliche Aufsicht und Zucht nicht für streng genug zu erachten sei*).

Hieran kann denn begreiflich in der Hauptsache auch dadurch Nichts geändert werden, daß man diese Besserungsanstalten bald „Besserungs- oder Rettungshäuser“ (reformatories) nennt, bald „Gefängnisse für jugendliche Uebertreter“, nur um den Schein des vorerwähnten Unterschieds zu retten, der doch nur auf eine den Knoten zerhauende Zahl — gewöhnlich, z. B. in Frankreich, Preußen, England (nach den „Youthful offenders acts“ von 1854 und 1855) das sechzehnte Jahr — gestützt ist.

§. 6. Nachgeholte vormundschaftliche Zucht rechtlich und sittlich unmündiger Erwachsenen ist die Aufgabe der Strafe.

Ausnahmweise hat jedoch auch bei den Erwachsenen der Staat die Pflicht und das Recht, in das denselben regelmäßig zukommende Freiheitgebiet mehr oder minder tief durch ein eigentliches Zucht- und Besserungsverfahren einzugreifen. Wenn sie nämlich durch rechtswidriges Verhalten in Worten oder Werken eine solche unrechtliche Gesinnung an den Tag gelegt haben, daß sie der vernünftigen Selbstbestimmung in

*) Schon am 19. Juli 1825 hatte ein preußischer Kabinetbefehl Uebergabe junger Verbrecher an die Vorstände bewährter Rettungshäuser verfügt. Ein besonderes Verdienst um solche Rettungshäuser hat sich in Deutschland Wichern erworben, dessen Vorgang man auch in Frankreich, England, Belgien und Holland vielfach gefolgt ist, so jedoch, daß man nur in letzteren beiden Ländern Besseres als im rauhen Hause leistet. Obwohl der englische Richter jetzt, ähnlich wie nach dem französischen und preußischen Recht (s. Strafgesetzbuch, art. 42 u. 43, und die Kabinetbefehle vom 2. Dezember 1847 und 4. Dezember 1852) Solche, die noch nicht 16 Jahre alt sind, anstatt ins Gefängniß, in eine tüchtige reformatory school schicken kann, so geschieht doch noch immer oft genug Ersteres auf die widersinnigste und empörendste Weise, wie man aus dem genauen Bericht über das Tothill-Gefängniß in der Augsb. allgem. Zeitung (1864. Beil. zu Nr. 5 und 6) abnehmen kann. — Eine besondere Art der Rettungshäuser sind die für gefallene Mädchen bestimmten, denen man auch wohl vorzugweise den Namen Zufluchthäuser oder Asyle gibt, womit man sonst gewöhnlich die für entlassene Verbrecher, die keine andere Unterkunft finden, berechneten Anstalten bezeichnet.

Bezug auf das Recht und die Rechtsordnung, also des guten Gebrauchs der ihnen bisher zugestandenen äußeren Freiheit, dermalen unfähig d. h. sittlich und rechtlich unmündig erscheinen, so bedürfen sie, insoweit und insolange Dieß der Fall ist, einer Beschränkung dieser mißbrauchten Freiheit, einer strengen Zucht und Leitung ihres Lebens, d. h. einer Bevormundung, von Seiten des Rechtstaats. Diese, wie jede andere Bevormundung, muß zunächst um ihrer selbst willen, zum eignen Besten, den Bevormundeten zu Theil werden und zwar zum Behuf ihrer Zurückführung in That und Gesinnung zum Recht, dadurch aber ihrer Wiederbefähigung zur vollen äußeren Freiheit. In dieser Strafbevormundung und Strafzucht, in dieser gewissermaßen nachgeholten Erziehung*), die insofern Besserungstrafe genannt werden kann, erfüllt die Rechtsgesellschaft an den Rechtsverächtern ihre ganze, nicht bloß negative, sondern auch positive, Aufgabe; sie verneint das Unrecht, indem sie das Recht an seine Stelle setzt. Sie läßt nämlich, in strengster Uebereinstimmung mit dem oben entwickelten Begriff des Rechts, Denjenigen, die einen unrechtlichen oder widerrechtlichen Willen bethätigt haben, in Folge Dessen ihr Recht widerfahren, indem sie ihnen sämmtliche äußeren Bedingungen der völligen Umstimmung ihres Willens zum Recht gewährt, nicht bloß die verneinenden — die auf äußeres Hindern fernerer Unrechtübung zielen, mittelst Entziehung der mißbrauchten äußeren Freiheit soweit nöthig, — sondern zugleich die vor Allem wichtigen bejahenden (positiven oder affirmativen), d. h. solche, die geradezu auf Anregung des innern Menschen gerichtet sind, durch Weckung, Nährung und Uebung guter Gedanken, Gefühle und Vorsätze, als der Quelle auch äußerlich rechtmäßigen Thuns.

---

*) Daß dieser Gedanke der „Nacherziehung" immer mehr Wurzel schlägt, trotz aller angelernten Begriffe von Strafe und sonstiger Verschiedenheit der Ansichten, ließe sich durch eine ganze Reihe von Schriften belegen. Sogar in Jahn's Reisebericht S. 68 findet er sich und in der sonst höchst unklaren und einseitigen, obwohl über Strafrecht viel Gutes sagenden, Schrift von O. Hahn, Religion im Recht. 1862. S. 144 ff.

Daß und warum es aber zu den offenbar wichtigsten Angelegenheiten des Rechts und Rechtstaats gehört, wie überhaupt so insbesondere auch dem Verbrecher gegenüber, dafür zu sorgen, daß alle äußeren Hindernisse des Sittlichen, alle Anreize und Versuchungen zum Bösen, möglichst entfernt, hingegen dem Wollen und Vollbringen des Guten von Außen allerseits Vorschub und Erleichterung gewährt werde, — Dieß wird sich aus der folgenden Beleuchtung des Verhältnisses ergeben, in welchem Recht und Staat zur Sittlichkeit stehen*).

*) Ausführlich haben wir dieß grundwichtige Verhältniß dargelegt in unsern „Grundzügen des Naturrechts", I, §. 36—42.

Die obige Auffassung der Strafe als Art der Vormundschaft in jenem höhern und weitern Sinn, dessen Geltendmachung J. H. Fichte (System der Ethik, II, 2. S. 208) uns zum besondern Verdienst angerechnet hat, haben seit unsrer ersten Ausführung derselben Viele sich angeeignet, vorzüglich Naumann (über die Strafrechtstheorie und das Pönitentiarsystem, 1849), gewissermaßen auch Köstlin (System des deutschen Strafrechts, S. 439, Anm. 4), sofern er einräumt, daß „in der Pönitentiarbehandlung eine Bevormundung liege". Wie wenig er aber die Tragweite dieses Grundgedankens begriffen hat, erhellt aus seinem Beisatz: „welche nur da statthaft ist, wenn die Voraussetzung gemacht werden darf, daß das Subjekt aus eigner Kraft der Regeneration nicht fähig sei", und aus der ebenso lächerlichen als anmaßenden Behauptung, daß wir bei dem Satz: „jedes Verbrechen mache sittlich unmündig" (den Köstlin uns unterschiebt statt des Satzes: es erweise vorhandene sittliche Unmündigkeit) — „gar nicht ahnten, daß er den Hauptgrundlagen unsrer Deduktion (im neuen Arch. d. Krim.-R. 1850, Nr. XVII.): daß die Fähigkeit zur freien Selbstbestimmung, das Recht der Individualität und das Ehrgefühl geachtet werden müßten, — schnurstracks widerspreche".

Auch hierin zeigt sich wieder die der Hegel'schen Schule eigne größtmögliche Unklarheit über das Verhältniß des Rechts zur Sittlichkeit. Oder soll und darf etwa das Recht und der Staat bei Verbrechern jemals von der entgegengesetzten Voraussetzung ausgehen und demnach sie lediglich sich selbst überlassen, d. h. sie gar nicht strafen oder doch sie bloß einsperren?! Die bloße sittliche Möglichkeit rein innerer Selbstaufrichtung darf doch offenbar das Recht und den Staat nicht bestimmen, sich über die im Verbrechen thatsächlich bekundete Unfähigkeit sittlicher Selbstbestimmung hinauszusetzen, sowie über die nach aller Erfahrung weit überwiegende Wahrscheinlichkeit der Fortdauer dieses Zustandes, solange nicht geeignete äußere Beihülfe hinzukömmt. Gibt doch sogar Reue, die bloße erste Regung

Aus dem Begriff des Rechts erhellt nämlich, daß die Menschen, wie für jeden andern ihrer wesentlichen Lebenszwecke, damit seine Erfüllung möglich werde, so auch für den Zweck der Sitt-

des wiedererwachenden sittlichen Lebens, noch lange kein vollgültiges Zeugniß für thatkräftige Sinnesänderung ab. Oder wäre etwa Sklaverei, wie es Hugo meinte, darum rechtmäßig, weil — sie die Möglichkeit der Tugend nicht geradezu ausschließt?! —

Vielmehr muß der Staat alle Verbrecher — wie schon das unverkennbare Recht der Gesellschaft auf Sicherstellung gegen sie hätte lehren sollen — allermindestens auf solange als es hierzu nöthig ist, in eine solche äußere Lage versetzen, wodurch ihnen, zufolge der Forderung des Rechtsgesetzes, die Bedingungen für ihre innere Umkehr zum Recht gewährt werden, so gewiß auch diese Umkehr zuletzt immer nur von ihnen selbst abhängen wird und das Sittengesetz dieselbe unbedingt fordert, also ohne Rücksicht darauf, ob ihnen in jenen Bedingungen ihr Recht geleistet und damit jene Umkehr erleichtert worden ist oder nicht. —

Sogar Naumann, — der am a. O. unsre Schrift „Zur Rechtsbegründung der Besserungstrafe 1846" fast auf jeder Seite, oft wörtlich, benutzt und den eigenthümlichen Versuch gemacht hat, das darin Nachgewiesene, was er das „subjektive Moment der Strafe" tauft, mit Hegel'scher Wiedervergelterei, als dem s. g. „objektiven Moment", zu verschmelzen, — macht (S. 36 f.) gegen Wirth und den „ihm folgenden" Köstlin geltend, daß auch in der Zuerkennung kurzzeitiger Strafen eine Erklärung für sittlich unmündig, folglich einer vormundschaftlichen Leitung oder Pönitentiarbehandlung bedürftig — sofern diese in kurzer Zeit überhaupt möglich — allerdings liege; er findet darin keineswegs eine Verletzung der „subjektiven Freiheit" und erkennt das Treffende des Vergleichs mit der ärztlichen Behandlung Kranker an, ebenso wie Probst („die Wiedergeburt der Strafrechtspflege 1848") u. A.

In der That wird es bei einigem Nachdenken Niemand entgehen können, der nicht durch das ewige Drehen im Kreise abstrakter Redewendungen und in dialektischer Verflüchtigung jedes festen Gedankenkerns alle Unbefangenheit eingebüßt hat, daß nur bei jener ethisch-psychologischen Wirksamkeit des strafenden Staats, worin Köstlin eine „Verkehrung der Justiz in Medizinalpraxis" finden will, die Gerechtigkeit aus einem leeren Wort ein erfülltes, inhaltreiches werden und das außerdem gänzlich willkürliche und unerfindliche „gerechte Maß der Strafe" (oder, was Köstlin gleichbedeutend ist: „des zu verhängenden Strafübels"), anstatt zu „verschwinden", vielmehr aus dem rechtlichen Grund und Zweck der Strafe selbst als das beiden einzig gemäße Mittel mit aller überhaupt möglichen Bestimmtheit sich ergebe.

lichkeit des Einzel- und Gesammtlebens das entsprechende Ganze von Bedingungen, d. h. von Rechten, an Einander in Anspruch zu nehmen haben: die Rechte in Hinsicht der Sittlichkeit. Wenngleich nämlich die Sittlichkeit zunächst die Aufgabe des innern Menschen ist, indem das Sittengesetz fordert, daß ein Jeder sich unbedingt für das Gute (als das für ein vernunftgemäßes Leben Wesentliche) bestimmen solle, nur weil es ein Gutes ist, also von freien Stücken und aus uneigennützigen Beweggründen, so hängt doch auch das sittliche Leben der Einzelen sowohl als der Gesellschaft unstreitig sehr vielfach ab von äußeren Umständen, Lebenslagen und Verhältnissen. Jenes wird durch diese immer, wenigstens im Großen und Ganzen, entweder gefördert oder (z. B. durch Sklaverei oder, kraft der malesuada fames, durch Bettelarmuth) gestört werden, da nun einmal der sehr großen Mehrzahl der Menschen ohne Zweifel die nöthige hohe sittliche Kraft abgeht, um ihren Willen völlig unabhängig von allen äußeren Einflüssen, auch der Furcht und Hoffnung, zu bestimmen. Demzufolge muß der Staat z. B. allem öffentlichen Aergerniß und bösen Beispiel, wie es durch Rohheiten und Unsittlichkeiten aller Art gegeben wird, steuern. Spielhäuser, Hurenhäuser, Thierquälerei, Gotteslästerung und überhaupt öffentliche Bezeugung der Verachtung Dessen, was den Menschen, gleichviel ob mit oder ohne Grund, für heilig gilt, Ehebruch, Doppelehe, Blutschande, Kuppelei, Unzucht, Beschimpfungen u. Dgl. darf er nicht dulden. Und indem der Staat auf diese Weise eine den sittlichen Grundlagen des Lebens völlig entsprechende und für sie bedingende äußere Lebensordnung herzustellen sucht, wahrt er nur den wesentlichen Zusammenhang des Rechts und der Sittlichkeit, ohne doch jemals nach Hegel's Art Beides zusammenzuwirren*)

*) Vgl. Welcker's Ausschußbericht (Nr. 2) über die Tit. 3—6 des Strafgesetzbuchentwurfs 1839, S. 11. Daß aus solcher Verwirrung in den entscheidenden Grundbegriffen, woran die ganze Hegel'sche Schule krank ist, eine genügende, für das Leben brauchbare, Entwickelung des Strafrechts nicht hervorgehen kann, haben alle ihre Versuche auf diesem Gebiet dar-

oder, nach dem Vorgang der Theokratie, sich in das rein innere Gebiet der Gedanken und Gefühle gewissensrichterisch einzumischen; er bescheidet sich vielmehr, der sittlichen Selbstbestimmung — sofern auch sie, wie gesagt, vielfach bedingt und beschränkt ist — von Seiten und streng innerhalb der Gränzen des Rechts Vorschub zu thun.

In der Einsicht, daß alle Handlungen, wodurch die äußeren Grundbedingungen eines sittlichen Lebens in Gesellschaft verletzt werden, ebendarum zugleich ein großes Unrecht, ein Verbrechen enthalten — auch wenn sie scheinbar nur unsittlich sind —, haben denn unsere Staaten jede Handlung dieser Art stets auch als Verbrechen behandelt, und die Strafrechtswissenschaft hat Dieß auch jederzeit für nothwendig erklärt; ja einzele scharfblickenden und folgerecht denkenden Geister, wie Feuerbach, haben dem gesunden Menschenverstand des Volks unbedenklich das fernere Zugeständniß gemacht, daß nothwendig jedes Verbrechen zugleich ein Unrecht sei. Allein es konnte ihnen, aller Mühe ungeachtet, von dem beschränkten Kant'schen Rechtsbegriff aus unmöglich gelingen zu zeigen, daß und warum denn die vorerwähnten Unsittlichkeiten, wie Blutschande u. s. f., gegen das Recht verstoßen. Und je weniger glücklich sie bei diesen Versuchen waren, desto erklärlicher war es, wenn die herrschende Meinung noch immer in dem groben Widerspruch befangen geblieben ist, daß es nach ihr viele Verbrechen gibt, die nicht zugleich rechtswidrig sein sollen, so daß also Strafen — Rechtsfolgen des Unrechts — mitunter auch das bloß Unsittliche sollten treffen dürfen*).

§. 7. Zunehmender Einfluß des wahren Sitzes und Maßes der Schuld, d. h. der sittlich-rechtlichen Unmündigkeit, als des Rechtsgrundes der Strafe, auf deren Zweck, Einrichtung und Bemessung.

Wenige geistvollen Männer, vor Allen Grolman, übersprangen jedoch die engen, durch Kant und Fichte dem Recht

---

gethan. Man s. nur jetzt wieder das dürftige, alles Halts und aller Schärfe bare Gerede bei Köstlin, System des deutschen Strafrechts, z. B. §. 121 ff.

*) Vgl. Röder, Nat.-R. I, §. 40 und 41 und S. 230 f.

und Unrecht gezogenen Gränzen noch in einer andern Hinsicht. Sie erkannten, daß, sobald nur die unrechtliche Gesinnung überhaupt in That ausgebrochen sei, gleichviel ob diese einen handgreiflichen Schaden gestiftet habe oder nicht, — wie dieß Letztere beim Verbrechensversuch so häufig vorkömmt, ohne daß es darum am Wesen der Rechtsverletzung und des Verbrechens fehlt — eine geeignete Gegenwirkung gegen den Willen des Unrechts, d. h. Bestrafung, rechtlich nothwendig sei; daß also nicht sowohl bloß jener einzele Ausbruch, wodurch die ungerechte Gesinnung zur Erscheinung gekommen, sondern vielmehr dieser nun äußerlich erkennbar gewordene sittlich kranke Zustand des Innern selbst mit dem Rechtzustand völlig unverträglich sei, indem es ihn fortwährend durch neue Ausbrüche bei nächster Gelegenheit bedrohe*); daß endlich ebendarin für den Staat die Verbindlichkeit und das Recht begründet sei, um der Aufrechthaltung der Rechtsordnung willen (die später von Schulze und Martin nicht ohne Gefahr bedenklicher Folgerungen in eine Selbsterhaltung des Staats umgetauft worden ist), zur Wiederaufhebung dieser unsittlichen und zwar unrechtlichen Willenstimmung durch Strafe das Seinige zu thun.

War sonach der Sitz und die Quelle des im Verbrechen äußerlich hervorgetretenen Uebels lediglich im Innern des Menschen, in der Schuld (und nicht etwa in dem großentheils zufälligen äußeren Schaden) zu suchen, so hätte nun auch folgerecht darauf allein zurückgegangen und zurückgewirkt werden müssen, während Dieß bisher nur theilweise geschehen ist**).

Allerdings sah man sich im Leben, trotz aller herrschenden schiefen Ansichten von Recht und Strafrecht, wonach Beides nur mit dem äußeren Menschen sich zu befassen haben sollte (s. S. 6), jederzeit sogleich beim ersten Schritt über die Schwelle des Strafrechts zur Einkehr ins Innere gezwungen; denn als die erste

*) Näheres hierüber s. bei Röder, der Strafvollzug im Geist des Rechts, S. 66 f. 162, Anm. u. 338.

**) Eine gedrängte Ausführung dieser Grundansicht gibt nun auch die 2. Aufl. unsrer „Grundzüge des Nat.-R.“ II, §. 124.

über das Dasein eines Verbrechens entscheidende Frage galt immer die Frage nach der Verschuldung oder Zurechnung, d. h. nach der Abstammung der die äußere Rechtsordnung störenden oder doch bedrohenden Wirkungen menschlicher Kräfte aus dem Willen. Ja man ist in der Mehrzahl der neueren Gesetzgebungen noch einen Schritt weiter gegangen, indem sie sogar schon einige Rücksicht auf die Triebfedern oder Bestimmgründe des Verbrechens bei dessen Bestrafung genommen wissen wollen, während noch Grolman und fast alle Neueren mit Kant die Triebfedern rechtlich für völlig gleichgültig erklären, — eine Verkehrtheit, die sich begreiflich ebensowenig im Strafrecht festhalten läßt als im bürgerlichen Recht, wo z. B. der Unterschied der bona und mala fides überall von Einfluß ist.

Aus dem Gesagten erhellt denn auch die Halbheit und Aeußerlichkeit aller der Straftheorieen, wonach es (wie bei der Theorie des psychischen Zwangs und sogar bei der Grolman'schen Spezialpräventionstheorie) echt Kantisch bei der Strafe lediglich auf Wiederherstellung der äußerlich rechtlichen (gesetzmäßigen) Handlungsweise und Willensrichtung abgesehen sein und obendrein, auf die ganz falsche Voraussetzung hin: daß alle ungerechten Willensbestimmungen lediglich in sinnlichen Antrieben ihren Grund hätten — die rechtlichen Gegenmittel nach Art und Maß lediglich auf deren Unterdrückung durch Abschreckung (sei es durch Zufügung oder Androhung sinnlicher Uebel) berechnet werden sollten.

So gewiß aber der bloße (innerlich gebliebene), obwohl gegen das Recht gerichtete, Gedanke für die Außenwelt unzugänglich ist und lediglich vor den inneren Richter, das Gewissen, gehört, so gewiß wird er von dem Augenblick an, wo er sich durch thätliches Eingreifen in die äußere Rechtsordnung als ernstlicher Rechtswiderwille unzweifelhaft zu erkennen gegeben hat, zugleich Gegenstand der Rückwirkung oder Gegenwirkung dieser Ordnung; gehört mithin fortan zugleich vor den äußeren Richter nach dem ganz richtigen römischen Grundsatz: in maleficiis voluntas spectatur, non exitus. Und gerade weil der äußere Richter den Unrechtswillen möglichst gründlich, d. h. in seinen Gründen, wiederaufheben und heilen soll, muß er auch diese Gründe zu erkennen und je nach ihrer Art und Stärke auch seine heilenden Gegenmittel (d. h. die Strafe) zu bemessen suchen. In derselben doppelten Hauptrichtung des Wirkens — der abwehrenden und vor Allem der selbst schaffenden — die dem Recht überhaupt und dem Staat zukömmt, wie sich oben ergab, hat auch die Strafe, um ihrem Rechts-Grund und Zweck ganz zu genügen, der Umstimmung des rechtswidrigen Willens des Verbrechers von Außen Vorschub zu thun. Die richtige Erkenntniß dieses inneren Zustandes bedingt mithin jedes gerechte Urtheil über das mittelst der Strafe zu befriedigende Bedürfniß und das demselben entsprechende Strafmaß, wie es der Richter auszusprechen hat, soweit Beides sich mit Wahrscheinlichkeit, annäherungsweise, aus der begangenen verbrecherischen That durch Rückschluß abnehmen läßt — mit Vorbehalt freilich späterer besseren Einsicht und demzufolge Berichtigung. Gerade darin aber, daß sie diese rechtlich nothwendige Gutmachung begangener Fehler möglich machen, liegt ein weiterer, wenn auch meist nur geahnter Grund des sittlichen und rechtlichen Werths der Freiheitstrafen und ihrer nahenden Alleinherrschaft.

§. 8. Starre Unabänderlichkeit der Gesetze wie der Urtheile thut dem wahren Recht der Strafe (das Individualisirung fordert) Gewalt an.

Wo man nun Besserung als das Hauptziel der Strafe und Strafanstalt erkannt hat, geräth man in offenen Widerspruch mit sich selbst, sobald man dem während der Strafzeit, wenn auch noch so unzweifelhaft, erreichten oder verfehlten Erfolg der darauf gerichteten Behandlung keinerlei Einfluß auf diese selbst und auf ihre Beendigung oder Fortdauer einräumt*). Man

*) S. auch Spangenberg über die sittliche und bürgerl. Verbesserung der Verbrecher S. 87 und 115; K. v. Lichtenberg, die Strafe, die Zuchthäuser u. das Zwangserziehungssystem, S. 156 f., ja sogar v. Wick am a. O. S. 38, der sagt: „Ohne in der Besserung Fortgeschrittene anders zu behandeln, ihnen ein größeres Maß von Freiheit zu gestatten, kann eine Besserungsanstalt nicht bestehen“. Diese Wahrheit bestimmte offenbar auch

kann und darf dann nicht mehr, wie früherhin, lediglich auf Gerathewohl blindlings darauf los strafen und ganz und gar Nichts danach fragen, Was aus den im Gesetz und Urtheil verhängten Strafen in der Anwendung wird, Was sie hier wirken und ihrer Natur nach zu wirken im Stande sind, und ob nicht etwa dort den Verbrechern die Rechnung ganz ohne den Wirth gemacht worden ist; man kann dann nicht länger bei der bequemen Annahme stehen bleiben, die nur aus der hergebrachten gänzlichen Abtrennung des Rechts von jeder Beziehung auf die menschlichen Lebenszwecke erklärlich ist: daß dieß Alles das Recht und die Rechtspflege Nichts weiter angehe, daß deren Aufgabe vielmehr mit Abfassung jener Rechnung nach dem Buchstaben des gesetzlichen Straftarifs erschöpft sei.

Schon längst hat man eingesehen, wie verkehrt es war, aus Gespensterfurcht vor Richterwillkür dem Richter durch ganz genau im Gesetz zum Voraus bestimmte Strafen möglichst die Hände zu binden; denn es lag hierin geradezu die Erdichtung, der

---

zu allen Fehlversuchen einer Klassenabtheilung, obgleich nur die Individualisirung ihr und der Aufgabe der Besserung ganz entspricht, also die Einzelhaft, ohne welche deren Durchführung geradezu unthunlich ist.

Verfehlt und auf einseitiger Ueberschätzung der Arbeit beruhend war das s. g. Markensystem des Hauptmanns Maconochie allerdings — wonach nicht zu einer bestimmten Strafzeit, sondern zu einer bestimmten Strafarbeit verurtheilt werden sollte, deren Gesammtbetrag in einer Anzahl von Zeichen (Marken) ausgedrückt war, die der Sträfling nun (mit Rücksicht jedoch auf sein Betragen) schneller oder langsamer abverdienen konnte; allein es lag darin immerhin die Wahrheit, daß die kahle, äußerliche Bestimmung einer Zeitdauer für die Strafen ohne alle Rücksicht auf Das, was während dieser Zeit zu geschehen hat und geschieht, für die Gesellschaft Nichts bedeutet. Das bloße Arbeiten inzwischen genügt freilich ebensowenig als das bloße Beten, Anhören geistlicher Ermahnungen, Auswendiglernen von Bibelstellen und Dergl., wie in Reading, wo man die Gefangenen Nichts thun und mindestens zehn Stunden schlafen ließ, — eine Verkehrtheit, worauf hin Pearson ebenso verkehrt sofort die Einzelhaft überhaupt — — ohne sich weiter um deren vernünftigere Durchführung anderwärts zu bekümmern — als eine „kostbare und unthätige" Haftart verwerfen zu dürfen glaubte! — Und doch haben mehr als gutmüthige Deutsche auf die voreiligen Urtheile solcher eiteln Schwätzer Gewicht gelegt!

Gesetzgeber sei unfehlbar und seine Strafbestimmungen seien die der Gerechtigkeit einzig gemäßen, d. h. der Größe der Verschuldung ganz angemessenen, die verdienten; obwohl er doch offenbar weit weniger im Stande ist als der Richter, alle eigenthümlichen Umstände des einzelen Falls zu berücksichtigen. Mußte man ebendarum dem Richter ein Ab- und Zuthun in Hinsicht der gesetzlichen Strafe gestatten (z. B. wegen circonstances atténuantes), ja ihm oft fast ganz freie Hand in Bestimmung der Strafe geben, so muß man auch, bei folgerechtem Denken, einsehen, daß es kaum minder verkehrt wäre, wenn es schlechterdings bei der einmal im Urtheil ausgesprochenen Strafe bleiben müßte, auch wenn sie auf Voraussetzungen hin vom Richter bestimmt worden sein sollte, die sich späterhin als ungegründet erwiesen haben, so daß sie sich danach nun entweder als unzureichend oder als übermäßig herausstellt und ebenso gewiß eine zweckmäßig nachbessernde Abänderung oder Näherbestimmung fordert wie die anfängliche Vorschrift des Arztes, je nach Verlauf der Krankheit.

Aus demselben Grunde, aus dem in der Strafrechtspflege nie ein bloß formelles Recht an die Stelle des materiellen treten und, in Betracht der Fehlbarkeit der Richter, nie von eigentlicher Rechtskraft, sondern nur von einstweiliger Vollziehbarkeit, der Urtheile die Rede sein darf, — daher denn auch alle solchen s. g. Strafen als verwerfliche Unrechtstrafen erscheinen, die, wie die Hinrichtung, jede Möglichkeit einer Wiedergutmachung ausschließen —, aus demselben Grunde wäre es eine folgewidrige Starrheit, wenn man nur in der Berichtigung der Irrthümer des Gesetzgebers, nicht aber auch des Richters, einen wesentlichen Fortschritt der Strafrechtspflege erkennen und für Diesen eine Erdichtung der Unfehlbarkeit in Anspruch nehmen wollte, die man für Jenen längst als verkehrt aufgegeben hat. Man würde nur den alten Fehler auf neue Art begehen, wenn man so das gewisse Unrecht eines Zerhauens des Knotens durch den Richter dem Versuch seiner Auflösung, in Gemäßheit des Urtheils der Strafanstaltbeamten über den Sträfling, vorziehen wollte, unter dem Vorwand, daß auch Diese irren könnten

(Was freilich **möglich**, aber jedenfalls sehr viel unwahrscheinlicher ist!) und daß dadurch „die Dauer der Strafe der Willkür und Heuchelei preisgegeben" wäre*).

Daß hintennach, wenn nicht als Regel, doch ausnahmweise „in einzelen Fällen" eine Abkürzung oder Verlängerung der Strafe durchaus **nothwendig** sei, kann Niemand leugnen, und man hat nur Zweifel (wenigstens bei letzterer), ob sie durch „die Gerechtigkeit" geboten sei, Zweifel, die sich leicht heben lassen**). Angenommen, es hätte wirklich ein Sträfling, der sich völlig verstockt gezeigt und fortwährend schlecht und gefährlich erwiesen hat, ein **Recht** der Loslassung auf seine Mitbürger, sobald die ihm vom Richter aus offenbar falscher Beurtheilung seiner Verdorbenheit und Gefährlichkeit zu kurz — also nicht in Verhältniß zu Dem, was er verdient hat, sondern ungerecht — bestimmte

---

*) Vgl. **Probst**, würtemb. Ausschußbericht über die Zellenhaft. 1857. S. 40. — Aehnliche Einwendungen, die, wenn sie überhaupt haltbar wären, sichtlich weit mehr beweisen würden als man damit beweisen will, hat außer Andern früher auch **Mittermaier** im Staatslexikon (2. Aufl.) gemacht. Namentlich die **Möglichkeit** der Heuchelei ließe sich ebensogut der Aussicht auf Gnade für den Fall guter Aufführung entgegensetzen.

) Vgl. **Bonneville, traité des diverses institutions complémentaires du régime pénitentiaire. 1847. S. 251 ff. — **Livingston** (Lettre à Rob. Vaux p. 13) sagt: „Einen Dieb freilassen, der nicht ganz gebessert ist, heißt der Gesellschaft eine Steuer von unbestimmtem Betrag auflegen". S. auch **Ducpétiaux**, avantprojet de loi sur le régime des prisons. 1854. p. 17—26. und die ähnlichen Vorschläge in dem guten Aufsatz des Edinburgh review. Bd. 100. (The management and disposal of our criminal population) bes. S. 591 f. und 606 f. und **F. Hill**, crime, its amount, causes and remedies. 1853.

In diesem Sinn hatten wir uns bereits in unserm Gutachten „Die Verbesserung des Gefängnißwesens mittelst der Einzelhaft" S. 51 ff., sowie in der im Auftrag des Brüsseler Wohlthätigkeitkongresses 1856 abgefaßten Denkschrift (wieder abgedruckt in unsrer Schrift „Der Strafvollzug 2c." Nr. II, S. 109 ff.) ausgesprochen, und ebendahin zielte der von **Ducpetiaux** verfaßte Entwurf einer Grundlage für die Berathungen des Frankfurter Kongresses d. J. 1857 über das Gefängnißwesen, worauf sich auch unsere ebenerwähnte Denkschrift bezog. Vgl. Congrès de bienfaisance de Francfort s/M. 1857. T. I. p. 377 s.

Strafzeit abgelaufen ist, wie dürfte man dann, sei es auch nur auf dem Umwege der Polizei, ihn länger eingesperrt halten? Und doch muß Dieß schlechterdings geschehen und geschieht auch, gewöhnlich mittelst Verbringung in eine s. g. „polizeiliche Bewahranstalt" oder ein „Arbeithaus" — also mittelst einer Art von Zusatzstrafe, deren Dauer durch sein Verhalten bedingt zu sein pflegt — so daß seine scheinbar unbedingte Freilassung in der That doch zum leeren Wort wird. Hat der Sträfling aber offenbar kein solches fabelhaftes Recht, hat vielmehr der Staat ein gutes Recht und zugleich eine Pflicht, ihn noch länger festzuhalten bis seine Freilassung nicht mehr gefährlich sein wird („donec se bene gesserit" — bis auf Wohlverhalten), warum will man nicht zugeben, daß auch hier, wie überhaupt, die endgültige Entscheidung über das Ob und Wielange Sache der Rechtspflege sei und nicht auf anderm als dem Rechtswege getroffen werden sollte, statt daß heutzutage die etwa nöthige Verlängerung nur im Verwaltungswege, die erforderliche Abkürzung aber im Gnadenwege erfolgt — Beides selbstverständlich mit aller davon unzertrennlichen Willkür?

Muß man Dieß aber zugeben, so folgt, daß am Sachgemäßesten ein zweites Urtheil zur Verbesserung der bei dem ersten gemachten Mißgriffe gefällt würde, und zwar der Sicherheit halber, worauf die Gesellschaft ein entschiedenes Recht hat, immer, auch bei anscheinend ganz Gebesserten, erst nach Ablauf eines gewissen Theils, etwa der Hälfte der im ersten Urtheil zuerkannten Strafzeit. Durch das zweite Urtheil müßte denn im Fall einer inzwischen eingetretenen entschiedenen oder doch sehr wahrscheinlichen Besserung des Sträflings entweder auf alsbaldige und unbedingte Freilassung erkannt werden, oder auf eine an die Bedingung des Wohlverhaltens während einer kürzeren oder längeren weiteren Prüfungszeit vorher oder nachher geknüpfte; im entgegengesetzten Fall müßte eine Verlängerung der Strafe „auf unbestimmte Zeit" ausgesprochen werden, deren nähere Feststellung demnächst, auf die zeitweise zu erstattenden Berichte des Gesammtvorstands der Strafanstalt, zu geschehen hätte. „Dann erst", saat Mooser*) richtig, „gäbe es für die Sträflinge keine Hoffnung mehr als durch Besserung", während jetzt die Besserung sehr häufig vereitelt wird durch unzeitige, ganz unverdiente Abkürzung der Strafe im Wege der (unbedingten) Begnadigung**) — etwa wegen des Zufalls einer Krönung, eines hohen Geburtstags u. Dgl. — ja schon durch die bloße Aussicht auf solche. Die Vorurtheile gegen die bedingten Freilassungen auf dem Gnadenwege, die 1857 in Frankfurt laut wurden***), und die seitdem Christiansen auch grundsätzlich zu rechtfertigen versucht hat†), stammen sichtlich nur aus den hergebrachten schiefen Vorstellungen von Strafgerechtigkeit, wonach man „ein Markten mit dem Recht" darin zu finden wähnte, wenn nicht die Rechtskraft auch der Strafurtheile so aufgefaßt würde, als ob sie mit dem Siegel eines unabwendbaren Verhängnisses besiegelt wären. Das Unbegreifliche dabei war nur, daß man bei dem Eifern gegen die bedingten Begnadigungen sogar völlig übersah, wie sehr viel größere Bürgschaften diese jedenfalls für die Rechtssicherheit der Gesellschaft geben als die unbedingten Begnadigungen, an die man freilich einmal gewöhnt ist, so gewiß sie auch nur zu oft das Recht geradezu auf den Kopf stellen.

Für außerordentliche Fälle würde doch immer noch Gelegenheit genug übrig bleiben zu einer nicht strafzweckwidrigen, sondern dem Geist der Besserungsstrafe ganz entsprechenden Uebung der Gnade, wenn diese nicht ferner, wie bisher, in der Mehrzahl der Fälle zur Anwendung kommen, d. h. sich an die Stelle

---

*) Die Pönitentiaranstalt St. Jakob bei St. Gallen S. 339.

**) Wie störend Dieß in den Gang der Rechtspflege eingreift, auch in Amerika, wo es noch häufiger vorkömmt als in Europa, haben schon die Beauftragten von Massachusets 1817 berichtet. S. Spangenberg (Roscoe) am a. O. S. 114. Am Häufigsten sind solche Begnadigungen in Baiern und der Schweiz, am Seltensten in Skandinavien.

***) S. Congrès de bienfaisance de Francfort s/M. 1857. I. S. 413.

†) Rechtliche Würdigung der Einzelhaft S. 57 ff. S. dagegen Mittermaier, die Gefängnißfrage S. 151 ff., v. Arnold, im Gerichtsaal 1860 S. 537, und Röder, Strafvollzug S. 110 ff. 153; 187 f. 351.

der Regel des Rechts setzen sollte. Nichts kann gewisser sein als daß eine Rechtsregel Nichts taugt und je eher je lieber berichtigt werden müßte, wenn sie von ihren Ausnahmen verschlungen wird, und daß es vollends mit einem Rechtstaat sich nicht verträgt, wenn die Gnade zum regelmäßigen Mittel einer rechtlich erforderten Strafkürzung erweitert worden ist*), wie wir es doch fast in allen heutigen Staaten sehen. Auch sollte wohl kaum jemals Gnade erfolgen, ohne daß der Gesammtvorstand der Strafanstalt damit einverstanden ist. Von selbst versteht es sich endlich, daß niemals der gewöhnliche Grad von s. g. äußerlich gutem Betragen als genügend zur Strafkürzung gelten kann, da er erfahrungsmäßig sehr oft, z. B. bei Gewohnheitdieben, ohne alle wahre Reue und Besserung, als bloßes Werk kluger Berechnung, vorkömmt. Wie „leicht aber in der Vereinzelung die Heuchelei der Sträflinge entlarvt werde", geben selbst die Gegner der Einzelhaft zu**).

§. 9. Annäherungen an das Richtige in neuerer Zeit.

Durch das Bedürfniß des Lebens gedrängt, hatten schon früh manche Staaten theilweise ein dem soeben ausgeführten ähnliches Verfahren eingehalten. So verfügte schon das preußische Landrecht (§. 1160) für den Fall dritten Diebstahls eine „Anhaltung des Verbrechers auf unbestimmte Zeit bis er sich gebessert habe", ähnlich bei andern Verbrechern von gemeingefährlich verdorbenen Neigungen (§. 5). So war es auch in Würtemberg üblich, daß der Richter nur „ein minimum der Strafe bestimmt auszusprechen hatte, mit dem Anhang, daß der Verbrecher nach dessen Erstehung noch so lange in Haft zu bleiben habe, bis er wirklich gebessert sei"; so kennt das bairische Gesetzbuch von 1813 Verurtheilungen „auf unbestimmte Zeit"; so hat man in Frankreich mit dem günstigsten Erfolg die

*) S. Röder, die Verbesserung des Gefängnißwesens mittelst der Einzelhaft S. 52 ff.

**) S. Aubanel's Brief in den Verhandl. über das Gefängnißwesen zu Frankfurt 1846 S. 119.

bedingte Freilassung bei den jugendlichen Verbrechern zur Anwendung gebracht*).

So läßt neuerlich das englische Recht die zuerkannte Strafzeit nur als maximum gelten, so daß nach Ablauf der Hälfte die Regierung Solche, die als gebessert erscheinen, mit Entlassungsschein (ticket of leave oder of license) unter dem Beding freilassen darf, sie bei schlechter Aufführung, mit Abrechnung der dazwischen liegenden missbrauchten Probezeit, sofort auch die zweite Hälfte der ausgesprochenen Strafzeit verbüßen zu lassen. Diese Maßregel, die früher nur für den Fall der Verbringung in die englischen Pflanzländer zulässig und insoweit gewiß überwiegend zweckmäßig war, ist seit 1853 auch in andern Fällen für statthaft erklärt worden, wo sie ohne Frage weit bedenklicher erscheint**). Aehnliche Maßregeln sind für Belgien***) und seitdem, durch den Ausschuß des Brüsseler Wohlthätigkeittags, allgemein in Vorschlag gebracht worden†).

*) So versichern der Minister (s. motifs de la loi sur les prisons. 1844), Demetz (resumé sur le systéme pénitentiaire p. 28) und Berenger, der die Ausdehnung dieses Verfahrens auch auf die erwachsenen Sträflinge verlangt (in seinem Bericht an die Akademie: de la répression pénale, de ses formes et ses effets. 1852. p. 545). Näheres gibt Ducpetiaux, avantprojet de loi. S. 18 f.

**) Bisher schienen zwar die Erfolge insofern günstig zu sein, als nach amtlichen Ausweisen von 5152 (seit 1853 bis 1855) bedingt Entlassenen nur 179 wieder in's Gefängniß zurückversetzt werden mußten, überhaupt von 7000 binnen 4 Jahren seit 1853 so Entlassenen (nach den Mittheilungen des Obersten Jebb an den Ausschuß des Wohlthätigkeitvereins) nur 15 %, noch dazu meist nur wegen leichter Vergehen. Allein wir sind fest überzeugt, daß auf große und bleibende Erfolge bedingter Freilassungen immer nur unter der doppelten Voraussetzung zu rechnen sein wird, daß: 1) bis zum Augenblick der Entlassung ausschließend Einzelhaft, und 2) nach der Entlassung die umfassendste Fürsorge durch Schutzvereine stattfinde. Schon deßhalb, weil es an beiden Voraussetzungen, ja sogar an den einfachsten sonstigen, die Ueberwachung Entlassener erleichternden Vorkehrungen in England fehlt (s. unsern „Strafvollzug im Geist des Rechts" S. 186 ff.), halten wir obige Zahlen für sehr wenig beweisend.

***) S. Ducpetiaux, avantprojet de loi ch. 7.

†) S. dessen erwähntes Programm für die 2. Sitzung 1857 S. 21 f. nebst unserem dazu abgegebenen „Votum über die nothwendige Rückwirkung

Einen Versuch mit der bedingten Begnadigung hat man seit Kurzem auch im Königreich Sachsen angestellt, unseres Wissens bisher mit gutem Erfolg. In Dänemark ist sogar jede Begnadigung eine durch das künftige gute Verhalten bedingte*).

Uebrigens sind in Deutschland schon oft, vorzüglich bei Staatsverbrechern, solche Begnadigungen vorgekommen, die mit der Bedingung künftigen Wohlverhaltens, oder auch wohl der Auswanderung nach Amerika, verknüpft wurden. Dabei war es aber freilich eine große Unbilligkeit, ja Härte, wenn erstere Bedingung gewöhnlich auf die ganze Lebenszeit bezogen ward und bei der geringsten Gesetzübertretung, so grundverschieden diese auch von dem früheren Verbrechen sein mochte, als gebrochen galt.

Der Sache, wenn auch nicht der rechtlichen Form nach, nähert sich unserm obigen Vorschlag die Uebung mancher Länder, daß Begnadigungsanträge nicht ohne das Gutachten eben des Gerichts, von dem das frühere Urtheil gefällt war, dem Fürsten vorgelegt werden dürfen. Der große Unterschied zeigt sich aber schon darin, daß öfter dergleichen Anträge, trotz günstiger Berichte des Gefängnißvorstands und Gerichts, aus bloßer Ministerialwillkür gar nicht vorgelegt werden, und daß sie überhaupt doch bloß in Ausnahmfällen eintreten, anstatt daß immer nach bestimmter Strafzeit jede Strafsache noch einmal wieder aufgenommen und geprüft werden sollte.

§. 10. Allseitig nützliche Folgen der einzig gerechten Besserungstrafe.

Jeder Unbefangene wird leicht bemerken, daß die im Vorstehenden als die allein rechtliche erwiesene Besserungstrafe zugleich, wie keine andere, allseitig auch die nützlichste ist, und zwar alle die Vortheile schon ganz von selbst im Gefolge führt, worauf die eine oder andere der zahllosen Straftheorieen

---

der Einzelhaft auf die Gesetzgebung" (in unserm „Strafvollzug" Nr. 2 S. 110 ff.).

*) S. Zahn, Reisebericht S. 83.

einseitig gemünzt war — bisweilen mit offener Aufopferung des Rechts. Was irgend theilweise Wahres, Beachtenswerthes und Bestechendes, neben so vielem Ungesunden und Mißleitenden, in diesen Theorieen lag, oder auch in den mehr oder minder dunkeln Ausdrücken: rechtliche und moralische Vergeltung, Rache, und Genugthuung, Wiederherstellung des Rechts oder des Friedens, Vernichtung des Unrechts, Nothwehr, Sühne, Ahndung, Buße, Repression, Reaktion u. s. f., — das Alles findet in der Besserungstrafe vollständige Anerkennung.

Sie geht davon aus, wie oben gezeigt ward und wie es schon die Alten richtig geahnt und in ihren Benennungen: Zuchthaus und Korrektionshaus ausgedrückt haben (deutlicher als in dem neuen Wort: Pönitentiaranstalt, das darum Mooser nicht übel „Strafbesserungsanstalt" übersetzte): daß die Strafe vor Allem auf Züchtigung und Besserung des Zuchtbedürftigen gehen, also ihm zunächst nicht um Andrer und des ihn züchtigenden Staats willen zuzufügen sei, sondern um seinetwillen, ebenso wie überhaupt Erziehung und Bevormundung, ja alles Recht einem Jeden nur darum zu Theil werden soll, weil es sein Recht ist; sie hält fest daran, daß das Beste (das „wohlverstandene Interesse") Aller unzertrennlich organisch verbunden sei und nur auf dem streng rechtlichen Wege, binnen der durch Rechts-Grund und Zweck der Strafe gezogenen Gränzen, befördert werden könne.

Die Besserungstrafe will allerdings den Staat selbst und seine sämmtlichen Angehörigen gegen den Verbrecher auch für die Zukunft sicherstellen, aber freilich — da der Staat eine ethische oder Willens-Ordnung ist — nur durch die allein ausreichenden und gründlichen inneren Mittel der Erziehung des Verbrechers, nicht aber lediglich auf dessen Kosten durch bloß äußerliche (mechanische) Mittel, die in gar keiner Beziehung zu seinem Inneren: zum Willen und dessen Umstimmung — stehen, sondern nur dessen Leib und Leben treffen, nämlich entweder, wie Hinrichtungen, bloß naturgesetzlich Rückfälle unmöglich machen, oder doch, wie die bloße Einsperrung auf Zeitlebens, auf sehr unzuverlässige Weise durch Schloß und Riegel sie unmöglich zu machen suchen, oder endlich, wie Prügel, Brandmark, Schandpfahl und Dergl., bloß grausame, leibliche, geistige oder sittliche Mißhandlungen und Peinigungen enthalten, womit man entweder bloß oder zunächst Andere von Nachahmung des Thäters oder den Thäter selbst von Wiederholung des Verbrechens abschrecken möchte. Freilich liegt es nahe genug und wird überdieß durch die Erfahrung zur Genüge bestätigt, daß solche s. g. Strafmittel immer höchstens auf solange nothdürftig im Zaum halten werden, als nicht eine günstige Gelegenheit zu einer ungestraften Verübung sich darbietet. Die Besserungstrafe zielt darum überhaupt nicht absichtlich zu niedrig, nämlich nicht bloß auf Erwirkung eines nur äußerlich, also halb, rechtlichen Verhaltens des Sträflings, d. h. einer s. g. bürgerlichen Besserung*), sondern auf eine gründliche und ganze Aenderung seines unrechtlichen Sinns, die allein die Probe zu halten verspricht. Sie glaubt nicht, daß das Streben nach diesem Ziel jemals aus dem schwachen Grunde, der allen Erziehungsbemühungen das Urtheil spricht, aufzugeben sei und lieber gar Nichts geschehen solle, um die Verbrecher wenigstens besser zu machen als sie sind, weil allerdings bei ihnen noch weniger Aussicht ist als bei andern Menschen, sie in Engel zu verwandeln.

Indem sie den Rechtsverächter und Friedstörer zu aufrichtiger Reue und mittelst deren dazu bringt, daß er sich selbst zur strengsten Heilighaltung der Rechtsordnung bestimme, stellt sie das etwa erschütterte Ansehen des Gesetzes und das Vertrauen der Bürger auf den Staatsschutz bestmöglich wieder her und gibt zugleich dem Reiz, den das böse Beispiel vielleicht geübt hat, das wirksamste Gegengift in ernstlicher Buße und Besserung des Uebelthäters. Auf diese echt menschliche Weise wird dem Recht und Staat die volle und reinste Genugthuung zu Theil, nicht etwa durch Schmerz und Qualen, die vor Aller Augen auf den Uebelthäter gehäuft werden, also

*) Vgl. darüber unsere Grundz. d. Nat.-R. II, S. 168 Anm. u. unsern „Strafvollzug“ S. 289 u. 341.

nicht durch Befriedigung der schlechten Lust aus schnöder Rache, nicht in blinder Vergeltung von Bösem durch Böses (denn absichtliche Zufügung von Leiden als solchen ist Bosheit), sondern durch Erwiderung des verübten Unrechts nur durch leidenschaftlose Uebung strenger Gerechtigkeit auch an dem Ungerechten. Die Folge davon ist, daß Dieser sich innerlich genöthigt sieht, unwillkürlich eine Rechtsordnung zu achten, die ihm in der Strafe nur sein Recht widerfahren läßt, in solcher Weise, daß er später oder früher selbst sein eignes Bestes darin erkennen muß. Eine vollendetere Verherrlichung und Siegesfeier des Rechts über das Unrecht läßt sich gar nicht denken, als sie in dieser allein wahrhaft sittlichen und christlichen Vergeltung des Bösen durch Gutes, des Unrechts durch Recht liegt, die nicht bloß Furcht vor der Rechtsfolge des Unrechts, sondern Ehrfurcht vor dem Recht und der Rechtsordnung des Staats hervorzurufen geeignet ist.

Je vollständiger aber die Besserung des Verbrechers gelingt, desto mehr wird dadurch dessen sittliche Schuld getilgt und er wiederausgesöhnt mit seinem bessern Selbst, mit Gott und mit der Welt, d. h. nicht nur überhaupt mit der ganzen Gesellschaft, sondern insbesondere auch mit dem durch das Verbrechen zunächst Verletzten, dem so die größtmögliche, innere, Befriedigung zu Theil wird, die er als sittlich-religiöser Mensch, und vollends als Christ, nur irgend wünschen kann. Die Achtung der Mitbürger vor dem früheren Rechtsverächter lebt zugleich wieder auf*) und darum wird seine Rückkehr in die Gesellschaft nicht eine bloß äußerliche, scheinbare bleiben, sondern eine, durch wiedergekehrtes Vertrauen bedingte, wahrhafte Wiederaufnahme werden, sobald Jedermann überzeugt sein kann, daß die Zuchthäuser wahre Besserungsanstalten

*) Wie aber jene Art des „intellektuellen Schadens", die in der Verachtung besteht, die er sich durch seine That zugezogen, dadurch allein wieder sollte gutgemacht werden können, daß ihm ein Uebel, unter dem Namen der Strafe, zugefügt werde — ist freilich nicht abzusehen, wie schon Vening (disput. de fine poenarum, Gron. 1826 S. 73) richtig bemerkt hat.

geworden und die daraus Hervorgegangenen mit höchster Wahrscheinlichkeit als sittlich Wiedergeborene zu betrachten sind.

Die Besserungstrafe ist nach dem Allen ihrem Wesen nach eine wirkliche Wohlthat, nicht ein Uebel, für den Verbrecher selbst wie für das Gemeinwesen*), ungeachtet alle Verblendeten, also nicht nur die Missethäter selbst, sondern alle Gleichgesinnten, ja überhaupt die große Mehrzahl der Menschen, die alle Dinge überwiegend nur von der Außenseite erfaßt und mit sinnlichem Maßstabe mißt, in ihr immer nur ein Uebel erblicken werden. Denn so gewiß jede dem Zweck der Besserung wahrhaft entsprechende Strafe mit dem ganzen sittlichen Ernst und der Strenge der Zucht geübt werden muß, die kein vernünftiger Vormund, Erzieher und Arzt — der Seele wie des Leibes — je versäumen darf, so gewiß darf sie der Sinnlichkeit des Sträflings nicht schmeicheln; sondern, indem sie der gewohnten Zügellosigkeit und Unordnung seines leichtsinnigen Spielerlebens allerseits durch zahlreiche Entziehungen und Beschränkungen ein Ende macht und ihm eine verhaßte neue Lebensordnung aufnöthigt, kann sie anfangs nicht nur nicht nach seinem Geschmack sein, sondern wird (wie sich an der Einzelhaft besonders schlagend bestätigt) gerade von den Verdorbensten begreiflich am Schmerzlichsten empfunden und als das ärgste Uebel verabscheut und gefürchtet. Wie es jedoch widersinnig wäre, eine heilsame aber bittere Arznei einzugeben damit sie bitter schmecke und nicht weil und insofern sie zweckdienlich und heilkräftig ist, so wäre es auch widersinnig, die strengen Maßregeln, die, wenn die Strafe bessern soll, unumgänglich erfordert sind, ganz im Geist der alten Unrechtstrafen in der Absicht des Wehethuns —

*) Wir haben diese grundwichtige Wahrheit zuerst in der „Commentatio de quaestione an poena malum esse debeat, 1839, und seitdem öfter, ausgeführt, auch am Wohlthätigkeitkongreß zu Frankfurt nicht ohne allen Erfolg geltend gemacht (s. den Bericht darüber in unserm „Strafvollzug" S. 80 f.). Außer Andern hat auch Köstlin sie, wenn auch nicht in ihren Folgerungen, doch dem Grundsatz nach, anerkennen müssen, indem er mit unsern Worten ausspricht: „Die Strafe erscheint äußerlich als ein Uebel, ist aber in Wahrheit ein Gut &c." (System des deutschen Straf-R. S. 390).

zur Abschreckung oder Wiedervergeltung — anzuwenden, anstatt in ihrer schmerzlichen Empfindung als Uebel nur etwas Zufälliges und Vorübergehendes, gleichsam die äußere Hülle und Schale, nicht aber das Wesen und den sittlichen Kern der Strafe zu sehen. Der Staat selbst soll also freilich nicht die Strafe ebenso irrig auffassen, wie wir vorhin bemerkt haben daß es von Seiten der in Sinnenlust und verbrecherischen Neigungen Befangenen auch dann zu geschehen pflegt, wenn sie die einzig gerechte und menschliche auf deren eignes Bestes zielende Strafe ist. Je weniger er sie demnach bloß oder zunächst auf Abschreckung der Sträflinge oder Anderer berechnet und sie durch einen solchen Zweck geheiligt halten würde, desto willkommener muß es ihm sein, daß gerade diejenige Freiheitstrafe, die am Vollkommensten der gründlichen Austilgung der verbrecherischen Neigungen entspricht, die also gewiß die tiefste Rechtswirkung übt — nämlich, wie sich später zeigen wird, die Einzelhaft — die inneren Abmahnungsgründe vom Verbrechen am Kräftigsten von Außen unterstützt, d. h. die erwünschteste heilsame Scheu einflößt.

Aus allem soeben Ausgeführten erhellt zugleich, daß durch eine in diesem Geist vollzogene Bestrafung sämmtliche s. g. „intellektuellen" (geistigen und sittlichen) Schäden*), die mög-

*) Ahrens (Naturrecht, 4. Ausg. S. 422 ff. u. Enzyklopädie des Rechts, S. 508), der sich im Uebrigen ganz mit uns einverstanden erklärt, hat sich, offenbar aus Versehen, so ausgedrückt, daß man glauben muß, er wolle die allerdings, soweit sie möglich ist, nothwendige Wiederaufhebung des ganzen durch das Unrecht gestifteten Schadens zum Zweck der Strafe machen. Allein die Strafe hat doch offenbar Nichts zu thun mit dem Ersatz des äußeren Schadens, obwohl im Kindheitalter der Völker beide Begriffe zusammengewirrt werden, weil man auf dieser Lebenstufe Alles, auch Verbrechen und Strafe, überwiegend äußerlich-sinnlich auffaßt. — Aschenbrenner ist unsers Wissens der Erste, ja der Einzige gewesen, der dazu aufgefordert hat, die Lehre von der Bekämpfung des Unrechts mit allen rechtlichen Mitteln, sowohl der Verhütung als der Gutmachung, als einen Hauptzweig der Rechtsverwirklichung zusammenhängend zu behandeln. S. dessen Betracht. über vorzügl. Gegenstände im Staatsleben. 1822. Nr. 1. „Die Rechtswissenschaft gegen Verbrecher."

licher Weise — aber keineswegs immer wirklich — mit einem Verbrechen verknüpft sind, „wiederaufgehoben oder gutgemacht" werden, soweit Dieß überhaupt denkbar ist, m. a. W. daß die gerechte Strafe überhaupt in dieser Beziehung nach allen Seiten hin gut macht Was gut zu machen ist*).

§. 11. Unbestimmtheit und innerer Widerspruch der „Gutmachung des intellektuellen Schadens" im Sinn Welcker's.

Hingegen führt man die größten Gefahren des Unrechts und der Willkür herbei, wenn man bei dieser eben bezeichneten von Welcker der Strafe gestellten Aufgabe: der Gutmachung alles intellektuellen Schadens aus der Uebelthat — stehen bleibt. Deren Fassung ist nämlich offenbar viel zu unbestimmt und weit, d. h. sie geht weit hinaus über den oben dargelegten nächsten Rechts-Grund und Zweck der Strafe; und diese Unbestimmtheit wird noch größer, wenn es dabei bleiben soll, daß die sämmtlichen angeblichen intellektuellen Schäden aus dem Verbrechen lediglich nebeneinander gestellt werden und deren Gutmachung als gleichmäßig erfordert ausgegeben wird, ohne daß man jedoch die unerläßliche ganz bestimmte Auskunft darüber erhält: wie es zu halten sei, falls nicht alle jene Schäden zugleich gutgemacht werden könnten; m. a. W. wenn es nur von den Umständen abhängig gemacht wird, welcher jener Schäden dann den Ausschlag geben, d. h. über diejenige Hauptrichtung der Strafe entscheiden soll, der gegenüber die Gutmachung der übrigen Schäden als Nebensache, als ein zwar Wünschenswerthes aber nicht Wesentliches, untergeordnet bleiben muß.

Nur dann ließe sich der eben erwähnten Auffassung der Strafe die nöthige innere Einheit nicht absprechen, wenn jene Auskunft ertheilt worden wäre; ja sie ginge sogar geradezu in die Besserungstrafe über, sobald streng daran festgehalten würde, wie man es von ihrem Urheber hätte erwarten sollen: daß der Verbrecher nie bei der Bestrafung gleich einer rechtlosen Sache (als Sklav) gebraucht oder verbraucht

*) Vgl. Krause, Abriß des Naturrechts. S. 117.

(wie man Das neuerlich vornehm eingewickelt ausgedrückt hat: „objektivirt") werden dürfe. Dieser Rechtsgrundsatz wird aber unverkennbar hintangesetzt, sobald man dem Staat zugesteht, von der ebenso bequemen als empörenden Rechtsdichtung auszugehen: es gebe ganz unverbesserliche Menschen, von denen er sich ebendarum, durch ihre Tödtung „reinigen" dürfe. Wenn also Welcker ein solches Zugeständniß macht und diese Reinigung unter den Begriff der Gutmachung des intellektuellen Schadens aufgenommen hat — sichtlich nur um die hergebrachte Todesstrafe zu retten — so liegt die ganze zweischneidige Unbestimmtheit seiner strafrechtlichen Grundbegriffe von intellektuellem Schaden und den Mitteln der Heilung desselben zu Tage; es ist nicht abzusehen, wie ein nach seiner eignen Voraussetzung unverbesserlicher innerer Schade kann gutgemacht werden sollen, noch weniger, wie ihn das äußerliche Mittel des Kopfabschneidens soll heilen können. Die ganze Voraussetzung ist zudem völlig unstatthaft; denn, so gewiß auch kein Mensch es je zum Engel bringen wird, so gewiß ist doch auch Keiner jemals ganz Thier oder Teufel, d. h. ganz Unmensch, und jeder, selbst der geringsten Vervollkommnung unfähig.

Muß der Mensch vielmehr unter allen Umständen als Person, d. h. als Selbstzweck und Rechtsubjekt, geachtet und behandelt werden; ist es leiblich und sittlich, wie rechtlich, gleich unmöglich, daß er jemals aufhören könne Person zu sein und sich, sei es mit seinem Willen, sei es wider ihn — also z. B. durch Verzicht, Veräußerung oder Verbrechen — in eine Sache verwandle, mithin alles und jedes Rechts verlustig gehe, so folgt, daß wir in der entgegengesetzten Annahme abermals eine schreiende Erdichtung des positiven Rechts vor uns sehen, deren man sich zur Scheinrechtfertigung des „Schlachtens der Verbrecher" und zahlloser anderen Mißhandlungen Derselben bisher bedient hat.

Selbst Männer wie Grolman und Rotteck — von denen Ersterer das Umbringen im Grunde schon als eine positive Unrechtstrafe erkannt hatte, indem er keine Behandlung als wahre Strafe gelten ließ, die nicht auf den Willen zurückzuwirken bestimmt sei, während der Letztere doch sonst der entschiedenste Gegner aller Sklaverei war — haben den Widerspruch nicht bemerkt, in den sie dadurch mit sich selbst gerathen sind, daß auch sie dem herrschenden Vorurtheil für die Rechtmäßigkeit solchen Mißbrauchens eines Rechtsubjekts als bloßen Rechtobjekts noch huldigen konnten, obwohl mit innerer ahnungvollen Abneigung. Ja, Rotteck hat diesem Vorurtheil sogar noch einen Anschein rechtlicher Begründung geliehen*) durch die Redensart der „Rechtsverwirkung", die ihm trotz ihrer gefährlichen Unbestimmtheit so überaus geläufig war, wie Andern die gleich unbestimmte der Reaktion, Repression, Sühne, Gerechtigkeit 2c.

§. 12. Gänzliche Rechtswidrigkeit aller Abschreckerei und Wiedervergelterei — auch der unter den Mantel der Gerechtigkeit versteckten.

Einen offenen Verstoß gegen die soeben hervorgehobene unwidersprechlichste Forderung des Rechts hat man in neuerer Zeit als solchen allgemein anerkannt: man ist endlich soweit gekommen zuzugeben, daß es schreiend rechtswidrig sei, einen Verbrecher lediglich als Mittel und Werkzeug der Abschreckung Anderer von Verbrechen zu benutzen, also durch diesen vermeintlich gemeinnützigen äußeren Zweck alle möglichen ihm zu dessen Erreichung zuzufügenden Uebel für gerechtfertigt zu achten. Man sieht jetzt ein, da der Zweck die Mittel nicht heiligen kann, daß vor Allem die Strafe an sich selbst rechtmäßig sein müsse und daß sie andernfalls auch durch die vorausgegangene Drohung sich nicht rechtfertigen lasse. Man verlangt daher, daß sie selbst und ihr Zweck, um als der einzig wahre Rechtszweck zu erscheinen, im engsten Zusammenhang mit dem

*) Das in der s. g. Hinrichtung und einer Reihe anderer leiblich oder sittlich verwerflichen Strafen der Vorzeit oder Gegenwart enthaltene schwere Unrecht haben wir hauptsächlich in unsern „Grundzügen des Naturrechts" eingehend nachgewiesen (bes. I, S. 156. II, S. 13, 17 f., 28 ff., 80 ff., 182 ff.), kürzer in andern Ausführungen, z. B. in der Schrift „Der Strafvollzug 2c.", bes. S. 52 ff., 105 ff.

inneren Rechtsgrund der Bestrafung — der eignen That und Schuld — nachgewiesen werde, und erlaubt sich nicht mehr, wie vormals, die widersinnige Ungebühr, den Verbrecher allein verantwortlich zu machen für den möglichen Schaden, der vielleicht durch den Reiz seines bösen Beispiels veranlaßt war.

Ein anderer nicht minder grober Verstoß gegen jenen ersten Rechtsgrundsatz läßt sich freilich leichter in den Schein des Rechts hüllen und steht insolange als das größte Hinderniß einer rechtmäßigen Umgestaltung der Strafgesetzgebung und Strafrechtspflege da, so gewiß er auch Nichts weiter ist als die faule Frucht der ganz abstrakten, d. h. von aller Beziehung auf die vernünftigen Lebenszwecke entblößten, Auffassung des Rechts und Strafrechts der bisher vorherrschenden rechtsfilosofischen Schule. Danach soll nämlich die Strafe ihre innere Gerechtigkeit angeblich gerade darin bewähren, daß sie sich — wie man es auch vom Staat, von der Ehe u. s. f. behauptet hat*) — auf gar keinen Zweck beziehe, daß sie vielmehr lediglich rückwärts auf das Verbrechen und gar nicht vorwärts blicke, kurz eine bloße — so oder anders übertünchte — Wiedervergeltung sei.

Hatte doch Kant, obwohl außer Stande aus seinem eignen obersten Rechtsgrundsatz Dieß herzuleiten, die Behauptung oder vielmehr den Wahn ausgesprochen, in dem auch Hegel und sein Anhang befangen geblieben ist: daß man dem Verbrecher noch gar eine Ehre anthue, wenn man ihn ganz nach dem Prinzip behandelt was er selber aufgestellt und in seinem Verbrechen befolgt habe, also wenn man z. B. den Mörder ebenfalls umbringt, oder, deutlicher gesprochen: wenn man ihn zum Rechtobjekt erniedrigt und zugleich sich selbst herabwürdigt durch Nachahmung, ja oft sogar noch durch Ueberbietung seines schlechten Vorgangs insofern als man ihn, der vielleicht nur in der Leidenschaft getödtet hatte, mit kaltem Blut und großem Gepränge abschlachtet, wenn auch nicht mehr, wie es vor Zeiten nicht selten geschah, auf eine besonders martervolle Weise.

*) S. unsre Grundzüge des Naturrechts I, S. 150.

Unverkennbar ist Dieß aber nur eine erträumte fatalistische Nothwendigkeit, die Kant für einen „kategorischen Vernunftimperativ" ausgab, und man bringt darauf hin, allem Christenthum zum Trotz*), einem selbstgeschaffenen blutdürstigen Götzen der Gerechtigkeit, der blindlings Böses mit Bösem vergolten wissen will, eben die Menschenopfer, die man doch sonst für verabscheuenswerth erklärt, zur Stillung seines Blutdurstes, um ihn zu versöhnen, — d. h. zur Sühne, als Sühnopfer**) — so wenig es auch einen wesentlichen Unterschied machen kann, ob man solche Opfer falschen religiösen oder falschen rechtlichen Vorstellungen bringt.

Das Bestechende dieser s. g. absoluten Straftheorie lag darin, daß sie ganz richtig daran festhält, daß die Strafe durchaus nur als etwas rechtlich Nothwendiges, Verdientes, aufzufassen sei, niemals aber (wie es z. B. beim Exempelstatuiren geschieht) als Mittel für Erreichung von Vortheilen benutzt werden dürfe, die dem Recht an sich ganz fremd sind. Ganz übersehen war dabei freilich, daß die erforderliche rechtliche Begründung der Strafe, wie jeder Rechtseinrichtung, nur durch Aufzeigung des bestimmten ihr eignen rechtlichen Grundes und Zweckes (im Gegensatz aller ihr bloß untergeschobenen, aus ihrem Grunde nicht ableitbaren Zwecke) möglich ist, nicht aber dadurch, daß man die Strafe für zwecklos, also für unvernünftig, ausgibt; und ebensowenig dadurch, daß man sie in die neuerlich beliebte, völlig nichtssagende und kreisläufige Redensart hüllt, daß sie nur in der Gerechtigket begründet sei und nur diese zum Zweck habe (s. g. Gerechtigkeitprinzip!).

---

*) Vgl. Trummer, das Verhältniß der heutigen Strafgesetzgebung zum Christenthum. 1856. §. 9 ff.

**) „Auf diese Art", sagt richtig Carrara (s. die spanische Uebersetzung seiner Abhandl. in der Zeitschrift: escuela del derecho T. I. p. 31), „ward ein abergläubischer Wahn zur Grundlage des Strafrechts gemacht — — und die Worte supplicium, piacula, expiatio schlichen sich ein in die Strafrechtspflege, um ihre Quelle zu entstellen und ihre Ausübung vom rechten Ziel abzuleiten."

Genau Dasselbe ließe sich offenbar von Allem sagen, was überhaupt von Rechtswegen geschieht, dem Recht dient oder zur Rechtsordnung gehört; und nur eine völlige Gedankenlosigkeit kann daher das rechtliche Wesen, das Unterscheidende der Strafe gerade in Dem suchen, was ihr mit allen möglichen Rechtseinrichtungen gemein ist. Daß also die Strafe der Beziehung auf einen bestimmten nächsten Zweck nicht entrathen kann, m. a. W. daß jede Straftheorie eine relative sein muß, ist für sich klar, und unwillkürlich haben darum alle Strafgesetzgebungen die Strafe, wenn auch ohne Folgerichtigkeit, auf Zwecke richten müssen.

Beim Licht betrachtet, bezieht aber auch die absolute oder Wiedervergeltungs-Theorie die Strafe nur vorgeblich nicht auf einen Zweck. Da ihr nämlich dieselbe, ebenso wie den Freunden des Exempelstatuirens, als bloßes äußeres, sinnliches Leiden gilt, was sie um seiner selbst willen zufügen will, so ist mithin unsittlicher und unrechtlicher Weise ihr eigentlicher Zweck: ein Wehethun, „Leidenszufügung" — Was freilich nicht Alle so offen eingestehen als v. Wick. Sie sind sich dabei jedoch dieses verwerflichen Zwecks nicht bewußt, weil sie sich selbst von Rachlust frei wissen; vielmehr treibt sie lediglich der verhängnißvolle Wahn: durch „ein nach Maßgabe der Verschuldung verhängtes Uebel" — als „verdiente Folge" des Verbrechens — eine rechtlich als nöthig und möglich vorausgesetzte Ausgleichung des in dem Verbrechen liegenden sittlichen Uebels herbeiführen zu können und zu sollen.

Nichts ist aber gewisser, als daß eine solche bloße (formelle) Gleichheit weder dem wahren Begriff des Rechts und Strafrechts entspricht, noch überhaupt sich erreichen läßt, da, wie man sich auch drehe und wende, und trotz aller ewig wiederholten nebelhaften Reden von „gleicher Vergeltung, objektiver (!) Wiederherstellung des Rechts, objektiver (!) Genugthuung" u. Dergl., bis jetzt das Räthsel ungelös't geblieben ist, wie man es anzufangen habe das Viereck des Kreises herzustellen, nämlich ein sittliches Uebel, die Schuld, mit einem sinnlichen Uebel, als welches man sich die Strafe denkt, auszugleichen; denn es ist offenbar, daß hier jedes Vergleichmittel (tertium comparationis) völlig fehlt; und ebendarum griff schon Henke, in richtiger Ahnung, um das Aeußere mit dem Inneren irgendwie zu vermitteln, nach dem Begriff der Besserung. Die meisten Wiedervergelter wissen aber diesem, im Leben selbst jetzt endlich zum Glück unabweisbar gewordenen, Rechtszwecke der Strafe entweder gar keinen Raum zu schaffen*) oder doch nur durch irgend eine Hinterthür**).

*) So z. B. von Preuschen, die Gerechtigkeitstheorie rc. I, S. 48, 78. In einer eingehenden Beleuchtung dieser Schrift (in Richter's u. Schneider's krit. Jahrbb. für deutsche Rechtswiss. 1841, 9. Heft) durften wir glauben, diese neueste, noch immer beliebteste Gestalt, in der die absolute Theorie sich breit macht, und diese selbst in ihrer ganzen Blöße gezeigt zu haben, da uns sogar das Zeugniß ertheilt worden ist, „sie wissenschaftlich vernichtet zu haben". Wenn dessenungeachtet Viele (zumal die Hegelianer) noch immer sich im Kreise der alten Schlagwörter drehen und auch unsere übrigen einschlagenden und die alleinige Rechtmäßigkeit der Besserungstrafe erweisenden Schriften geradezu mit Schweigen übergehen, wie noch z. B. Berner, der Verfasser des neuesten Lehrbuchs des deutschen Strafrechts, so dürfen wir Dieß wohl nur aus ihrem Unvermögen erklären, aus dem fehlerhaften Kreise der gangbaren Redensarten herauszukommen und in das Wesen des Rechts selbst, von dem ja auch das Strafrecht abhängt, tiefer einzudringen. Daß aber ohne solches unbequeme Eingehen auf die letzten Gründe von einer Widerlegung unsrer Ausführungen über das Recht der Strafe gar keine Rede sein könne, ist den nicht ganz oberflächlichen Geistern schwerlich entgangen.

**) So enthält z. B. die Wendung bei Köstlin (am a. O. S. 389 f.), die in der Hauptsache, wie Abegg's u. A. Windungen, sichtlich Kant-Hegelisch ist: „Vergeltung des Gleichen durch Gleiches in der idealen (?) Form des Werths", die „zugleich subjektiv gerecht ist, weil sie den Verbrecher nach eben dem Gesetz behandelt, das er selbst aufgestellt hat" — völlig leere Allgemeinheiten, woraus sich durchaus nichts für das Leben Brauchbares, am Wenigsten, wie doch behauptet wird, irgend ein „Maßstab" der Strafe ergeben kann. Daher ist denn auch der weitere Satz (S. 438) ganz ohne Inhalt: „nur innerhalb des durch die gerechte Wiedervergeltung gegebenen (jedoch nirgends von K. bestimmt angegebenen!) Strafmaßes" dienen Pönitentiaranstalten dem Zweck der Züchtigung und Besserung.

Besonders deutlich zeigt sich bei v. Wick (über Strafe und Besserung z. B. S. 36) das Verhängnißvolle dieses unglücklichen Zusammenwirrens des Begriffs der Strafe mit dem eines Leidens, das in blind vergeltender Gleichmacherei zugefügt werden müsse. Wie er dem Staat (da das Recht

Unter diesen Letzten ist hier hauptsächlich Rotteck zu nennen*), weil seine Ansicht, der einstens auch Mittermaier seine Zustimmung gab, die heute noch vorherrschende ist und sich daran die Widerlegung eines der gewöhnlichsten Vorwürfe anknüpfen läßt, die der Besserungstheorie gemacht werden. Er will nämlich, daß nur „der Humanität halber, deren Zwecke allerdings mit in den seinigen enthalten seien, der Staat Besserung des Verbrechers erstreben solle, nicht wegen eines Rechts Desselben auf einen an ihm zu machenden Besserungsversuch“. Wohl aber könne der Verbrecher gezwungen werden, fügt er richtig bei, sich dem auf Besserung hinzielenden Zwang zu unterwerfen, wegen „vorausgegangener Rechtsverwirkung durch geistige oder sittliche Gebrechen, wegen deren er dem Unmündigen gleich zu achten sei, der allerdings bloß seines eignen Besten wegen gezüchtigt werde“.

Auch Rotteck hat also das Verkehrte bemerkt, das in der Behauptung liegt**): „man könne einen Menschen nicht verurtheilen, eine positive Einwirkung (zwangweise) auf sich zu leiden, die ihn zum Bewußtsein seiner Schuld bringe“. Eine ähnliche Behauptung ist auch die Wick's: „daß das Besserungssystem die Gränzen des juristischen Rechts überschreite“***), zumal da, wie dieses und wie jede Rechtsordnung, so auch „alle juridische Strafe mit Aeußerlichkeit behaftet sei“.

---

seiner Meinung nach nur zur Bekämpfung des Bösen durch Zwang in der Welt ist) nebenbei noch andere Zwecke setzen muß, ebenso muß er neben jenem Zwecke der „Leidenszufügung“, wodurch der Begriff der Strafe erschöpft werde, noch als „Nebenzweck“ die Besserung herlaufen lassen, — in welcher kläglichen Unterordnung wird sich weiterhin zeigen.

*) Lehrbuch des Vernunftrechts und der Staatswissenschaften III. Bd. S. 218.

**) Gegen diesen, namentlich vom Grafen Sparre verfochtenen, Satz hat sich mit Hepp und Andern ausführlich Naumann am a. O. S. 43 f. erklärt.

***) Ueber Strafe und Besserung S. 9 ꝛc. Schon Welcker (in seinem Ausschußbericht (Nr. 2) S. 19, über den allg. Theil des bad. Strafgesetzbuchs s. Verhandl. der bad. Stände 1839—40 7. Beilageheft) nennt Dieß „einen völlig grundlosen, vom Standpunkt des Kant'schen Zwangsrechts ausgehenden Vorwurf.“

Alle Behauptungen dieser Art, sie mögen nun auf die Unstatthaftigkeit oder gar auf die Unmöglichkeit eines s. g. „Besserungszwangs" gehen, wurzeln jedoch lediglich, wie oben §. 6 näher dargelegt worden ist, in dem Mangel der grundwichtigen Einsicht, daß das Recht auch der Sittlichkeit alle nöthigen Außenbedingungen gewähren muß; und diese ist es ihr auch so gewiß zu gewähren im Stande, als sonst jede Menschenerziehung ein Unding wäre.

Kein Menschenkenner kann aber leugnen*), daß ein gewaltsames „Losreißen verwilderter Menschen von ihren Begierden", ein Herausreißen aus ihrem bisherigen wüsten Treiben inmitten schlechter Gesellen und übermächtiger Versuchungen, ihr Versetzen in gute Umgebung, ihr Anhalten überhaupt zu einer ganz entgegengesetzten, sittlichen Lebensordnung allmählich und unmerklich diese zur andern Natur machen muß; daß jedenfalls, Wer Menschen in der rechten Weise Das anträgt und nahe legt, was ihren wesentlichen Lebenszwecken und ihrem besseren Selbst entspricht, auf die Dauer sie, ohne daß sie es wollen, gewinnen wird —, so gewiß man auch, solange sie nicht willig entgegenkommen und das ihnen Angetragene dankbar annehmen, sondern es zurückstoßen, nur Wenig (aber immerhin Etwas) erreichen wird. Daß vollends eine Behandlung, die dahin zielt und führt, die sittliche Freiheit wiederherzustellen, dieselbe unmöglich verletzen kann**), bedarf keines Worts.

---

*) S. besonders K. v. Lichtenberg, die Strafe, die Zuchthäuser und das Zwangserziehungssystem, 1846. Der Schlüssel dieser Erscheinung und aller Erziehung, sofern sie durch Zwang sich vermitteln läßt, liegt wohl in dem steten Bestreben des inneren und des äußeren Menschen nach voller Uebereinstimmung. Kann Dieser nicht was Jener will, so findet sich Jener zuletzt in Das, was Dieser muß. Zur Bestätigung dieser schon von Terenz ausgesprochenen Wahrheit bezog sich Mirabeau nicht bloß auf so viele wider Willen geschlossenen und dennoch gut ausgefallenen Ehen, sondern auch auf den auffallenden Umstand, daß so viele gepreßten Soldaten dennoch nicht bei der ersten Gelegenheit davonliefen.

**) Diese unüberlegte Behauptung hat namentlich Köstlin, in der Absicht uns eines Widerspruchs zu zeihen, aufgestellt.

Es würde nun leicht sein, das sichtliche Fortschreiten der Ansichten und Gesetzgebungen zur Wahrheit im Einzelen durch eine Reihe von Belegen zu erweisen *), und unsere Aufgabe bringt es mit sich, daß wir Dieß sogleich wenigstens an dem Entwicklungsgang des Gefängnißwesens zu thun versuchen. Im Allgemeinen begnügen wir uns mit der Mittheilung von Welcker's Bemerkung †): „die Besserung zum Nebenzweck herabzudrücken, wohl gar ihr eine Hegel'sche blinde moralische Vergeltung unterzuschieben, oder diese noch daneben, ja als die Hauptsache, aufzustellen, — diese Verkehrtheit kam unsrer Gesetzgebung nie zu Sinn." Die Motive des badischen Strafgesetzbuchs wollen keine Strafen, die „den Rest des Ehrgefühls des Bestraften zerstören", wie der bürgerliche Tod, das Brandmarken, die Ausstellung, „also nachtheilig auf die Besserung wirken", sogar nicht bei aufs Leben Verurtheilten; sie erklären: „Hauptsorge der Regierung werde es sein, bei allen Strafanstalten diejenigen Einrichtungen zu treffen, die am Meisten geeignet sind, die Besserung der Sträflinge „anzuregen", und der badische Justizminister rechtfertigte das Bedürfniß einer neuen Gesetzgebung damit, daß „das frühere Recht Strafen zuläßt, die dem Endzweck der Besserung widerstreiten."

*) Manches dahin Zielendes s. in unserm „Strafvollzug im Geist des Rechts" S. 55 ff.

†) Am vorhin a. O. S. 17 f.

Zweites Hauptstück.

Rückblick auf die Gefängnisse der Vorzeit.

§. 13. Beschaffenheit der Gefängnisse überhaupt und des Vollzugs der Freiheitstrafen insbesondre.

So wenig es auch unserm Zweck entsprechen würde, im Folgenden eine eingehende Schilderung des Zustandes des Gefängnißwesens in älteren Zeiten zu geben, so dürfen wir doch nicht unterlassen, davon im Allgemeinen wenigstens soviel zu sagen, als man wissen muß, um die heutigen Zustände und Bestrebungen damit vergleichen und demnach auch geschichtlich würdigen zu können.

Die Gefängnisse waren bei den Alten, jedenfalls bei den Griechen und Römern, und ebenso im Mittelalter, fast ausnahmlos nur dazu bestimmt, entweder Verbrecher einstweilen zu verwahren — daher Ulpian sagt: carcer non ad puniendos, sed ad continendos homines haberi debet — und zwar auf solange, bis sie zur Hinrichtung oder zu andern üblichen Strafen abgeführt wurden, oder gefangene Feinde darin, besonders im s. g. Verließ, in Gesellschaft vielleicht von Kröten und Schlangen*), bis zu ihrer Auslösung schmachten, auch wohl verschmachten zu lassen. Sie dienten außerdem mitunter zum Festhalten Solcher, die eines Verbrechens beschuldigt waren — während bei den Römern die libera custodia reorum Regel

*) S. z. B. Böhmer, Literatur des Kriminalrechts S. 727 f.

war — oder endlich für Schuldner, die im „Schuldthurm“ ihr „Einlager“ durchzumachen hatten.

Die Beschaffenheit der Kerker war in der Vorzeit, solange sie lediglich dem eben erwähnten äußerlichen Zweck des sichern Gewahrsams dienen sollten, auch bloß hierauf berechnet, dagegen aller Rücksichten der Menschlichkeit auf Leib und Seele der Eingesperrten bar und durchaus im Geist einer grausamen Härte und Rohheit. Und hierbei blieb es auch seitdem man allmählich angefangen hatte, die Kerker nebenbei zur Bestrafung zu brauchen.

Nicht genug, daß man die Gefangenen in engen, dumpfen, feuchten, kalten, oft dunkeln, ja unterirdischen Räumen unterbrachte, — die man später bezeichnend bisweilen „Hundelöcher“ nannte — oder, wie in Venedig, in Kammern unter den Bleidächern*), sondern sie wurden meist noch mit Ketten, auch wohl mit Kugeln oder Klötzen an den Füßen u. s. f., belastet, nicht selten an die Wand oder krumm geschlossen, elend gekleidet und genährt, auf ekelhafte, ungesunde oder doch unzureichende Weise, oft nur mit Wasser und Brod**) — so daß in Folge von dem Allen das Kerkerfieber Unzählige wegraffte. Sie

---

*) Ueber sie und die damalige Behandlung der Gefangenen auf dem Spielberg kann man das Nähere z. B. aus den Denkwürdigkeiten des Silvio Pellico ersehen.

**) Nach dem Lübischen Recht von 1240 Art. 54 durfte Letzteres sogar zehn Jahre lang geschehen. — Die Gefangenkost ist jedoch leider bis heute noch immer ein sehr fauler Fleck im Gefängnißwesen; denn nur zu oft nährt man die Gefangenen, hohe Festtage ausgenommen, noch ganz ohne Fleisch. S. unser Gutachten „die Verbesserung des Gefängnißwesens mittelst der Einzelhaft“ 1856 S. 44 f. und unsere Schrift: „der Strafvollzug“ S. 72 f., 244, 343 f. Noch vor wenigen Jahren starb die ganze Bevölkerung eines Untersuchungsgefängnisses am Hungertyphus! — Je unzweifelhafter lediglich in allmählicher Aushungerung die meisten Krankheiten und die große Sterblichkeit sehr vieler Strafanstalten ihren Grund haben, desto dringender thut hier die genaueste Prüfung und die gründlichste Abhülfe Noth. Ebendieß verlangt die kleine Schrift von Marcard: „Beiträge zur Gefängnißkunde“ 1864, worin dankenswerthe genaue Mittheilungen über die hannöverschen Strafanstalten gegeben werden.

wurden ferner jämmerlich auf hölzernen Pritschen gelagert (wie es noch das österreichische Strafgesetzbuch von 1811 für den „schwersten Kerker" vorschrieb), im besten Fall auf Stroh, entweder gar nicht beschäftigt oder nur in einer Weise, die lediglich auf Ermüdung oder Qual des Körpers abzielte, wie das Tretrad u. Dgl., oder die doch sonst höchst unpassend oder das Ehrgefühl abtödtend und ärgerlich war, wie das Gassenkehren.

Aber auch im Uebrigen ließ man ihnen eine harte und lieblose, nur Verstocktheit und Abstumpfung oder Erbitterung und Rachgier wirkende Behandlung zu Theil werden, die theils und hauptsächlich von dem Geist der Abschreckung durch „das abscheuliche Exempel" eingegeben war, theils, zumal später, auch wohl von der Absicht ausging die Kräfte der Gefangenen nach Möglichkeit durch übermäßige Anstrengung auszubeuten. Man peitschte sie noch bis in dieses Jahrhundert „zum Willkomm" und „zum Abschied", außerdem auch wohl am Jahrestag des Verbrechens oder zu andern Zeiten, oder endlich beim geringsten Verstoß gegen die Gefängnißordnung. Doch zog ein solcher auch wohl andere grausamen Mißhandlungen und Qualen nach sich. Solche wurden ihnen oft sogar nach bloßer Laune der Zuchtknechte und Schließer zugefügt, deren Willkür und Eigennutz sie überhaupt sehr häufig in der schreiendsten Weise preisgegeben waren*), am Meisten da, wo es eingerissen oder gar ausdrücklich erlaubt war, daß Diese einen Handel mit Eßwaaren und geistigen Getränken führten, d. h. eine besondere Gefängnißschenke (cantine) hielten. So kam es denn, daß nicht selten Gefängnisse sich in wahre Branntweinkneipen verwandelten, aus denen mancher Sträfling als vollendeter Trunkenbold hervorging.

Eigentliche Freiheitstrafen, die im Gefängniß zu verbüßen waren, kamen indeß, wie oben gesagt, in früheren Zeiten nur äußerst selten vor. Wo sie aber vorkamen, da athmeten sie sehr oft einen widrigen Geist der Rache und Schadenfreude.

---

*) S. Spangenberg, über die sittliche und bürgerl. Besserung der Verbrecher S. 79 f.

Und, je häufiger in jenen Zeiten der Unordnung die Verbrechen straflos blieben, desto mehr wurde bei den „überwundenen" (d. h. überführten) Verbrechern — gleichsam nach dem vae victis! — wie in dem ganzen Strafunwesen des „peinlichen Rechts", so auch in der „peinlichen Haft", Peinigung das bewußte Ziel, worauf man sogar bei den noch nicht Ueberführten, seit dem Eindringen des Untersuchungsverfahrens, mit allen erdenklichen, teuflisch sinnreich abgestuften Martern hinsteuerte, am Empörendsten in den deutschen Städten.

Auch die bloß Beschuldigten brachte man gewöhnlich, trotz der verständigen Einschärfung des Gegentheils in der Halsgerichtsordnung Karl's V., in denselben s. g. „Stockhäusern" mit den bereits Verurtheilten unter, obwohl für Diese bisweilen ein besonderes Gefängniß da war, das man nach Howard bezeichnend genug z. B. in Stockholm „Sklavenhaus" nannte — ein Name, den man noch heute mitunter für die Haftörter der Galeerensklaven (Bagno's) braucht — oder auch, z. B. in Prag, Schinderhaus. — Auch sonst unterwarf man die Angeschuldigten ziemlich der nämlichen harten Behandlung; ebenso, zufolge des fürstlichen oder ministeriellen bon plaisir, in despotisch regierten Saaten mißliebige und vermeintlich oder vorgeblich staatsgefährliche Leute, z. B. unter dem ancien régime Frankreichs, wo man sie mittels der ungemein häufigen königlichen lettres de cachet in die Thürme der Bastille warf.

Späterhin behielt man jedoch die Freiheitstrafen, außer für böse Schuldner, vorzüglich Wechselschuldner, ebenfalls meist nur für leichtere Vergehen oder Frevel und Polizeiübertretungen ärmerer Leute bei. Diese hatten nach der Regel: quod quis non habet in aere, luat in corpore — Dergleichen im „Bürgergehorsam" abzusitzen, falls nicht gar ein gestrenger Stadtrath mit Klein dafür hielt: „daß ihnen nur durch das Medium der Haut (Stockschilling) beizukommen sei." Wenn man aber in schwereren s. g. peinlichen Fällen nicht vorzog, die Verbrecher heimzusuchen mit mehr oder minder gräßlichen Hinrichtungen, mit Verstümmelungen, Brandmark, Schandpfahl, Staupenschlag und ähnlichen Mißhandlungen, so bot das überaus wohlfeile Mittel der Landesverweisung noch eine weitere bequeme Auskunft, sie sich vom Halse zu schaffen, obwohl man oft genug dadurch um die gehofften Früchte dieses selbstsüchtigen Verfahrens gebracht ward, daß die Nachbarstaaten Gleiches mit Gleichem vergalten; so aber schließlich bei diesem gegenseitigen Austausch der Missethäter auf Kosten der Gerechtigkeitpflege und öffentlichen Sicherheit Niemand gewann, sondern alle Theile verloren.

§. 14. Einfluß des Christenthums, und insbesondre der Klosterzucht, auf das Gefängnißwesen.

Je bedeutender die Einwirkung der christlichen Kirche für die Freiheitstrafen und die ganze Art ihrer Vollziehung ward, desto nöthiger ist es daran zu erinnern, daß der Geist des Christenthums bereits in den ersten Jahrhunderten nach Christus seinen wohlthätigen Einfluß übte, vollends seitdem es zur römischen Staatsreligion erhoben worden war. Es hatte nicht bloß einigen römischen Kaisern schon mehrfache menschlicheren Anordnungen in Betreff der Gefängnisse und Gefangenen eingegeben*), sondern vor Allem machte sich sehr bald fein, dem Alterthum fremder, Geist werkthätiger Liebe und Barmherzigkeit geltend. Dieser Geist, den schon die Apostel gepredigt und geübt hatten**), bewährte sich, wie an allen Unglücklichen und Hülfbedürftigen, so auch an den gefallenen Mitmenschen; ihm gelang es in allen christlichen Ländern das harte Loos der Gefangenen durch die Tröstungen der Religion, aber auch sonst in mancher Hinsicht, zu erleichtern; und nach dem erhebenden Vorgang einzeler begeisterten Männer, wie Vinzenz de Paula, machten und machen noch heute manche geistlichen Orden ganz oder fast ausschließend aus diesem segenreichen Werk ihre Lebensaufgabe***) und geben darin den neuern

*) Vgl. besonders den Titel des Codex IX, 4 de custodia reorum.

**) Matth. 25, 36. Paul. an die Hebräer 13, 3.

***) Ueber die Wirksamkeit der geistlichen Orden in den Gefängnissen sind indeß die Stimmen, wenigstens in Frankreich und Belgien, sehr getheilt, weil jene häufig die Anordnungen des Vorstehers und Arztes des

Vereinen von Laien für sittliche Besserung der Gefangenen ein leuchtendes Beispiel.

Wie aber die Kirche überhaupt während des ganzen Mittelalters sich fast ausschließend als die Trägerin der Bildung und Menschlichkeit erwies und allerseits mildernd der Rohheit und Barbarei der Zeit und der weltlichen Mächte entgegentrat, so auch auf dem Gebiet der Strafrechtspflege. Sie bethätigte selbst überall Mitleid und Milde und hatte es bei ihrem Strafen, wie das kanonische Recht bezeugt, vor Allem auf Bekehrung, Buße und Besserung, nicht aber auf den Tod oder Martern des Sünders abgesehen: „ecclesia non sitit sanguinem" — falls nicht etwa von Ketzerei und Dergleichen die Rede war; denn dann hielt man es allerdings für nöthig, den herrschenden Vorstellungen von göttlicher Gerechtigkeit treu, schon diesseits durch Scheiterhausen („autos da fe"!) dem Fegfeuer vorzuarbeiten.

Jene mildere Ansicht der Kirche führte von selbst auf eine häufigere Anwendung des Gefängnisses zur Strafe, das, wie aus cap. 3. de poenis in VI. erhellt, sogar wohl einmal auf Lebenszeit verhängt ward*). Ebenso natürlich wirkte sie wohlthätig zurück auf eine bessere und bessernde Einrichtung der Freiheitstrafen, wie sich alsbald zeigen wird.

Am Frühsten gab sich Dieß in der Art kund, wie man die allgemein übliche vereinzelte Einsperrung in den Klöstern zur Anwendung brachte. Hier lag es nämlich sehr nahe, daß man an der Gewohnheit des Zellenlebens auch da festhielt, wo es galt, die Klosterzucht auf strafbare Klosterbrüder anzuwenden.

Gefängnisses nicht gebührend beachten und völlig eigenmächtig verfahren. Am Wohlthätigsten scheinen sich, besonders in Frankreich, die weiblichen Orden erwiesen zu haben. S. überhaupt Julius' Nordam. sittl. Zustände II. S. 394 ff. und 21. Beil. und Chassinat, des mésures et des précautions à prendre pour la santé des détenus etc. 1847, p. 209 suiv., aber auch Ferrüs, über Gefangene 2c. S. 148 ff. — Ueber die Brüderschaft des rauhen Hauses insbesondre s. Röder, der Strafvollzug Nr. 8.

*) Den Römern schien Dieß kaum bei Sklaven statthaft zu sein, wie L. 6. C. de poenis (9, 47) ergibt.

So finden wir es denn schon z. B. bei den Benediktinern in Aachen; denn nach einem 817 gefaßten Conventbeschluß sollten Solche, ohne allen Verkehr mit den Uebrigen, eine besondere, aber helle und heizbare Wohnung nebst einem Hofe haben, um daselbst die ihnen aufgelegte Arbeit verrichten zu können*). Durch den Einfluß der asketisch strengen Ansichten des Mittelalters, die später am Grellsten von den Karthäusern und Trappisten vertreten wurden, erklärt es sich, daß diese klösterliche Abgeschiedenheit bisweilen wohl bis zur gänzlichen Einsamkeit getrieben ward.

In den letzten Jahrhunderten war es abermals die Kirche, die im Gefängnißwesen mit gutem Beispiel voranging. Sogar die Kerker der Inquisition sollen etwas weniger schlecht gewesen sein als die meisten andern. Aber manche Kirchenoberen gründeten auch selbst die ersten solchen Strafanstalten, die einigermaßen den Namen von Besserungsanstalten verdienten. So gründete namentlich Pabst Clemens XI. 1703 zu Rom das St. Michaelishospital für jugendliche Uebelthäter. Dort war Howard hoch erfreut, für 64 Knaben, die bei Tage unter Schweigen gemeinsam (mit Spinnen) beschäftigt wurden, ebensoviele Schlafzellen zu finden, sowie die berühmt gewordene tief wahre Inschrift: „parum est coërcere improbos poena, nisi probos efficias disciplina". Noch heute bezeichnen die Italiener**) diese Anstalt als die Mutter- und Musteranstalt aller Besserungsgefängnisse, mit deren Stiftung ihrer Meinung nach „ungebührlicher Weise einige Quäker in Amerika sich brüsten". Und in der That hatte dieses Hospital in der

*) S. den Auszug aus Mabillon's Schriften in der 5. Beil. zu Julius' Nordamerika's sittliche Zustände, Bd. II, wo sich auch der von Jenem 1724 daran geknüpfte Vorschlag findet, die alte Bestimmung zu erneuern durch Einzelhaft bei Tag und Nacht mit angemessenen Besuchen der Oberen.

**) Besonders Taparelli. S. unsern Aufsatz über „die neueren Leistungen der Italiener auf dem Felde der Rechtsfilosofie" in Mittermaier's krit. Zeitschrift für Rechtsw. u. Gesetzg. des Auslandes, 25. Bd. S. 359.

Hauptsache die nämlichen Grundlagen wie jene Gefängnißordnung, die unter dem Namen der Auburn'schen neuerdings bekannt und eine Zeit lang vorherrschend geworden war. Uebrigens bestanden schon seit dem 16. Jahrhundert mehre ähnlichen Anstalten, besonders die von dem menschenfreundlichen Bischoff von Mailand Carlo Borromeo gestifteten, z. B. das Albergo di Carbonara bei Mailand für 600 Knaben und Mädchen.

§. 15. Neue Werk- und Zuchthäuser in Holland.

Ebenfalls im 16. Jahrhundert, und zwar gegen das Ende desselben, verfiel man, zuerst in Holland, darauf, für arbeitscheues fahrendes Gesindel Zwangarbeithäuser zu errichten, was im 17. und mehr noch im 18. Jahrhundert rasch Nachahmung fand, besonders im Norden Deutschlands: in Bremen und Hamburg, aber auch z. B. in Schweden (schon 30 Jahre nach der 1595 erfolgten Gründung des Zuchthauses zu Amsterdam) durch einen holländischen Zuchtmeister. Dazu mochte nicht Wenig der Umstand beigetragen haben, daß diese Werkhäuser, die man auch wohl Zuchthäuser nannte, bisweilen doppelt soviel einbrachten als sie kosteten*).

Ebendiesem Umstand war es wohl hauptsächlich zu verdanken, daß man immer allgemeiner auch die Strafgefangenen — zunächst freilich nur um äußeren Nutzen von ihnen zu ziehen — dem Müßiggang zu entreißen anfing. Es ward Dieß um so mehr zur Nothwendigkeit, je mehr allmählich die übrigen althergebrachten peinlichen Strafen, namentlich die häufigen Hinrichtungen und Landesverweisungen, zufolge der fortgeschrittenen Bildung und Sittenverfeinerung verdrängt und durch Freiheitstrafen ersetzt wurden, mithin die Zahl der Strafgefangenen und die Last ihrer Erhaltung rasch zunahm. Einigermaßen mochte dazu auch beigetragen haben die von Howard so lebhaft geschilderte, auffallend wohlthätige Wirkung der

*) S. Döpler, Schauplatz der Leibes- und Lebensstrafen. 1693. I, 104.

neuen, durch geregelte Thätigkeit, Reinlichkeit und Ordnung ausgezeichneten Arbeit- und Zuchthäuser und deren greller Abstich gegen die sehr oft noch daneben bestehenden schauerlichen alten Kerker, wo die Gefangenen in Schmutz und Unthätigkeit verkamen.

Diese durch Einführung von Arbeit verbesserten Strafanstalten, die man nun errichtete, wurden ebenfalls — und bald ausschließend — Zucht- oder Korrektionshäuser genannt, je nachdem sie zur Bestrafung mehr oder weniger schwerer Verbrechen dienten. Mit dem Namen Arbeithaus bezeichnete man aber fortan bald diese letzteren, bald auch die ursprünglichen, nur auf sichere Unterbringung herumziehender Müßiggänger und Bettler und Anhalten Derselben zur Arbeit berechneten, Werkhäuser. Eine scharfe Scheidung aller dieser, oder auch nur der zur Verbüßung der Freiheitstrafen bestimmten, Anstalten fand sich aber höchstens in den Gesetzen, fast niemals in der Wirklichkeit*).

Das beste von allen jenen neueren Strafarbeitanstalten war entschieden das zu Gent, nach dem Vorschlag des Grafen Vilain XIV., von den Staaten von Flandern erbaute und eingerichtete, 1773 zum Theil, 1775 ganz vollendete und bezogene Besserungshaus — das dann den Staaten von Brabant für ein ähnliches zu Vilvorde seit 1776 zum Muster diente. Es zeichnete sich namentlich auch dadurch aus, daß darin wenigstens bei Nacht sämmtliche Insassen durch besondere Schlafzellen getrennt waren.

---

*) Hier sah es vielmehr ziemlich überall ebenso aus, wie es der am 11. Nov. 1859 der Bürgerschaft von Bremen mitgetheilte Bericht der Senatdeputationen über die Reform des Gefängnißwesens in Betreff des jetzigen Zuchthauses sagt: „Dasselbe habe noch immer seinen ursprünglichen Charakter als Werkhaus für vagabundirendes Gesindel nicht völlig verloren, denn: Korrigenden, an denen das Arbeithaus seine Zuchtmittel erschöpft habe oder die, ihrer Zuchtlosigkeit halber, dort nicht länger bewahrt werden können, werden nothgedrungen, zwar unter Vorbehalt ihrer Ehre, im Uebrigen aber unter völlig gleichmäßiger Behandlung, den Zuchthaussträflingen beigesellt“.

Ueberall sonst hingegen ließ man die zahlreiche Bevölkerung der neuen Zuchthäuser, ebenso wie es früher schon in den Arbeithäusern geschehen war, nicht nur bei Tage in denselben Räumen arbeiten, sondern brachte sie auch Nachts in gemeinsamen Schlafsälen unter*). Hierauf scheint theils die weit geringere Kostspieligkeit einer solchen Einrichtung hingeführt zu haben, theils die anscheinend große Vereinfachung und Erleichterung der Ueberwachung und Ordnung, überdieß auf die gemeinsamen Arbeitsäle die Hoffnung des Wetteifers, noch öfter aber die Art der Gefängnißarbeiten selbst, wobei mitunter Einer dem Andern in die Hand arbeiten mußte.

Seitdem vollends eine mißverstandene Menschenliebe hinzukam, die besonders im letzten Viertheil des „Jahrhunderts der Aufklärung" häufig, in Italien wie in Deutschland und anderswo, eine ganz fehlgerichtete und übel angebrachte Art der Milde oder vielmehr Schlaffheit in Behandlung der Sträflinge nach sich zog, war alles Nöthige geschehen zur Umwandlung der Strafanstalten sogar in einen behaglichen, oft den Entbehrungen in der Freiheit vorgezogenen Aufenthalt: in „Gesellschaftlokale des Auswurfs der Menschheit, in wahre Verbrecherkasino's", wie Schlatter**) sie treffend nennt, zugleich nicht selten in Schenken, jedenfalls aber, was das Schlimmste war, buchstäblich in Treibhäuser der Sünde, in hohe Schulen des Verbrechens, aus Zuchthäusern in Unzuchthäuser, endlich in eine heillos ergiebige Quelle der gefährlichsten Bekanntschaften, Verbindungen und Verabredungen aller Gauner und Bösewichte aller Länder. Das Uebermaß des Widersinns und der Verkehrtheit***) zwang endlich ernstlich auf Abhülfe Bedacht zu nehmen.

---

*) Vgl. Wagnitz' beide Schriften: Historische Nachrichten über die merkwürdigsten Zuchthäuser in Deutschland, 1794, und: Plane zur Verbesserung der Polizei- und Kriminalstrafen, 1801—1803, und (v. Arnim) Bruchstücke über Verbrechen und Strafen, 1803.

**) Das System der Einzelhaft. Stimme eines Gefangenen über Zuchthäuser. 2. Aufl. 1856. S. 27.

***) Einen treuen Ausdruck findet diese in dem treffenden Titel des zu London 1818 in 6. Auflage erschienenen Buches des wackern Bekämpfers der

§. 16. Erste Versuche der Verbesserung der Gefängnisse in England.

Kaum irgendwo auf dem europäischen Festlande waren aber die Gefängnisse und die Gesammtlage der Gefangenen scheußlicher und gemeingefährlicher als in England, dessen ganze Strafgesetzgebung überhaupt noch im vorigen Jahrhundert die blutigste und härteste der christlichen Welt war. Die Gefängnisse waren dort nach Macaulay: „Höllen auf Erden, Pflanzschulen aller Verbrechen und Krankheiten" und es sollen darin, nur allein an Solchen, die ihrer Religion halber verfolgt wurden, unter den Stuarts nicht weniger als 5000 jämmerlich zu Grunde gegangen sein*). Aber gerade von England, wo das Uebel am Aergsten war, und von seinen amerikanischen Ansiedlungen sollte auch die erste nachdrückliche Anregung zum Besseren — wenigstens hinsichtlich der Gefängnisse und Gefangenen — ausgehen, die dann allmählich auf das ganze Strafrecht erstreckt ward.

Der edle John Howard wurde Einer der größten Wohlthäter des Menschengeschlechts, indem er sein Leben der dornigen Aufgabe weihte und zuletzt opferte**), in aller Welt mit unermüdlicher Thatkraft den Zustand der Gefängnisse und Gefangenen zu erforschen und das Ergebniß seiner sittlichen Entdeckungsreise dann in einem treuen Gesammtbild den auf ihre Bildung und Sittigung stolzen Völkern zu ihrem Schrecken vor Augen zu halten***).

Sklaverei: Thom. Fowell Buxton: an Inquiry whether crime and misery are produced or prevented by our present system of prison discipline, wovon das neue Archiv d. Krim.-R. IV. S. 571 einen Auszug gibt. Derselbe Ton geht durch die meisten englischen Schriften, z. B. J. Adshead, our present gaol system deeply depraving to the prisoner and a positive evil to the community. 1847.

*) S. David, Versuche zur Verbesserung der Gefängnisse, von Falck Seite XI.

**) Er starb auf seiner Reise, in der Krim zu Cherson.

***) Sein berühmtes Buch: The state of the prisons in England and Wales with preliminary observations and an account of some foreign prisons, zuerst 1777, erschien deutsch im Auszuge von Köster 1780 und ward wohl in alle europäischen Sprachen übersetzt.

Die Schlüsse aus den von ihm veröffentlichten Thatsachen, obwohl er selbst oft kaum oder gar nicht darauf hingedeutet hatte, zogen sich von selbst und reger Verbesserungseifer kam endlich über die aufgerüttelte Menschheit. In seiner Heimat erwirkte Howard im Bunde mit dem berühmten Blackstone und mit Eden (nachmals Lord Auckland), dem Verfasser der „Principles of penal law, 1771“, schon 1779 ein Gesetz (19. Georg III. c. 74) über Besserungshäuser, die darin zum ersten Mal den Namen penitentiary houses erhielten, und ein anderes Gesetz über Arbeithäuser 1782 (22. Georg III. c. 64), wonach Absonderung der Verbrecher von ihren früheren Helfern, der Verbesserlichen von den Unverbesserlichen, Unterricht in nützlichen Arbeiten und Religion, endlich Gewöhnung an Fleiß, die Gefangenen befähigen sollte später ein ehrliches Leben zu führen. Blackstone's Ansicht war, daß dadurch mit der Zeit die Todesstrafe unnöthig werden würde, denn schon Howard hatte bemerkt, daß da wo auf dem Festlande in jenem Sinn eingerichtete bessere Gefängnisse waren, zumal in Utrecht, die Todesstrafen weit seltner seien als anderswo.

Die Ausführung eines solchen Staatsgefängnisses scheiterte zwar an der Streitfrage über den passenden Platz, so daß 1781 Howard, als Mitbeauftragter, seine Entlassung gab; und seit 1786 trat vollends die nun gesetzlich angeordnete Verschickung nach Neusüdwales dazwischen, also eine rein äußerliche und vorübergehende Abhülfe, wodurch man mit den Verbrechern selbst den Sitz des Uebels zeitweise aus dem Auge verlor. Jedoch ward schon 1778 im Horshamer Grafschaftgefängniß sogar der Grundsatz der Trennungshaft mit Erfolg angewandt und 1791 kam, auf Betrieb des Richters Paul, in Gloucestershire ein Grafschaftgefängniß mit Doppelzellen (d. h. getrennten, aber durch eine Thür verbundenen, Arbeit- und Schlafzellen) zu Stande und hatte überraschende Erfolge, reichte aber nicht hin. Seitdem wurde mehrfach, aber fruchtlos, die Frage der Staatsbesserungshäuser wieder angeregt, besonders 1794, ebenso durch Samuel Romilly 1810. Endlich, wenn auch nicht ganz nach Bentham's 1793 entworfenem Plan eines strahlenförmigen, vom Mittelbau aus übersehbaren („panoptischen") penitentiary für 1000 Gefangene, doch mit Rücksicht darauf, kam 1812 das erste Staatsbesserungsgefängniß für London und Middlesex zu Millbank bei London für 600 Männer und 400 Weiber zu Stande. Darin ward denn seit 1816 für die erste Klasse der Sträflinge, wie seit 1824 in Glasgow, durchaus die Einzelhaft, mit Arbeit und besserer Behandlung verbunden, durchgeführt, also schon etwas früher als in Philadelphia (1829), nur mit dem Uebelstand, daß jeder Gefangene jährlich 40 Pfd. kostete.

§. 17. Fortschritte in Neuengland, besonders in Pennsylvanien.

In vieler Hinsicht, am Meisten in der Strafgesetzgebung, aber auch im Gefängnißwesen, wurde die englische Heimat weit überholt von den amerikanischen Tochterländern, vor Allem kraft des in Neuengland waltenden Geistes thatkräftiger christlichen Liebe, wozu später noch das durch die errungene Unabhängigkeit bedeutend gesteigerte Bewußtsein der Würde des Menschen und Bürgers hinzukam. Nicht bloß den ersten entscheidenden Schritt, sondern auch die Weiterführung des Begonnenen verdankt die Menschheit den edeln Quäkern.

Ihr Angehöriger Will. Penn, der Gründer der nach ihm benannten Ansiedlung Pennsylvania, hatte durch Reisen auf dem Festland von Europa schon etwas bessere Gefängnisse kennen lernen, vorzüglich in Holland, worin unter Andern wenigstens für Beschäftigung gesorgt war. Er bestimmte nach diesem Vorbild, vermöge der ihm ertheilten weiten Vollmachten, nicht nur im 10. Abschnitt seines „great law" 1682 die „Umwandlung aller Gefänanisse in Arbeithäuser für Verbrecher, Landstreicher und Müßiggänger", sondern auch die Beibehaltuna der Todesstrafe nur für Mord. Nach seinem Tode 1718 wurden zwar, unter Königin Anna, Strafgesetze und Gefängnisse des Landes wieder auf den alten barbarischen englischen Fuß zurückgebracht; aber, wie fast nie ein einmal aufgetauchter echt menschlicher Gedanke wieder ganz untergeht, so wirkte auch dieser, zumal unter den Quäkern, fort, um ein halbes Jahrhundert später wieder aufgenommen zu werden und endlich in unserer Zeit immer allgemeiner Segen zu bringen.

Ganz in Penn's Geist gründeten die Quäker 1776 in Philadelphia die erste Gesellschaft zur Verbesserung der Lage der Gefangenen. Diese blieb trotz ihrer, durch den Unabhängigkeitkampf herbeigeführten, kurzen Dauer doch nicht ohne Einfluß darauf, daß 1778 in der ersten Verfassung Pennsylvaniens Milderung der Strafgesetze und Einführung der Arbeit in die Gefängnisse zugesagt ward — eine Zusage, die 1786, zumal durch wesentliche Beschränkung der Todesstrafen, Erfüllung fand. Ein Jahr darauf legte Dr. Benj. Rush einem Verein zur Beförderung des öffentlichen Wohls eine Abhandlung vor: Inquiry into the effects of public punishments upon criminals, deren deutsche Uebertragung 1792 auch bei uns einen lebhaften Streit über den öffentlichen Strafvollzug hervorrief, und worauf der nachherige Generalprokurator der vereinten Staaten Will. Bradford eine „Untersuchung" darüber folgen ließ: „inwieweit die Todesstrafe in Pennsylvanien nöthig sei". 1787 bildete sich in Philadelphia eine neue Gefängnißgesellschaft, die mit Howard in Verkehr trat, Abschaffung des Gassenkehrens durch kahlgeschorene Gefangene verlangte und Vorschläge machte für Bau und Einrichtung von Gefängnissen mit Trennung und Arbeit der Gefangenen. Auch ging man 1790 hierauf ein durch Milderung mancher Strafgesetze, sowie durch Erweiterung des Staatsgefängnisses durch einen besondern Bau (penitentiary) mit anfangs 16, dann 30 Zellen für schwere Verbrecher auf mindestens 1/12, höchstens die Hälfte ihrer Strafzeit, aber ohne strenge Durchführung der Trennung bei der Arbeit und in den Höfen, — unter einem Aufsichtrath und Einsetzung von Gefängnißinspektoren. Dieß Alles erwies sich auch so wohlthätig, zumal für den Fleiß und die Besserung, daß 1791 von den Entlassenen Keiner, später von 200 nur 4 in die Anstalt zurückgebracht wurden und die öffentliche Sicherheit auffallend zunahm*).

*) Nach Lownes' account etc. S. darüber Turnbull, a visit to the Philadelphia prisons. Lond. 1796 u. Larochefoucauld-Liancourt, des prisons de Philadelphie. 1801.

Verschiedene Gründe, hauptsächlich Kriege und Stockungen der Gewerbe und des Handels neben dem starken Bevölkerungsanwachs führten aber allmählich zum Aufgeben aller Absonderung aus Mangel an Raum*) und zu einer großen Erschlaffung der Zucht, bis es endlich dem steten Bemühen der Gefängnißgesellschaft, unterstützt durch die öffentliche Meinung, gelang 1818 ein Gesetz zu erwirken über den Bau eines Zellengefängnisses zu Pittsburg, und 1821 eines zweiten zu Philadelphia, von denen jenes theilweise seit 1826, dieses seit 1829 bezogen ward, obgleich erst 1836 dieses ganz (zu 586 Zellen in sieben Flügeln), 1838 jenes, was zum Theil hatte umgebaut werden müssen, mit 236 Zellen in 3 Flügeln fertig ward, worauf das für kürzere Strafen bestimmte Grafschaftgefängniß unweit von Philadelphia mit 408 Zellen seit 1835 folgte. Seit 1796 war auch New-York, abermals auf Anregung der Quäker (Lownes, Eddy ꝛc.) dem Beispiel des Nachbarstaats gefolgt durch Milderung seiner Strafgesetze, namentlich Abschaffung aller Prügelstrafen und Vermögenseinziehungen, sowie der Todesstrafe außer für Mord und Landesverrath, endlich durch den Beschluß der Einrichtung von Staatsgefängnissen, so daß die Richter nach Ermessen zu schwerer Arbeit oder zu gänzlicher Einsamkeit (ohne Arbeit) in denselben sollten verurtheilen dürfen. Unter trefflicher Leitung und von reiner Menschenliebe bestimmten unbesoldeten Aufsehern sollen auch hier die Erfolge eine Zeit lang so groß gewesen sein, daß nun auch Massachusetts (1805 zu Charleston bei Boston), Vermont, Connecticut, New-Jersey, Maryland, Virginien und andere Staaten ähnliche Staatsbesserungshäuser errichteten, aber freilich auf keiner fest bestimmten Grundlage, sondern meist nur mit wenigen Zellen für einzele Sträflinge neben zahlreichen Arbeit- und Schlafzimmern, die für mehre

*) Nach dem Bericht, den die Beauftragten von Massachusetts 1817 erstatteten, wurden oft sogar 20—40 Gefangene in Kojen von nur 18 Quadratfuß eingesperrt! — Da Dieß jedoch geradezu unmöglich erscheint, selbst im Vergleich zur „schwarzen Höhle“ Hyder Ali's in Kalkutta, so bleibt nur die Annahme übrig, daß jeder Einzele eine Koje von diesem kümmerlichen Raum gehabt habe.

(z. B. in New-York für 8) bestimmt waren. Theils Dieß, theils die versäumte rechtzeitige Erweiterung der Gefängnisse, wodurch die Aufrechthaltung jeder Trennung bedingt ist, theils die allmählich lässigere Leitung und Zucht führte aber sehr bald auch hier zu denselben traurigen Wirkungen, wie sie die Gemeinschaft der Sträflinge bei Tag und Nacht allenthalben aufweist. Dazu kamen noch häufige ganz ungerechtfertigten Begnadigungen u. A. m.

Hierdurch veranlaßt erbaute man 1816 für den westlichen Theil des Staates New-York das berühmte Gefängniß zu Auburn, dessen, nach manchen groben Fehlgriffen, endlich 1823 durch Cray festgestellte Einrichtung und strenge Zucht seitdem unter dem Namen des Auburn'schen Systems bekannt geworden ist. Man hatte nämlich in Auburn anfangs möglichst verkehrt in überhaupt nur 61 Zellen je 2 Sträflinge gesperrt und seit 1820 durchgängig zum Schlafen ziemlich enge und dunkle Einzelzellen hergerichtet, in deren 80 man den für Geist und Körper höchst unglücklich ausgefallenen Versuch machte 20 Monate lang ebensoviele Gefangene auch bei Tage ohne Arbeit und Besuche einzusperren. Seit 1823 aber geht die neue Hausordnung auf völlige Trennung nur bei Nacht, auf Zusammenarbeiten bei Tage und zwar unter strengstem Schweigen. Auf die Strenge in Handhabung des Schweigens läuft aber im Grunde das Neue an dieser Haftart hinaus, da, wie sich oben ergab, kein einziges ihrer übrigen Bestandtheile, ja nicht einmal deren Verbindung, ohne Vorgang war

Seitdem ist diese Haftart vielfach gepriesen und nachgeahmt worden, zuerst in der großen Mehrzahl sowohl der Staats- als Grafschaftgefängnisse der vereinten Staaten von Nordamerika. Unter diesen ist nächst Auburn das von dessen Sträflingen unter Kapitän Lynds erbaute von Sing-Sing das bekannteste und das von Charleston bei Boston nebst dem von Wethersfield (in Connecticut) sind vielleicht die besten. Demnächst folgte man auf diesem Wege auch in Canada und in den meisten Staaten Europa's. So namentlich seit 1825 in Genf, seit 1826 in Lausanne, seit 1839 in St. Gallen; ebenso nach und nach in den Gefängnissen Belgien's, Sardinien's und gewissermaßen seit 1839 auch in sämmtlichen französischen Staatszuchthäusern (maisons centrales), — wo man nämlich nur das Schweigen annahm, aber erleuchtete und beaufsichtete Schlafsäle beibehielt — endlich auch in einigen deutschen Staaten. Soviel aber steht fest, daß seit 1833 in Amerika fast alle neuerbauten Gefängnisse nach dem Vorgang Philadelphia's der gänzlichen Absonderung der Gefangenen von Einander bei Tag und Nacht sich zugewandt haben, obwohl hierin neuerdings, in Folge der eingerissenen Fehlrichtung auf das Geldmachen und Sichfreiarbeiten der Gefängnisse durch fabrikmäßigen Arbeitbetrieb, ein Stillstand eingetreten zu sein scheint.

Ehe wir jedoch im Folgenden über die Fortschritte der öffentlichen Meinung und der Gesetzgebungen in dieser Frage in Europa und in Deutschland insbesondere Rechenschaft geben, ist es nöthig, daß wir die Grundgedanken der verschiedenen neuerdings zur Anwendung gebrachten Haftarten näher kennen lernen, in Vergleich zu einander und zu der völligen Gedankenlosigkeit, der wir leider bei der noch heute weitaus vorherrschenden Zahl der Gefängnisse alten Zuschnitts begegnen.

Drittes Hauptstück.

Beleuchtung der Strafanstalten der neueren Zeit.

§. 18. I. Die alten Strafanstalten.

Die Strafanstalten alten Schlags, mit Inbegriff der Galeerenhöfe (Bagno's), wo Dergleichen noch bestehen, sind einander in allem Wesentlichen gleich, auch wenn ausnahmweise einmal die in ihrer Einrichtung liegenden Grundmängel weniger fühlbar werden wegen der ausgezeichneten Eigenschaften des Vorstandes und der übrigen Angestellten, wenigstens da wo die Gefängnißbevölkerung wenig zahlreich ist*). Die Sträflinge sind hier durchweg Nachts in Schlafsälen, bei Tage zu gemeinschaftlicher Arbeit im Freien oder in Werkstätten vereinigt; sie stehen unter sich in dem verderblichsten freien Verkehr, dem man nur selten und nur bei gröbstem Mißbrauch (z. B. durch schmutzige Reden und Lieder, Fluchen und lautes Lärmen) einigermaßen zu steuern sucht, bei Tage etwas mehr als bei Nacht.

*) S. Aubanel's Brief in den Frankf. Verhandl. v. 1846 S. 115. — Daß auch das viel gerühmte s. g. Obermaier'sche System Nichts weiter ist als eine Zuchthauswirthschaft alten Zuschnitts, in Wenigem besser, in Vielem schlechter als die der übrigen Zuchthäuser, darüber kann unter Sachkundigen heute kein Zweifel mehr obwalten. S. z. B. Mooser's Aufschlüsse bei Füeßlin, die Einzelhaft S. 338 ff. Probst, Ausschußbericht der würtemb. 2. Kammer S. 7 ff. Diez, über Verwaltung und Einrichtung der Strafanstalten mit Einzelhaft S. 39 f., und besonders A. Grevelink's Rapport aan den Minister van justitie der door hen gedane opneming van eenige buitenlandsche gevangenissen. 's Gravenhage. 1858. S. 149 ff.

In diesem ungehinderten Verkehr liegt aber offenbar die Wurzel des Uebels, des Unrechts und der Unwirksamkeit aller nach der alten Weise in Gemeinschaft verbüßten Freiheitstrafen. Die Einsperrung, verbunden mit der Entziehung oder Beschränkung der Freiheit in vieler andern Hinsicht, wird begreiflich von der großen roh sinnlichen Mehrzahl der Verbrecher nur insofern schmerzlich gefühlt werden, als dadurch der Befriedigung ihrer Gelüste, übeln Gewohnheiten und Leidenschaften in den Weg getreten wird. Statt Dessen thut man derselben, wenigstens in Bezug auf ihre Lust an schlechter Gesellschaft, sogar noch Vorschub, indem man sie absichtlich in die schlechtestmögliche versetzt. Hier, unter gleichgesinnten Genossen wird das gleiche Schicksal von Allen leichter getragen und gerade der Verdorbenste für das Verlorene am Vollständigsten schadlos gehalten, indem er hier reichlich findet Was er sucht, außer alten Freunden neue, in deren Mitte er sich wohl fühlt*), vor denen er sich nicht nur nicht zu schämen braucht, sondern wo er sicher ist, wenn auch nur stummen, Beifall, ja Bewunderung zu ernten für alle schlechten und verwegenen Streiche und Kniffe, die er geübt hat, für alle rohen Späße und gotteslästerlichen Reden, für jede Frechheit und trotzige Widerspänstigkeit; wo sein Ansehen und Einfluß in eben dem Maß steigt als er im Bösen hervorragt und sich den Mitgefangenen überlegen zeigt in Verschlagenheit, Gewandtheit und Entschlossenheit, wo der vollendetste Bösewicht unfehlbar nicht nur die erste Rolle spielen, sondern mit einer Art von Ehrerbietung angestaunt werden wird**). Daß der Aufenthalt in solchen Treibhäusern der Unsittlichkeit auch für die weniger Verdorbenen, zumal die jugendlichen Verbrecher, reißend schnell verderbenbringend sein muß, versteht sich von selbst. In dieser Schule, wo beständig wechselseitiger Unterricht

*) Sehr wahr bemerkt Dieß Moofer, die Pönitentiaranstalt St. Jakob. S. 331.

**) Biron von Kurland erzählt, daß ihm die Verehrung unvergeßlich sei, die er in Frankreich einem der gefährlichsten, gewandtesten Verbrecher durch die Mitgefangenen erweisen sah, deren Huldigungen Derselbe mit Herablassung entgegengenommen habe.

im Bösen ertheilt wird, wo unter der Leitung vollendeter Meister, in Lastern und Verbrechen aller Art ergrauter Bösewichte, Nichts versäumt wird die Neulinge in alle ihnen bisher noch fremden Nichtswürdigkeiten einzuweihen, wo zudem falsche Scham, wie Berenger hervorhebt, das Ihrige thut den Rest guter Gesinnung zu ersticken und unfähig macht dem Spott zu widerstehen, da müssen sie schnell heranreifen und ihrer Lehrer würdig werden*). Es ist völlig undenkbar, daß nicht in einem solchen giftigen Dunstkreis das Laster die Oberhand behaupten und die Lust am Bösen üppig wuchern sollte, da die wenigen Besseren auch wenn sie sittliche Kraft genug hatten eine Zeit lang gegen den Strom des allgemeinen Verderbens zu kämpfen, doch seinen Lauf nie ändern können und meist bald selbst mit fortgerissen werden. Jeder Keim des Guten und jede Scham ist bald ertödtet, denn jede Spur von Reue, von Empfänglichkeit für Worte der Ermahnung und Einwirkung der Seelsorge, trägt hier, wo sie gleich einem Abtrünnigwerden gilt, nur Spott und Hohn und Verfolgungen aller Art ein, vor denen es kein Mittel der Rettung gibt als das Eingehen auf den herrschenden rohen und schamlosen Ton, wo nicht Ueberbieten der Tonangeber**).

Die Lage in solcher Umgebung, die enge, widrige und besudelnde Berührung mit dem Auswurf der Menschheit, die mit schreiendem Unrecht, in geradem Gegensatz zu der wahren Aufgabe der Strafe, von Staatswegen dem Gefangenen aufgedrungen wird***), muß ihm, wenn noch nicht jede bessere

---

*) Hudtwalcker (kriminalist. Beiträge I, S. 113 ff.) erzählt einen zwar nicht alleinstehenden, aber besonders grellen Fall, wo ein junger Mann, nachdem er erst kurz mit Andern im Zuchthaus zusammengelebt hatte, bloß um nicht hinter ihnen zurückzustehen, nicht nur mehre Mordthaten gestand, die er gar nicht begangen hatte, sondern wirklich, ohne allen andern Grund als um ebenfalls als ein rechter Kerl dazustehen, den Gefangenwärter umbrachte. Vgl. unsern Strafvollzug S. 228.

**) Man vergl. nur die furchtbar wahre und lebendige Schilderung der Galeerenhöfe in Malten's Weltkunde 1829, besonders im II. Bd. S. 82 ff.

***) Adshead nennt daher am oben a. O. S. 102 jedes Gefängniß, worin Sträflinge ungetrennt sind, „eine Volkschule zur Erziehung im Ver-

Regung in ihm untergegangen ist, als eine wahre Hölle auf Erden erscheinen*), aus der ihn Nichts erlösen kann als die Zunahme der Abstumpfung seines sittlichen Gefühls und das zuletzt unausbleibliche Herabsinken auf die gleiche niedrige Stufe mit seinen Schicksalgenossen. Im glücklichsten Fall aber, daß er wirklich der Ansteckung entgangen und mit guten Vorsätzen in die Freiheit zurückgekehrt sein sollte, wird ihm deren Ausführung oft genug geradezu unmöglich werden durch seine alten Zuchthausbekannten, die, sobald sie ihn aufgespürt haben, ihn unablässig zu neuen Verbrechen in Versuchung führen, jedenfalls ihn fortwährend brandschatzen oder aber als früheren Sträfling verrathen werden.

Umgekehrt aber werden gerade die Altgesellen des Verbrechens, die Stammgäste der Zuchthäuser, sich hier sehr bald behaglich fühlen und — sobald die Gewöhnung ihnen über das anfänglich Niederschlagende ihrer Zwanglage hinausgeholfen hat — wenn auch auf räumlich beschränkterem Gebiet, volle Gelegenheit finden, ihre Kräfte in einer neuen für sie überaus anziehenden Weise zu üben. „Es ist unglaublich, sagt sehr wahr Hoyer (in einer Stelle seines Berichts an die oldenburgische Regierung, die wir in dem Auszug daraus, der sich im II. Band der Verhandlungen des Frankfurter Wohlthätigkeitkongresses S. 552 findet, vermissen), wie schnell der Gefangene in der Gesellschaft von Seinesgleichen die Entbehrung der Freiheit und aller damit zusammenhängenden Güter vergißt. Traurigkeit darf gar nicht aufkommen und der Reumüthige wird solange verhöhnt und verspottet, bis er mit den Uebrigen und ihrer Verworfenheit sympathisirt. Wer einmal eine Seereise gemacht hat, kann sich eine Vorstellung davon machen, wie schnell sich ganz fremde Menschen an Einander anschließen, die gezwungen sind in einem

---

brechen", ebenso treffend wie ein neuerer deutscher Schriftsteller (K. Götting, Recht, Leben und Wissenschaft II.) es als eine „Brutanstalt zur Vermehrung der Verbrechen" bezeichnet.

*) Beispiele erzählt Suringar in einem Aufsatz über Zellenhaft im Weekblad van het regt s. krit. Zeitschr. für d. gesammte R. W. V. Bd. S. 269 oder unsern „Strafvollzug ꝛc." S. 227.

engen Raume sich aufzuhalten, und wie erfindungsreich der menschliche Geist ist, durch allerlei Kurzweil sich eine beengte Lage möglichst behaglich zu machen." Weit entfernt hier bloß von der Erinnerung an die Unthaten und Abenteuer ihres vergangenen Lebens zehren zu müssen, sichern gerade diese den durchtriebensten Schurken ungetheilte Anerkennung und lernbegierige Jünger, überhaupt eine Stellung unter Ihresgleichen wie nie zuvor. Auf diesem neuen Schauplatz ihrer Thaten führen sie nicht bloß das große Wort, sondern finden unbedingten Gehorsam, zugleich aber volle Gelegenheit, die meisten ihrer schlechten Leidenschaften: ihre Streitsucht, Schadenfreude ꝛc. zu befriedigen, die ihnen nicht blind Ergebenen zu kränken und verhöhnen, zu verleumden und verfolgen, sie in der Arbeit zu stören, Andern hingegen ihre verderblichen Unterweisungen zu geben, endlich ihre ruchlosen Anschläge und Rachepläne für die nächste günstige Gelegenheit auszubeuten, mit den Andern zu berathen, zu verabreden und vorzubereiten, bei deren Ausführung ihnen demnächst die angeknüpften Bekanntschaften vom größten Nutzen sein müssen. Solche Anzettelungen in den Zuchthäusern sind, namentlich in England und Frankreich, immer ein Hauptgegenstand der Klage gewesen, ja in Frankreich zur wahren Landplage geworden*). Je dichter die Bevölkerung, je zahlreicher die größeren Städte, desto mehr muß Dieß natürlich der Fall sein**).

Wie mag man sich nun wundern, wenn unter solchen Umständen die alten Zuchthäuser weder bessernd noch abschreckend, sondern gerade umgekehrt nur einerseits verschlechternd und „vollends entsittlichend" (wie der Bremer Senatbericht sich ausdrückt), anderseits mitunter sogar anziehend, mithin entschieden gemeinschädlicher sich erwiesen haben als es die gänzliche Straflosigkeit gewesen sein würde.

---

*) S. die Motive zum französ. Gesetzentwurf über die Einführung der Einzelhaft 1847, auch in den Jahrbb. der Gefängnißkunde X, S. 24.

**) S. darüber unsre Beurtheilung der Schriften von Grevelink und Cool in den Heidelb. Jahrbb. 1863, Nr. 54.

Abschreckend durch ihre äußere Einrichtung zu sein, für den Sträfling selbst wie für Andere, hatten sie längst aufgehört, seitdem die großen Fortschritte des Rechtsinns und der Sittigung nicht mehr zuließen, daß man es lediglich darauf absah, durch Steigerung der Leiden des Sträflings ein abschreckendes Beispiel zu geben, seitdem in Folge Dessen alle die vielgestaltigen unmenschlichen Mißhandlungen Desselben durch Hunger und Kälte, Ketten und Peitsche, übermäßige Anstrengung, abscheuliche Aufenthaltörter rc. — wie sie oben geschildert worden sind — allmählich ganz oder größtentheils außer Gebrauch gekommen waren.

Geradezu anziehend aber haben sie dann und wann wenigstens da gewirkt, wo auch die leibliche Gesammtlage der Verbrecher eine erträgliche, ja in vieler Hinsicht bessere ist als die Derjenigen, die kein Verbrechen verübt hatten, wie der im Armenhause Untergebrachten*) und der freien Taglöhner. Dieß mußte um so häufiger der Fall sein, als die Arbeit der Sträflinge oft weniger anstrengend, niemals gefährlich, und der Sonntag für sie ein wirklicher Ruhetag ist, als ihnen ferner für die nöthige saubere und warme Kleidung, für Wohnung, Nahrung, Bett, Krankenpflege hinreichend gesorgt, überdieß die Sammlung eines Sparpfennigs für die Zeit der Entlassung gesichert wird**), als endlich vielleicht sogar eine nicht bloß milde, sondern übertrieben nachsichtige Zucht das Ihrige thut, die s. g. Strafanstalten in Vergnügensörter für deren Insassen umzuschaffen.

So kam ihnen, um nur ein Beispiel anzuführen, nach Hudtwalcker***) im Hamburger Spinnhause die Hälfte ihres

*) Die Kost, die in den englischen Werkhäusern für die Armen auf ein Minimum herabgedrückt war, so daß sie öfter Verhungerung zur Folge hatte, betrug bekanntlich, zumal an Fleisch, in den Gefängnissen das Dreifache.

**) S. Ducpétiaux, mémoire à l'appui du projet de loi sur les prisons etc. 1845. S. 51 ff.

***) Sendschreiben an einen auswärtigen Freund über den in Hamburg bevorstehenden Neubau der Strafgefängnisse. Hamb. 1842. S. 5 ff. Mit dieser Schilderung vergl. man die in der Hauptsache ganz übereinstimmende

Arbeitverdienstes zu Gut, wovon sie zwei Drittel bar erhielten und (in Käse, Taback ꝛc., sogar in Branntwein) „vernaschen" durften. Ihren Angehörigen war es erlaubt, ihnen zeitweise „Erquickungen" zu bringen. An Sonn- und Feiertagen Nachmittags ward Karten und Domino gespielt. Je Zwei schliefen in demselben Bett oder Viele auf derselben Pritsche neben Einander. Alles war ohne Unterschied des Alters und der Verdorbenheit zusammengepfercht, ja nicht einmal den weiblichen Gefangenen für weibliche Aufsicht gesorgt (wie sie sogar in China vorgeschrieben ist!).

Aber auch wo diese allergröbsten Auswüchse und Reizmittel der Zuchthäuser beseitigt waren, blieb doch immer noch der stärkste Reiz übrig, der für alle Menschen in dem Umgang mit Ihresgleichen liegt.

Eine unausbleibliche Folge hiervon war, daß nicht nur in steigendem Verhältniß die Rückfälle zunahmen und nicht selten, wie es unlängst noch von Würtemberg berichtet ward, die Hälfte aller Verurtheilten Rückfällige waren, ja bis zu drei Viertheilen, und daß unzählige Verbrecher mit Wahrheit das Zuchthaus selbst als die Quelle ihrer abermaligen Rückfälle bezeichnen konnten*).

---

aus allen Ländern, z. B. das von W. Russell gezeichnete Bild des früheren Zustands von Newgate. S. dessen Zuschrift an den Frankf. „Pönitentiarkongreß" v. 1846 in den „Verhandll." desselben S. 291. — Treffend sagt Schlatter, das System der Einzelhaft S. 28: „Wenn man eine Anstalt errichten wollte, welche die Bestimmung hätte, dem Laster Vergnügen zu bereiten und den Schelmen eine Gelegenheit zur Assoziation zu bereiten, so müßte man ihr etwa eine solche Einrichtung geben, wie sie in dieser Beziehung die gemeinschaftlichen Zuchthäuser haben." Hudtwalcker am a. O. versichert, daß sogar das für entehrend geltende Spinnhaus in Hamburg von nicht Wenigen als „willkommener Zufluchtsort" betrachtet worden sei, in das sie sich entweder, gleichwie in eine Versorgungsanstalt durch neue Verbrechen einkaufen, oder in das sie doch, auch ohne solche „fast fußfällig" um Aufnahme bitten (unter dem Namen des „Schutzarrests"). —

*) Einen neuesten sprechenden Beleg für diese ganz allgemeine Erfahrung entnehmen wir aus den Rapports à Mess. les préfets de police par la

Daß ein solches Zusammenleben der Verbrecher einen tiefen Schaden der gesellschaftlichen Einrichtungen kund gibt, spricht für sich; denn es kann weder das eigne Beste der Verbrecher noch das des Staats fördern; es kann gegen Jene und ihre gemeinsamen Anschläge nicht einmal auf so lange sichern, als sie eingesperrt bleiben, geschweige nach ihrer Entlassung, wo sie dann als wohlgeschulte, gereifte Bösewichte den Schauplatz ihrer früheren Thaten wiederbetreten und der Gesellschaft in neuen und größeren Verbrechen den verdienten Dank für Das abstatten, was sie in der Verbrechenschule, zu deren Besuch man sie auf Jahre gezwungen hatte, gelernt haben. Je seltner sie es an dieser Probe auf die Rechnung fehlen ließen, desto weniger begreift man, wie lange es gewährt hat bis man einsah, daß sie die plumpste Fehlrechnung war, die sich denken läßt und daß es Nichts helfen kann, wenn der Staat den von ihm selbst, wo nicht allein, doch jedenfalls mit verschuldeten Rückfall mit einer verdoppelten Gabe desselben verkehrten Mittels heimsucht*).

Wo aber liegen die Mittel der Abhülfe?

§. 19. Versuch mit s. g. Verschärfen und Verleiden der Freiheitstrafe.

Nicht Wenige verfielen auf die noch immer im gemeinen Leben sehr verbreitete Meinung, daß man darauf denken müsse die Freiheitstrafen zu „verschärfen" und vorzüglich das Zucht-

---

commission chargée de l'examen des conditions physiques et morales de la prison cellulaire de Mazas. Paris. 1852 S. 36, wonach die meisten rückfälligen Insassen dieses Untersuchungsgefängnisses bemerkten: sie würden nicht rückfällig sein, wenn man sie gleich anfangs der ansteckenden Gemeinschaft entzogen hätte und Einer treffend äußerte: „Ich war in den Zentralhäusern und den Galeerenhöfen; nun werde ich wieder 20 Jahre bekommen. Meine erste Verurtheilung lautete auf 8 Tage, — ich war 18 Jahre alt; hätte es damals ein Mazas gegeben, so wäre ich nicht wo ich bin."

*) Sehr richtig hat darauf Mittermaier hingewiesen in den Verhandll. über das Gefängnißwesen zu Frankfurt 1846. S. 19. Vgl. noch Röder, Strafvollzug 2c. Nr. 10 bes. S. 342.

haus den Verbrechern zu „verleiden" durch härtere Behandlung: durch Anstrengung zu schweren Arbeiten während längerer Zeit, kümmerliche und elende Nahrung, Lagerung u. s. f., durch eine eiserne Zucht mit Stock, Peitsche u. Dgl. Wollte man aber aller Erfahrung zuwider auch zugeben, daß ein solcher Rückfall in das Verfahren der Vorzeit, das lediglich auf Abschreckung durch grausame Häufung von Leiden aller Art auf die Verbrecher abzielte, dieser Absicht einigermaßen entsprechend wirken könnte, so würde es dadurch doch gleich wenig zu rechtfertigen sein als überhaupt ein vom Geist der Abschreckerei beseeltes Strafrecht. Wer auch nur ein Wenig weiter denkt, wird daher nie ernstlich diesen Weg betreten wissen wollen, sondern dem Vorsteher des Bußhauses zu Millbank, Daniel Nihill, darin beistimmen: „daß wir in unserm aufgeklärten Zeitalter danach trachten müssen, die Gefängnisse auf eine Weise abschreckend zu machen, die dem öffentlichen Gefühl und Gewissen nicht widerstreitet".

Das Wahre, was jener unmenschlichen Uebertreibung einen unverdienten guten Schein lieh, liegt nur darin, daß allerdings auch bei der Strafe dieselbe zweckmäßige Strenge wie bei jeder vernünftigen Zucht walten, also dem Verbrecher alles Das fern gehalten werden muß, was diesem Zweck nicht entspricht, was vielmehr nur seinen Sinnen schmeichelt, seine schlimmen Neigungen und Gelüste — vielleicht die Hauptquelle seines Verbrechens — nährt, seiner Bequemlichkeit, Behaglichkeit, Zerstreuung und Unterhaltung, oder auch seinen höchst überflüssigen oder schädlichen Angewöhnungen, irgendwie Vorschub thut, kurz: ihn hätschelt.

Unstreitig ist aber der Staat, der dem Verbrecher verdientermaßen die mißbrauchte Freiheit entzogen und seiner vormundschaftlichen Leitung sich unterzogen hat, als Vormund verbunden, es dem von ihm in eine Zwanglage Versetzten an Nichts von Dem fehlen zu lassen, was zur Erhaltung und Beförderung des leiblichen, geistigen und sittlichen Wohls dient — trotz des unüberlegten Einspruchs aller Derer, nach denen die Strafe niemals eine Wohlthat, sondern immer ein Uebel und Leiden sein muß, wenn sie nicht ihren „Charakter" verlieren soll.

Zu welchen Verkehrtheiten dieser unselige Wahn noch immer verleitet, kann man bei Wick*) sehen, der die „Strafe" allem Guten, was während der Strafdauer geschehen könnte und sollte, hemmend entgegentreten läßt. So sollen Gottesdienst, Religionsunterricht, Seelsorge 2c. nur stattfinden, insoweit es geschehen kann ohne „den Strafzweck", „die Strenge der Strafe" (die nach einer andern Stelle „Anstrengung der Körperkräfte" fordert), erheblich (eine kleine Folgewidrigkeit zu Ehren der Wahrheit!) zu mildern.

Wir können uns nicht versagen, solchen Verirrungen gegenüber, aus Welcker's trefflichem Kammerbericht über die Einzelhaft hier noch folgende Stelle aufzunehmen: „Und dennoch glaube ich, daß aus gerechter Sorgfalt die Strafen nicht noch annehmlicher zu machen, unsre Verwaltung manchen Mangel in der Diät, namentlich auch in dem Fleischgenuß eintreten läßt, welcher der Gesundheit nachtheilig ist. Es ist Dieses ein Hauptgrund, warum in so vielen gewöhnlichen Zuchthäusern Krankheit und Sterblichkeit ungleich häufiger sind als in den pennsylvanischen Strafanstalten. Offenbar muß aber doch jedes Uebel, welches einem langjährigen Gefangenen absichtlich zugefügt wird, bloß damit es Uebel sei, bloß damit er gequält werde, das Gefühl verletzen, den Sträfling verstocken und zur Besserung ungleich ungeneigter machen als dasjenige Uebel, welches über ihn, wie bei dem pennsylvanischen Strafgefängniß, lediglich als Mittel seiner Besserung und seiner früheren Entlaßbarkeit, also zu seinem eignen Besten verhängt wird, ohne daß man ihm, lediglich um ihn zu peinigen, irgend eine absichtliche Quälerei zufügt oder eine heilsame und unschuldige Tröstung oder Stärkung versagt."

Niemand, sagt im Wesentlichen der Verfasser eines vortrefflichen Aufsatzes im Edinburgh review**), der nicht alle

*) Ueber Strafe und Besserung z. B. S. 49.

**) Bd. 100. S. 573 ff. — Vgl. Röder, Strafvollzug S. 62; 68 f. Elvers in Holtzendorff's Strafrechtszeitung 1861 Nr. 47.

Scheußlichkeiten und allen Jammer der Gefängnisse der „guten alten Zeit“ wiederhergestellt wissen will, kann, wenn er folgerecht denkt, alle die Einrichtungen zum Zweck der Gesundheit, des Anstandes, der Ordnung, Zucht und Versittlichung mißbilligen, wodurch unsere Gefängnisse unvermeidlich weniger elend gemacht werden, als sie sonst waren. Die bei so vielen zusammengehäuften Sträflingen nothwendige strengste äußere Ordnung ist unleugbar eine Quelle des Behagens, ebenso die Reinlichkeit, die zugleich Krankheiten vorbeugt und den Anstand fördert. Gesunderhaltung der Sträflinge ist außerdem sogar bedingend für die Möglichkeit strengen Strafvollzugs, der bei Siechen und ins Krankenhaus Uebergehenden begreiflich aufhören muß; sie setzt aber ihrerseits wieder gute und hinreichende Nahrung voraus, wie sie der unabhängige rechtliche Arbeiter oft nicht ohne Schwierigkeit oder gar nicht erringen kann. Ebendieß ist der Fall bei der Belehrung, welche eigner Vortheil und Pflicht dem Staat gebieten jedem Sträfling umsonst zu Theil werden zu lassen, der seiner Zucht und Obhut auf längere Zeit unterworfen ist, damit dieselbe nicht ungenützt verstreiche. Und es ist nur ein widriger freventlicher Hohn wider bessere Ueberzeugung, wenn Einige, wie Carlyle*), sich über die wohlgelüfteten und gewärmten reinlichen Zellen in Pentonville aufhalten, wo sogar eine Klingel es dem abgesperrten Gefangenen möglich macht im Nothfall den Schließer zu Hülfe zu rufen! Wohlthaten sind in dem Allen enthalten, aber zuverlässig keine solchen, die irgend wahre Versuchungen mit sich führen, Was auch immer cynische Paradoxenjäger und Frondeurs behaupten mögen, — ja sogar solche Wohlthaten, die dem an Zügellosigkeit Gewöhnten zuerst sehr schlecht behagen, wie z. B. die ihm aufgenöthigte ungewohnte Reinlichkeit und Mäßigkeit, die einfache Kost, die Versagung aller gewohnten sinnlichen Genüsse, die ihm das Höchste im Leben sind, die ungewohnte Arbeitsamkeit, der Unterricht, das Herausreißen aus der unsaubern Gesellschaft, in der ihm so wohl war, kurz:

*) Latterday pamphlets: „Model prisons“.

die allen seinen tiefgewurzelten Begierden und Leidenschaften geradezu widerstreitende ganze strenge Ordnung des Gefängnißlebens.

„Wir haben kein Recht, sagte mit Grund schon Roscoe*), den Gefangenen mit Ketten zu belasten, kein Recht ihm körperliche Schmerzen zuzufügen, kein Recht ihn reiner Luft, gesunder und hinreichender Nahrung und jeder Gelegenheit zur Bewegung zu berauben. Wir haben kein Recht ihm das Gewerbe abzuschneiden, von dem die Ernährung seiner Familie abhängt, falls es im Gefängnisse betrieben werden kann. Wir haben kein Recht ihn der Kälte, durch Mangel an Bedeckung bei Nacht oder an Feuerung bei Tage, auszusetzen. Wir haben kein Recht ihn vom Fleiße zu entwöhnen, indem wir ihn zwingen unthätig zu sein, oder seine Moralität zu verderben, indem wir ihn nöthigen sich unter eine Gesellschaft abgehärteter Verbrecher zu begeben; oder seine Gesundheit zu zerstören, indem wir ihn bei Nacht in eine feuchte, dumpfe Koje einsperren oder ihn in Gesellschaft einer solchen Menschenmasse, durch deren Ausdünstung die Luft schnell stinkend und verpestet wird, schlafen oder in Schmutz und Fäulniß vergehen lassen."

Aus allen diesen Gründen dürfen wir entschieden die Abhülfe nicht in der Rückkehr zu den Unmenschlichkeiten der Vorzeit suchen und müssen alle aus dem hinkenden Vergleich der Lage des armen Freien mit der des Gefangenen abgeleiteten Schlüsse**), — womit zu seiner Zeit Hugo auch die Sklaverei zu rechtfertigen gesucht hat, anstatt Beides als gleich unverträglich mit einer wahren Rechtsordnung zu erkennen — schon darum als Fehlschlüsse abweisen, weil dabei der gewichtige Unterschied, den die Einsperrung und das Schuldbewußtsein macht, ganz außer Rechnung geblieben ist. Durch Beides aber wird nach aller Erfahrung, sogar unter übrigens gleichen Umständen, der Gefangene geistig und leiblich niedergedrückt,

*) Bei Spangenberg am a. O. S. 77.

**) S. Röder, die Verbess. des Gefängnißwesens mittels der Einzelhaft S. 43 ff.

und er würde dadurch oft erdrückt werden, wenn der Staat nicht auf ein Gegengewicht gegen diesen Druck bei allen Denen Bedacht nähme, deren ganzes Wohl und Wehe in seine Hand gegeben ist und für deren Behandlung mithin die ganze Verantwortlichkeit auf ihm ruht*).

§. 20. II. Die Auburn'sche Haftweise.

Je mehr man Dieß einsah und je offenbarer das Grundübel der alten Gefängnisse in dem geselligen Verkehr der Ge-

*) Wenn wir z. B. wieder von Wick am a. O. hören müssen, daß es ein Unrecht sei, wenn für die Gefangenen das Unangenehme der Freiheitbeschränkung dadurch aufgewogen werde, daß ihre Nahrung nicht schlechter, ihre Arbeit nicht schwerer ist, als sie es gewohnt sind und als es bei der ganzen Klasse der freien Arbeiter Regel ist, — worin obendrein ein Unrecht gegen Diese liege — so hätte er nicht allein das Widersprechende dieser zweierlei Maßstäbe einsehen sollen, sondern folgerecht Ebendas auch für die Wohnung, Lüftung, Heizung, Lagerung rc. behaupten müssen.

Schon der Minister Duchatel hat bei Einbringung des Gesetzentwurfs über die Einzelhaft 1844 das Verkehrte dieses Gedankengangs deutlich eingesehen (das auch Ducpétiaux, la colonisation pénale & l' emprisonnement cellulaire S. 20 ff. hervorhebt), indem er zugleich daran erinnert, daß den Gefangenen auch Arbeit und Lohn gesichert sei. Dennoch hatte man sich dadurch mehrfach verleiten lassen, z. B. in England, die Gefangenen zu dem geschäftigen Müßiggang der Tretmühle rc. zu verdammen, aus Furcht den freien Arbeitern eine gefährliche Mitwerbung zu bereiten! — Oder man hob, aus demselben Scheingrunde, wohl gar alle Arbeit in den Gefängnissen auf! So hatte es schon Josef II. in dem Zuchthaus zu Gent gethan, das ebendadurch aus einer Musteranstalt, die es zu jener Zeit anfangs war, binnen Kurzem zu einer Höhle des Elends und Verderbs herabsank; und ebenso war es noch im März 1848 auf längere Zeit mit gleich trauriger Wirkung von der neuen französischen Republik geschehen! — Aus diesen unheilvollen Verirrungen, ebenso wie aus vielen andern Verkehrtheiten, die offen oder durch eine Hinterthür zum Theil auch in Zellengefängnissen Eingang gefunden haben, und deren manche v. Wick sogar empfiehlt (s. unsere Anzeige in den krit. Jahrbb. für die gesammte Rechts-W. V. Bd. S. 262), ersieht man, wie groß die Gefahr des Rückfalls in Unmenschlichkeiten und Ungerechtigkeiten aller Art ist, sobald man von unrechtlichen Grundsätzen ausgeht.

fangenen unter sich lag, der fast jede Hoffnung auf deren Besserung vereitelte, desto näher lag es, als das einzig gründliche Heilmittel die möglichste Aufhebung dieses Verkehrs zu erkennen; und alle dahin zielenden Gefängnisse nannte man daher Buß- oder Besserungshäuser (penitentiaries).

Dieses Ziel aber suchte man auf zwei Wegen zu erreichen: durch die Haftweise entweder von Auburn oder von Philadelphia, die nun beide einer näheren Schilderung und Prüfung bedürfen. Daß man noch immer den Gegensatz der Haftart an diese Namen knüpft, kömmt daher, daß er erst in Amerika zur bewußten Ausbildung gelangte und der Streit für und wider so lange und heftig fortgeführt ward, daß er endlich auch in Europa Beachtung fand, während die schon früher in Italien und England vorgekommenen vereinzelten Anläufe zum Besseren ziemlich spurlos vorübergegangen waren.

Die Auburn'sche Haftweise ging von dem leitenden Gedanken aus: bei Nacht eine wirkliche äußere Trennung der Gefangenen herzustellen, bei Tage aber nur eine künstliche, scheinbare s. g. sittliche Trennung. Erstere ward durch scheidende Mauern bewirkt, indem man an die Stelle der alten gemeinschaftlichen Schlafsäle oder gar Lagerstätten eine besondere Schlafzelle für jeden Gefangenen treten ließ; letztere suchte man dadurch zu bewirken, daß man den Tag über, mit Ausnahme der Ruhezeiten (an Sonn- und Festtagen), wo man die Sträflinge auf ihre — freilich engen, düstern oder dunkeln, überdieß selten oder nie heizbaren — Nachtzellen zu beschränken pflegte, ihre Gemeinschaft zwar äußerlich bestehen ließ, — nämlich bei der Arbeit, bei Tisch, beim Gottesdienst und Unterricht, sowie beim Spaziergang — dagegen durch Verbot aller gegenseitigen Mittheilungen in Worten oder Zeichen und strengste Handhabung desselben, soviel möglich, sie geistig abzusondern und vor sittlicher Ansteckung zu bewahren hoffte.

So wähnte man die vermeinten überwiegenden Vortheile des Zusammenseins, z. B. für den Wetteifer bei der Arbeit, das Absehen mancher Handgriffe, den Gewerbunterricht u. s. f., erhalten und zugleich den ärgsten Nachtheilen seiner alten Unbeschränktheit begegnen zu können. Man verfiel auf diesen Ausweg wohl hauptsächlich deßhalb, weil man sich in den Gedanken eines plötzlichen Uebergangs zum geraden Gegentheil der gewohnten Gemeinschaft: zur Einzelhaft, noch nicht finden konnte, weil man die großen Kosten der Gefängnisse mit Absonderung der Gefangenen bei Tag und Nacht scheute und namentlich weil man den Betrieb mancher Gefängnißarbeiten, die ein Zusammenwirken nöthig machten, sei es dem Herkommen zu Liebe, sei es ihrer großen Einträglichkeit halber, nicht aufgeben wollte. Dieß Letzte war offenbar die Hauptursache der raschen Ueberhandnahme der Auburn'schen Zuchthäuser in Amerika und ihrer durchgängigen Verwandlung in Verbrecherfabriken, die sich häufig nicht nur kostenfrei arbeiteten, sondern noch Ueberschüsse erzielten. Ebendarum schien man dort auch lange genug nur noch diesen höchst einseitigen und untergeordneten Maßstab für die Einrichtung der Gefängnisse zu haben und darüber die allein entscheidende Hauptrücksicht zu vergessen: daß die Arbeit der Gefangenen sittlich und rechtlich von Werth nur sein kann insofern sie erziehend und versittlichend wirkt, zugleich aber geeignet ist, Denselben nach ihrer Entlassung ein Mittel redlichen Fortkommens zu bieten. Begreiflich kann damit aber selten oder nie bloße Taglöhnerei oder gar Fabrikarbeit verträglich sein; ohnehin muß, wenn diese letzte einträglich sein soll, deren Theilung fast immer so weit getrieben werden, daß der Arbeiter gewissermaßen zum bloßen Stück einer Maschine erniedrigt wird, folglich seine Geisteskraft aus Mangel an Uebung unfehlbar geschwächt und mit der Freude an solcher Arbeit ihm auch die Arbeitlust überhaupt benommen wird.

Aus gegründeter Furcht vor Mißbrauch der Rede und überhaupt des Wechselverkehrs der Sträflinge schneidet man ihnen hier nicht etwa die Gelegenheit dazu ab, die nach dem Sprichwort den Dieb macht, sondern man bereitet ihnen, wie Würth bemerkt*), „wahrhaft unsittlicher Weise", die Tantalusqual

*) Die neuesten Fortschritte des Gefängnißwesens 1844. S. 240.

einer steten Versuchung dazu, um, falls sie dieser unterliegen, sie dafür mit irgend einer leiblichen Qual, wie Peitschenhiebe oder Hunger, zu strafen. Man pfercht Menschen, ohne allen hinreichenden Grund, den ganz Tag über zusammen, nöthigt sie, vielleicht Jahre lang, dicht neben Einander zu sitzen und zu arbeiten und will ihnen dennoch unmenschlicher Weise wehren, ihren Nachbarn auch nur grüßend zuzunicken, geschweige ein harmloses Wort zu ihnen zu reden. Aehnlich der ungeheuerlichen Erdichtung des bürgerlichen Todes Lebender, will man hier die Erdichtung des Nichtbeisammenseins Zusammenlebender durchführen, und muthet Diesen naturwidriger Weise zu, mitten unter Andern aufzuhören sich als gesellige Wesen zu verhalten und nie in einem unbewachten Augenblick aus der ihnen aufgelegten Rolle des Alleinseins zu fallen. Das Rechtswidrige dieser grausamen Vorschrift springt zu sehr in's Auge als daß nicht alle Gefangenen sie unbedenklich übertreten sollten, sofern sie es ungestraft zu thun im Stande sind, auch wenn nicht noch der besondere Reiz des Verbotenen hinzukäme.

Ohne Frage wird indeß nach aller Erfahrung durch dieses unglückliche Auskunftmittel das Uebel größtentheils nur scheinbar gebessert, und in vieler Rücksicht anderes, nicht weniger arges Uebel hinzugefügt. Nach dem einstimmigen Urtheil aller Sachkenner, ja sogar fast aller Vorstände und wärmsten Anhänger Auburn'scher Gefängnisse, steht soviel unerschütterlich fest: daß auch die strengste Aufsicht nie der Verständigung der Sträflinge wirksam zu steuern vermag, daß mithin die ganze Grundlage, worauf man bauen will, ein Luftgebilde ist. Auch wenn man, wie es hier unvermeidlich ist, sobald man nicht alle Aussicht auf die Zweckerreichung von Vorn herein aufgeben will, die Zahl der Aufseher noch so sehr vermehrt*), ziehen sie

*) Lord John Russell bemerkte darüber unter Anderem, was er dem Schweigzwang in einem Rundschreiben an die Richter 1835 als Minister des Innern vorwarf, sehr gut: „Dieses System kann ohne beständige Wachsamkeit von Seiten zahlreicher Aufseher nicht aufrecht erhalten werden. Es ist daher fast nothwendig mit der sehr schädlichen Uebung ver-

dennoch in dem ungleichen Kampf gegen Alle, gegen die zum Widerstand herausgeforderte Natur und geschärfte Erfindungskraft des Geistes, unfehlbar den Kürzeren, da sie unmöglich ihre Augen und Ohren überall haben können. Sowie sie den Rücken kehren oder den Blick abwenden, können sie nicht einmal leise geflüsterte Worte, geschweige sprechende Zeichen und Gebärden wahrnehmen.

Daher verbreiten sich alle Neuigkeiten überraschend schnell in solchen Gefängnissen, wie Demetz*) selbst in Sing-Sing beobachtet hat, um so mehr und gefährlicher als, nach Ed. Livingston's — des Gesetzgebers von Louisiana und Verfassers eines besondern Gefängnißgesetzbuchs — Bemerkung**), mitunter z. B. „beim Gehen der Gefangenen in einer Reihe der Mund des Einen von den Ohren des Andern nur wenige Zolle (oder auch Schritte) entfernt ist und sie so gleichsam eine elektrische Kette bilden rc.", während umgekehrt sogar das Dasein der Cholera in Philadelphia den Zellengefangenen unbekannt blieb. Sämmtliche Sträflinge, die ja durch die Schweigzucht selbst unaufhörlich zur Verstellung gezwungen sind, üben sich durch stillschweigende Uebereinkunft in der Kunst, die Aufseher zu hintergehen und „verwandeln", nach dem Ausdruck der badischen Regierung***) „das Gefängniß in eine Schule der Ränke und Heuchelei, so daß man behaupten könnte, daß es dabei

knüpft, Gefangene als Aufseher zu verwenden; wodurch eine wegen eines Verbrechens verurtheilte und durch Richterspruch entehrte Person in eine Stellung der Macht und Autorität versetzt und als des Vertrauens und der Nachsicht würdig betrachtet wird. Außer dieser, jedem Begriff einer guten Gefängnißzucht zuwiderlaufenden, Anomalie gibt diese Uebung Stoff zu vielen Ränken und Parteilichkeiten, weil jeder Gefangene nach einer solchen Aufseherstelle trachtet und, wenn er sie erlangt hat, jenen Sträflingen, mit welchen er in der innigsten Verbindung steht, Begünstigungen austheilt."

*) S. Demetz et Blouet, rapports sur les pénitenciers des états-unis. 1837.

**) Letter to Roberts Vaux on the advantages of the Pennsylvania system of prison discipline. Philadelphia. 1828. S. 8.

***) Motive zum Gesetzentwurf, den Strafvollzug im neuen Männerzuchthaus zu Bruchsal betreffend S. 164.

noch vorzuziehen sei den Verkehr ganz freizugeben." Unter zehn Fällen eines solchen Verkehrs wird selten auch nur einer entdeckt oder doch bestraft werden, um so weniger als, wie auch darauf die badischen Motive schon hindeuten, die Aufseher, überzeugt von der innern Ungerechtigkeit und großen Härte des gesetzlichen Verbots, sowie von dessen übler Wirkung und von der völligen Unmöglichkeit seiner strengen Aufrechthaltung, nur mit Widerstreben die beständigen Uebertretungen zur Anzeige bringen und mit der Zeit entweder durch die Finger sehen, — wozu überdieß der eigne Vortheil sie drängt*) — oder doch in ihrer Wachsamkeit erlahmen. Daß in Folge Dessen aber die alte Zuchtlosigkeit alsbald wieder in voller Blüthe stehen muß, versteht sich von selbst. Vollends in der Krankenabtheilung ist, wie Demetz erinnert, an ganz strenge Aufrechthaltung des Schweiggebots gar nicht zu denken, mithin hier wenigstens die Anknüpfung von verbrecherischen Verbindungen ganz unausbleiblich.

Allenthalben hat sich denn auch Drohung und unerbittlicher Vollzug selbst der grausamsten Hausstrafen ganz unvermögend erwiesen, den tiefgewurzelten Geselligkeit- und Mittheilungstrieb zu vertilgen, und abermals ist dadurch die Fehlrechnung der Abschreckungsmänner in ihrer ganzen Blöße aufgedeckt worden. In Amerika fand man es nämlich in allen Strafanstalten nöthig (während man in keinem einzigen Zellengefängniß auf das Prügeln verfiel!), — um nicht endlose Streitigkeiten und Untersuchungen herbeizuführen, die überall sonst viele Zeit wegnehmen und die Wirkung der Strafen vollends zu vereiteln drohen — sogar jedem untergeordneten, ungebildeten Aufseher zu erlauben, ja ihn zu verpflichten, einem Sklavenvogt gleich, ohne auch nur vorherige Anzeige zu machen, auf frischer That jede geringste Uebertretung, „jede unehrerbietige Bewegung, jeden Blick des Einverständnisses" mit einer mehr oder minder großen Anzahl von Peitschenhieben zu bestrafen. „Seine Behauptung, fügt Livingston bei, gesehen

*) S. Hägele, Erfahrungen in einsamer und gemeinsamer Haft. S. 73.

zu haben, wie ein Gefangener einem andern ein Zeichen machte, genügt; der Gefangene mag leugnen, oder vorgeben er habe nicht die Absicht gehabt gegen die Hausordnung zu verstoßen, man schlägt ihn und zwar nicht nur als wenn die Anklage bestätigt wäre, sondern auch bis er die Wahrheit der That, deren man ihn angeklagt, eingesteht" 2c.

Man sieht hieraus, daß sogar eine versteckte Folter ihren Weg in die Auburn'schen Gefängnisse Amerika's gefunden hat! Aber läßt sich, abgesehen hiervon, ein ärgerer Widerspruch in dem Rechtszustand eines Volkes denken, als daß zwar dessen Gesetzgebung Prügelstrafe und ähnliche Mißhandlungen nicht kennt, kein Richter eine solche verhängen darf, wohl aber jeder Gefangenwärter ganz nach Belieben, so daß es also in seine Hand gegeben ist, die gesetzlich erkannte Strafe in ihrer Vollziehung durch einen Zusatz von abscheulichen Mißhandlungen, „von neuen Strafen zu schärfen", wie Lord John Russell sagt, oder vielmehr sie auf die empörendste Weise umzuwandeln.

Nirgends hat aber bisher diese unaufhörlich geschwungene Peitsche bei den Sträflingen etwas Anderes bewirkt als eine äußere scheinbare Unterwürfigkeit, gleich der des gebändigten, abgerichteten reißenden Thiers, innerlich aber entweder zuletzt völlige Abstumpfung und Herabwürdigung oder tiefste, durch das aufreibende stete Ankämpfen gegen eine ewige Quälerei genährte Aufregung, Erbitterung, Verstocktheit und Rachsucht. Daraus erklären sich nach Julius*) einerseits die hier so häufigen Schwindsuchten und Selbstmorde, anderseits die zahlreichen Brandstiftungen und andere Ausbrüche der Wuth, wogegen jeder Auffeher z. B. in Wethersfield jederzeit, in Sing-Sing während des Nachtdienstes, durch zwei geladene Pistolen sich zu sichern hat. „Was wird", sagt Benoiston de Chateauneuf**), „alsdann aus der Besserung des Schuldigen, wenn die Hausordnung selbst — seinen Hang zum

*) Die Gefängnißsysteme Nordamerika's II, S. 66 ff. 280.

**) Du syst. pénitentiaire, mém. lu à l'académie. 1843.

Bösen — — so erhält und steigert ꝛc."; „und wie läßt sich", ruft Livingston aus, „eine Vorschrift als Muster empfehlen, die sich nur durch solche Mittel behaupten kann"!

Bei den Zuchtknechten und Zuchtmeistern hingegen zieht die unablässige Uebung eines so gehässigen Amts nicht nur Mißstimmung, Leidenschaftlichkeit und Parteilichkeit nach sich, sondern zuletzt nicht selten die äußerste Verhärtung und Entmenschung, so daß z. B. der berühmte Vorsteher von Auburn, Kapitän Lynds*), wegen der fort und fort bis zur äußersten Barbarei gesteigerten Mißhandlung seiner Untergebenen vor Gericht gestellt und entlassen werden mußte. Als sogar das zu Tode Prügeln**), das bisweilen sogar an Wahnsinnigen vorkam, nicht abschreckend genug wirkte, verfiel man im freien Amerika (!) auf andere, gleich empörenden, an die Blüthezeit der Folter erinnernden Martern, wie Tropfbäder auf den kahl geschorenen Kopf bei ausgespannten Armen, Eisengewichte, womit man den Kopf auf die Brust herabzog, eiserne Käfige u. dergl. m.***), bis endlich die allgemeine Entrüstung über

*) Daß die unwiderstehliche Macht der Persönlichkeit seltner Männer von überlegener Willenskraft und Entschlossenheit auf verwilderte Menschen ähnlich bändigend wirken kann wie auf wilde Thiere, davon gibt ein merkwürdiges Zeugniß das Ereigniß, daß es diesem Mann gelang, zuerst mit 100, dann mit noch mehren Sträflingen 1825 und 1826 das Gefängniß zu Sing-Sing zu erbauen. Nicht so die nach allen von Grevelink (am a. O. S. 157) mitgetheilten Zweifelsgründen ganz anders und höchst natürlich zu erklärende, von Suringar in den Verhandll. des ersten Frankfurter Pönitentiarkongresses (S. 127) erzählte vermeintliche Thatsache, daß Obermaier alle seine Gefangenen loslassen und Feuer löschen lassen konnte, ohne daß ein Einziger entfloh! —

**) In Folge erhaltener Prügel starb 1839 z. B. der deutsche Dr. med. von Eck. — Daß auch in Preußen dieser abscheuliche Mißbrauch in der Strafanstalt Lichtenberg, deren damaliger Vorsteher ein Unmensch, Namens Kruse, war, längere Zeit an der Tagesordnung sein und Hunderten von Sträflingen das Leben kosten konnte, bis er entdeckt ward, zeigt wohin die gesetzliche Zulassung solcher Hausstrafen führen kann. S. unsre Anzeige in den „krit. Jahrbb. für die gesammte R. W." V, S. 254.

***) Näheres darüber findet man in den Berichten von Beaumont und Tocqueville, Demetz, Crawford u. A. Die zur Untersuchung

diese Abscheulichkeiten zwang davon abzugehen und es nur mit Hunger, mit arbeitloser einsamen oder dunklen Haft, äußersten Falls mit Ketten zu versuchen, auf welche Zuchtmittel man sich denn auch in Europa meist beschränkte, aber freilich mit ebensowenig Erfolg.

Wie vergeblich sie in England und Frankreich blieben, erhellt daraus, daß z. B. zu Coldbathfields in London 1838 auf 900 bis 1000 Gefangene nicht weniger als 18,949 Ordnungstrafen, meist wegen Bruchs des Schweigens erkannt wurden, 1840 aber 20,972, wovon 16,728 in Kostschmälerung (Wasser und Brod) bestanden, 1841 endlich: 18,074 u. s. s. — und zwar trotz 142 angestellter Aufseher, wozu noch 218 verkehrter Weise aus den Sträflingen selbst ausgesuchter „Aufpasser" kamen*).

In Frankreich aber kamen, wie der von Tocaueville 1843 an die Kammer der Abgeordneten erstattete treffliche Bericht lehrt, im J. 1842 in einem Zentralhaus auf etwa 1200 Köpfe über 10,000 Strafen wegen Sprechens, in einem andern sogar nahezu 6000 auf nur etwa 300 Köpfe. Ein angestelltes Verhör ergab, daß die Sträflinge genau bekannt waren mit ihrer Nebenmänner Namen, Geburtsort, Lebensgeschichte, dem Grund und der Dauer ihrer Strafe, ihren Planen für die Zukunft 2c. Dasselbe berichtet Adshead**) von England. Mit allem Grund konnte danach der Minister Duchatel 1844 in der Kammer erklären (am 11. Maï): „Was für Verbesserungen wir auch in den Zentralhäusern eingeführt haben, es bleibt dennoch wahr, daß das System in sich selbst ein verkehrtes ist. Es gibt kein Mittel, diese großen Anstalten so zu verbessern,

---

dieser Unmenschlichkeiten im Staat New-York Beauftragten erklärten (nach David, Versuche zur Verbess. der Gefängnisse S. 74): „Daß die empörendsten Grausamkeiten zu Auburn und Sing-Sing stattgefunden haben und daß Gefangene durch die gegen sie verübten Grausamkeiten zum Selbstmord gebracht wurden, ja daß erweislich geisteskranke Sträflinge in Folge solcher Mißhandlungen starben."

*) Verhandll. zu Frankfurt 1846. S. 293.

**) Ebenda.

daß sie nicht ebensowohl Werkstätten des Lasters wie des Gewerbfleißes seien, Was gerade in unsern Zentralhäusern der Fall ist. Und wie könnte es anders sein? Können wir den Umgang des einen Gefangenen mit dem andern hindern? Können wir sie zu einem ewigen Stillschweigen zwingen? — Die Direktoren sind über die Unmöglichkeit, die Verderbniß der Gefangenen in den Zentralhäusern zu verhindern, einig". Dieselbe Einigkeit meldet Dücpetiaux aus Belgien*).

Nicht unwichtig ist noch die uns von Zuchthausvorständen bestätigte Erfahrung über die sehr verschiedene Wirkung der Zelle im Zellengefängniß und der „Strafzelle" in Zuchthäusern mit Gemeinschaft, wonach es völlig unstatthaft erscheint, „von der einen auf die andere zu schließen", wie Ferriere richtig bemerkt**), weil nach David***) „in jedem Gefängniß, wo Vereinzelung und gesellschaftliches Leben neben einander bestehen, jeder Zellengefangene in einem Zustand der Gereiztheit und Erbitterung lebt", indem er sich in Vergleich zu den Andern hart und ungerecht behandelt glaubt.

Je häufiger aber die vorerwähnten Ordnungstrafen, namentlich der Hungerkost und Dunkelhaft, zur Anwendung kamen, desto mehr wurde dadurch die Gesundheit untergraben. Gereiztheit und Ueberspanntheit oder allgemeine Schwäche und Auszehrung herbeigeführt, so daß Tocqueville†) hierin den Hauptgrund der seit Einführung des Stillschweigens in den französischen Zentralhäusern (in den Jahren 1840 ff.) auffallend gesteigerten Sterblichkeit vermuthet, während die in Amerika übliche, „den französischen Sitten zuwiderlaufende, rohe und erniedrigende Zucht" gleich gefährliche Wirkungen nicht habe. Ohne Frage werden dadurch auch Wahnsinn und Selbstmord häufiger als

*) Verhandll. zu Frankfurt 1846. S. 54 f.

**) Ebenda S. 159.

***) Ebenda S. 163.

†) Er stützt sich dabei in dem angeführten Bericht besonders auf die Thatsache, daß in jenem französischen Zentralhaus, wo das Schweigen am Strengsten gehandhabt ward (zu Fontevrault), die Sterblichkeit am Größten war.

in den alten Zuchthäusern, obwohl man hier wie dort danach sehr wenig fragt oder, wie der würtembergische Minister unlängst sehr bezeichnend in der Kammer sagte: „sie bisher nicht beobachtet hat“, noch weniger mit Zuverlässigkeit die vorgekommenen Fälle zusammengestellt worden sind, während Dieß bei der Einzelhaft sorgfältig geschah, „ganz ähnlich wie man, nach Welcker's treffendem Vergleich, lange hundert Unglücksfälle in Wagen und Segelschiffen nicht besprach, während man bei Dampfschiffen und Eisenbahnen jeden der zehnfach verminderten Unfälle in allen Zeitungen lesen konnte“.

§. 21. Vergleich der Auburn'schen mit den alten Strafanstalten.

Vergleicht man nun die Gesammtwirkung dieser Haftart in Hinsicht der Besserung der Sträflinge mit der ungestörten Gemeinschaft der alten Zuchthäuser, so ergibt sich für Jeden, den die (nach dem Ausdruck eines französischen Generalinspektors) herrschende „äußere Ordnung, der dem Gange einer Maschine gleiche Arbeitbetrieb, die Verhütung zum Wenigsten der langen und lärmenden Unterhaltungen“ nicht besticht: daß Alles, was sich erreichen läßt, auf einige Erschwerung und Beschränkung des Wechsel-Verkehrs und Verderbs hinausläuft, — die freilich viel zu theuer erkauft wird durch die allseitige Schädlichkeit des Schweigzwangs und der zu dessen Aufrechthaltung nöthigen Mittel, von denen, um mit Livingston zu reden „Willkür und Mißbrauch unzertrennlich sind“ — daß aber alle wesentlichen Uebelstände jeder Zusammensperrung verdorbener Menschen hier wie dort dieselben bleiben. Auch hier waltet jener verhängnißvolle Gemeingeist unter den Sträflingen (s. §. 18.), vermöge dessen jede Spur einer guten Regung mit giftigem Spott verfolgt und geächtet wird; auch hier sind zumal die Besseren denselben boshaften Neckereien und Rohheiten, denselben Beschädigungen ihrer Werkstoffe und Arbeit, ausgesetzt und leiden überhaupt, wie der belgische Justizminister d'Anethan sagt: „weil sie noch einiges Ehrgefühl haben, doppelt unter der Vereinigung, die für sie eine nur mit Unmuth und Bitterkeit empfundene und getragene Verschärfung, für die ganz Verdorbenen aber eine Erleichterung der Strafe ist". Während aber die Besseren dadurch nicht selten zur Verzweiflung, daher zu Wahnsinn und Selbstmord gebracht werden, namentlich zartfühlende weiblichen Gefangenen*), raubt umgekehrt bei den Schlechteren das zerstreuende Zusammenleben und vollends, wie Dücpetiaux hervorhebt, das geräuschvolle Treiben der Arbeitsäle der Strafe jede abschreckende Wirkung; bei Allen ohne Unterschied aber tritt es der Besserung schon dadurch entgegen, daß dabei Keiner recht zu sich selbst kommen und in sich gehen kann: es wirkt wie ein wahrer Gewissensableiter. Ueberdieß versetzt die Schweigzucht, wie ein französischer Generalinspektor bestätigt, Alle, auch die sonst fleißigen und ordentlichen Gefangenen, sobald sie nur das Plaudern nicht lassen können und ein Paar Mal' dafür gestraft worden sind — oft vielleicht mit Unrecht auf den bloßen Schein hin — in eine unglückselige, gedrückte und gereizte Stimmung, die fast immer alle Empfänglichkeit für das Gute merklich schwächt, wo nicht ganz aufhebt, und störrisch macht, während der verhärtete Verbrecher dadurch vollends verstockt, widerspänstig und boshaft wird.

Aber selbst wenn es gelingen könnte die zusammenarbeitenden Gefangenen, nach Varrentrapp's Ausdruck, „in Taubstumme und Trappisten zu verwandeln", so wird dennoch schon das Bewußtsein des Zusammenseins mit gleich übel Gesinnten jedem Fortschritt zum Guten in den Weg treten und dem Bösen das Uebergewicht in solchem verpesteten Dunstkreis sichern. Es wird endlich schon durch das regelmäßige Beisammensein eine für jede Erziehung und Besserung bedingende individualisirende Behandlung auch hier so gut wie ausgeschlossen sein und überhaupt Nichts weiter sich erreichen lassen als höchstens eine gewisse Gewöhnung an Ordnung und geregelte Thätigkeit

*) So berichtet Ferrüs über Gefangene 2c. S. 48 ff. und sonst: z. B. in Montpellier seien 1847 im Zentralhause auf 500 Weiber 14 geisteskranke gekommen, im Zellengefängniß auf 483 nur 3.

und das Erlernen einer Beschäftigung, woran sich für die Zeit nach der Entlassung eine Aussicht für das spätere Fortkommen knüpft.

Fast nirgends haben daher bei dieser Einrichtung der Haft die Gefängnisse den Namen von Buß- und Besserungshäusern wahrhaft verdient und die Zahl der Rückfälle erheblich vermindert. Sie betrug z. B. in Belgien 55%, binnen 9 Jahren fast das Doppelte wie früher, obgleich nach d'Anethan's Versicherung durch „vielfache nach und nach angebrachten Abänderungen das System so vollständig und wirksam wie möglich gemacht worden ist"*). Ebenso erklärte die badische Regierung**), daß sie in der 1838 zu Bruchsal eröffneten Weiberstrafanstalt zwar durch angemessene Abtheilungen, durch sorgfältig ausgewählte Aufseherinnen, zweckmäßige Beschäftigung, Gottesdienst und gründlichen Unterricht Alles gethan zu haben glaubte um den sittlichen Zustand möglichst zu heben, dennoch aber gegen 1/4 der Sträflinge (fast doppelt soviel als in den Männerzuchthäusern) rückfällig geworden seien. Auch in Frankreich war scheinbar durchschnittlich nur etwa 1/4 der Sträflinge rückfällig, indem man bei mehr als 1/4 der vermeintlich nicht Rückfälligen erst nach der Verurtheilung — im Gefängniß — entdeckte, daß man sich geirrt hatte, — ein Irrthum, der, je häufiger er ist, um so augenfälliger die Berichtigungsbedürftigkeit der gefällten Strafurtheile darthut. Bisweilen aber, z. B. zu Loos, betrugen die Rückfälligen 2/3, zu Melün gar 3/4

---

*) 1843 schrieb der Generalinspektor der belgischen Gefängnisse Dücpetiaux an Jos. v. Würth („die neuesten Fortschritte 2c." S. 413): „— — die Rückfälle vermehren sich statt abzunehmen, und die meisten großen Verbrechen, welche vor unsre Assisenhöfe gelangen, sind von entlassenen Sträflingen verübt, welche sich in den Strafanstalten kennen gelernt und darin zu gemeinschaftlichen Verbrechen verbunden haben. Alle unsere Beamten, unsere Gefängnißvorsteher werden Ihnen sagen, daß dieß System ihrem Eifer und ihren Bemühungen trotzt und daß sie von demselben Nichts für die Zukunft hoffen. Alle werden Ihnen bestätigen, daß nur in dem System der Einzelhaft das Heil zu suchen ist."

**) Am oben a. O.

aller Züchtlinge. In den alten würtembergischen Zuchthäusern machten sie*) auch etwa die Hälfte aller Gefangenen aus. Uebrigens hat Varrentrapp**) näher gezeigt, wie überaus schwierig die Feststellung der Zahl der Rückfälle überhaupt ist und wie äußerst unsicher sie bisher aus vielen Gründen nicht bloß in Amerika sich erwiesen hat, zumal wenn man die, meist in ganz verschiedener Weise angestellten, Rückfallberechnungen verschiedener Länder vergleicht.

Von allen Seiten aber wird bestätigt, daß unzähliche neuen Verbrechen lediglich in den im Gefängniß angeknüpften Bekanntschaften ihre Quelle haben; daß kein Schweigzwang diesem Unheil im Mindesten steuern kann, mithin auch nicht dem spätern Wiedererkennen oder Wiederaufsuchen mit Allem was daraus folgt, nicht der stillschweigenden oder ausdrücklichen Verbindung aller schweren Verbrecher eines, ja mehrer Länder schon im Zuchthause zu einer furchtbar gefährlichen Genossenschaft — einer wahren Verbrecherkaste — die mit der bürgerlichen Gesellschaft in beständigem Kriege lebt und Jeden der Ihrigen trotz seiner guten Vorsätze und seines Widerstrebens von Neuem auf die Bahn des Verbrechens mit sich fortreißt***).

Nach dem Allen läßt sich nicht zweifeln, daß der Auburn'schen Haftweise nicht nur fast ungeschmälert alle Gebrechen der alten Zuchthäuser ankleben, sondern daß dieselben sogar in vieler Hinsicht noch durch die traurigen Folgen des Zwangs zum Schweigen vermehrt werden, der immer doch nur eine zweite halbe Maßregel bleiben wird, wodurch die erste: die Beibehaltung der Gemeinschaft am Tage — gutgemacht werden soll. Der einzige wahre Fortschritt dieser Haftweise liegt in der hier eingeführten gänzlichen Absonderung der Gefangenen wenigstens bei Nacht in Einzelzellen, also — in einer der durchgehenden Einzelhaft gemachten Abschlagzahlung, mit der aber freilich, nach

---

*) Zufolge des Ausschußberichts von Probst S. 7.

**) Ausschußbericht an die gesetzgebende Versammlung, Gefängnißneubau betreffend S. 29. S. auch unsern „Strafvollzug ꝛc.“ S. 339 ff.

***) S. unsere eben angef. Schrift S. 147 u. 212 f.

dem einstimmigen Urtheil aller Sachverständigen, nur das schlechthin Unerläßliche geschehen ist, um den erfahrungsgemäß außerdem durch keine Aufsicht zu verhütenden nächtlichen Unterhaltungen und Unzuchtgräueln ein Ziel zu setzen. Kein gebildeter Staat kann daher künftig bei Errichtung von Gefängnissen dem Bedürfniß der Herstellung von Nachtzellen die Befriedigung versagen, wie Lelüt bemerkt, kein Betrag der Kosten kann ihn von Erfüllung dieser Pflicht loszählen, und die Frage wird nur sein, ob er nicht durch Herstellung etwas größerer und kostbarerer Zellen zum Aufenthalt für die Sträflinge auch bei Tage — kurz: durch Einzelhaft — lieber Das ganz thun will, was er sonst nur halb thut.

Unter den Versuchen, die man gemacht hat um die gröbsten Mißstände der Verbrechergemeinschaft, auch der in Auburn'scher Weise bestehenden, zu beseitigen oder doch zu mildern, verdient noch eine besondere Erwähnung das von Einigen ohne Grund hochgepriesene Klassifikationssystem.

§. 22. III. Das s. g. Klassifikationssystem.

Schon in den alten Zuchthäusern hatte man mancherlei Abtheilungen der Sträflinge, je nach ihren Verbrechen oder ihrer Verderbtheit oder ihrem Betragen und ihren Fortschritten im Guten, zu machen gesucht, z. B. in Hamburg und besonders in England. Nirgends ist man aber bei diesem s. g. System von einem bestimmten, klar gedachten Grundsatz und Eintheilungsgrund ausgegangen, und man hat daher dasselbe in verschiedenen Gefängnissen, ja sogar in denselben, im Verlauf der Zeit nirgends auf gleiche Weise zur Ausführung gebracht.

Dieß hat sich namentlich in Genf deutlich gezeigt, wo man sich am Meisten mit Ausbildung einer Gefängnißordnung abgemüht hat, die nach solchen Abtheilungen der Verbrecher abgestuft ist. Nachdem man im J. 1825 eine neue, möglichst übersichtliche, darum strahlenförmige Strafanstalt erbaut hatte, mit Arbeitsälen und 56 Einzelzellen*) für die auf mehr als ein

*) Gegen solche zwitterhaften Vereinigungen von Zellen und Sälen s. man besonders Suringar's 6 Aufsätze über „het cellulair systeem" in dem

Jahr Verurtheilten, hatte man es dort zuerst bis 1833 mit der gewöhnlichen Auburn'schen Haft versucht, die, durch die Erlaubniß in Ruhestunden mit Einander zu sprechen, noch etwas gemildert war; man hatte sie aber erfolglos („zu mild") befunden (Moreau-Christophe nannte sie eine bonbonnière), sie darum mehrfach, zuletzt 1843, geändert und demzufolge eine ziemliche Minderung der Rückfälle, von etwa 18 auf 13 %, ja später angeblich eine noch größere, wahrgenommen. Seit 1843 ward nun die folgende, der Hauptsache nach bereits früher angewandte, Klasseneintheilung gesetzlich festgestellt, die hauptsächlich auf die französische Unterscheidung in Verbrechen und Vergehen gebaut ist, daneben aber auch die Aufführung der Verbrecher berücksichtigt.

In die erste Klasse kommen danach alle zu „Zwangarbeit" oder auch, unter erschwerenden Umständen, zu „réclusion" Verurtheilten, sowie die Rückfälligen, in die zweite Klasse die zu „réclusion" ohne Erschwerungsgründe oder „korrektionell" mit solchen Verurtheilten, in die dritte die Korrektionellen ohne solche, in die vierte schließlich die Gebesserten aller andern Klassen nebst den jugendlichen Verbrechern zwischen 16 und 18 Jahren. Vorrücken in höhere Klassen — aus der ersten in die zweite nicht vor Ablauf eines Jahres — oder Rückversetzung in niedere Klassen — bei den „Kriminellen" sogar bis in die erste, bei dieser selbst aber in Einzelhaft, — richtet sich nach der Aufführung. Die erste Klasse kommt anfangs in Einzelhaft von 14 Tagen bis zu 6 Monaten, und zwar die ersten 10 Tage ohne Arbeit, die Rückfälligen aber demnächst (sobald die Erweiterung des Baues es erlaubt) auf mindestens ein Jahr und höchstens für die Hälfte ihrer Strafzeit, die zweite Klasse auf 14 Tage bis zu 3 Monaten, die dritte von 8 bis zu 14, die vierte von 4 bis zu 8 Tagen. Die beiden letzten Klassen sind hinsichtlich der Art ihrer Beschäftigung, der Zahl der gestatteten

---

weekblad van het regt (20. Nov. 1856 ff.), von denen der fünfte das „classificatie-stelsel" bespricht, von dem wir eine Uebersetzung in unsrer Schrift „Der Strafvollzug ꝛc." gegeben haben, Nr. 5 S. 189 ff.

Besuche, des Ueberverdienstes und der daraus zu machenden Anschaffungen, begünstigt.

Einen ähnlichen Eintheilungsversuch in vier Klassen, dessen Schwäche er aber selbst zu fühlen scheint und worauf er überhaupt keinen grossen Werth legt, — während er die gewöhnliche Eintheilung nach den Verbrechen und der dadurch bekundeten Unsittlichkeit entschieden verwirft — hat auch der frühere treffliche Vorstand der kleinen Auburn'schen „Pönitentiaranstalt" St. Jakob bei St. Gallen gemacht und zwar „nach Fleiss und Betragen", zugleich aber auch „nach den Berufarten", also nach zwei ganz verschiedenen und unvereinbaren Eintheilgründen, wo z. B. die erste Klasse neben Denen, die sich schlecht betragen haben, bisweilen neben Solchen, die auf Lebenszeit verurtheilt sind, alle neu Eintretenden auf drei Monate und alle (Gewerbs-) Lehrlinge auf ein Jahr enthalten und keinen Antheil am Arbeitlohn erhalten, dagegen der zweiten, dritten und vierten Klasse je der sechste, fünfte und vierte Theil des Arbeitlohns als durchaus freies Sondergut zukommen soll, das die beiden letzten Klassen zum Theil sogleich gut verwenden dürfen, das aber dennoch (!) im Sterbfall dem Staat bleiben soll. Ebenso soll der zweiten, dritten und vierten Klasse je drei-, zwei- oder einmonatlich ein Besuch von Verwandten oder ein Brief erlaubt werden*).

§. 23. Würdigung desselben.

Alle solchen Klassifikationsversuche beabsichtigen nun offenbar, theils zur Verhütung völliger sittlichen Zugrunderichtung der weniger Verdorbenen durch die Schlechteren, theils zum Zweck eines strengeren Verfahrens gegen die Letzteren, eine ausreichendere Scheidung Beider als sie durch die eitle Vorschrift des Schweigens sich erzielen lässt. Voraussetzung dafür ist begreiflich die richtige Beurtheilung der Verdorbenheit und überhaupt der ganzen Gemüthsart eines Jeden.

---

*) S. unsere Anzeige der Mooser'schen Schrift über St. Jakob in den Heidelb. Jahrb. der Lit. 1851 Nr. 23.

Die große Trüglichkeit dieses Urtheils und die gänzliche Vereitlung des Zwecks durch jeden Mißgriff dabei liegt aber auf der Hand. Der gröbste, den man begehen kann, ist jedenfalls der, daß man die Entscheidung über den Grad der Verdorbenheit, in der Weise wie es in Genf geschieht, von dem ganz äußerlichen Maßstab der begangenen Verbrechen oder gar der zuerkannten Strafen abhängig machen will; denn erfahrungsmäßig kann völlige Gleichheit in dieser mit der höchsten Ungleichheit in jener Hinsicht und umgekehrt sich sehr wohl vertragen; und z. B. nach Tocqueville's Ausschußbericht erklärten, auf die Anfrage des Ministers, die Vorstände fast aller französischen Zentralhäuser, daß nicht etwa die wegen Verbrechen Verurtheilten verdorbener zu sein pflegten als die wegen Vergehen Verurtheilten, sondern weit eher umgekehrt.

Allerdings kann man zwar nach längerem Aufenthalt der Sträflinge in der Strafanstalt weit zutreffender über ihr Inneres, über ihre ganze Gemüthsart und Empfänglichkeit für das Gute urtheilen, — falls man sich nur hütet lediglich ihr äußeres Betragen dafür zum Anhaltpunkt zu brauchen, da dieses sehr oft ganz irreleitet, und z. B. gerade die alten Gewohnheitsdiebe sich meist am Fügsamsten, Ordentlichsten und Fleißigsten erweisen; und ebenso gewiß wird ihr Fortschreiten im Guten später Einfluß auf ihre Eintheilung und Behandlung haben müssen; aber sichtlich unmöglich ist es doch, dasselbe schon gleich anfangs zum Eintheilungsgrund zu benutzen.

An der Auffindung eines solchen, der nicht offenbar schief wäre, muß überhaupt, falls man nur etwa von der handgreiflich nothwendigen Absonderung der Männer von den Weibern, der Jungen von den Alten absieht, jede darüber hinausgehende Trennung in Abtheilungen ganz scheitern. Wollte man nur einigermaßen alle dabei nöthigen Rücksichten beobachten, so würde man zu immer weiteren Unterabtheilungen getrieben werden, deren man daher, nach W. Russell, in England bisweilen 15 und mehr gemacht hat; und man wird, wenn man folgerecht handeln und auch der Individualität ihr volles Recht widerfahren lassen will, nothwendig zu ebensovielen Absonderungen kommen, als Verbrecher da sind, d. h. zur Einzelhaft*).

Nur diese beseitigt auch gründlich alle Gefahr, durch das Unterbringen der Gefangenen in der unrechten Abtheilung oder, was dazu führen muß, durch zu wenige Abtheilungen zu schaden; nicht minder aber die Gefahr, die von der Vereinigung gleich Verdorbener unzertrennlich ist. Denn, wenn man sagen kann: mit welchem Recht gibt man den Anfängern im Verbrechen die ausgelernten Altmeister zu Lehrern, oder braucht man umgekehrt die Besseren zu Schleifsteinen für die Schlechteren? — so läßt sich mit ebensoviel Grund erwidern: ob es denn etwa dem Recht mehr entspreche, wenn man, um Dieß zu vermeiden, die ganz Gesunkenen lieber nur mit Einander in Berührung bringe um Einander im Bösen zu vollenden, m. a. W. sie als rettungslos verlorene Leute zu behandeln? Das Versetzen in niedere oder höhere Abtheilungen wird überhaupt sehr leicht allerseits mehr schaden als nützen, je weniger es auf eine streng gerechte und unparteiische Weise geschehen kann; es wird namentlich, ganz ähnlich wie das Anvertrauen einer Aufsicht über Mitgefangene, bei den Einen große Bitterkeit und Mißgunst, bei den Andern (den „Aufpassern"), wie darauf schon Julius hingewiesen hat, ein farisäisches Sichbesserdünken und eine augendienerische Werkheiligkeit hervorrufen, die geradezu jene für alle aufrichtige Besserung unerläßliche Demuth und Reue ausschließt, die nur in dem Gedanken, daß wir allzumal Sünder sind, Wurzel schlagen kann; es werden endlich, wie Füeßlin**) richtig bemerkt, bei dem raschen Wechsel der Bevölkerung eines großen Gefängnisses und seiner Klassen, auch äußere Schwierigkeiten aller Art, Störungen im Gewerbbetrieb u. s. f. gar nicht vermeidlich sein.

Wie man es auch anfange, auf keine Weise lassen sich die allseitigen großen Uebelstände und Willkürlichkeiten jeder Klassen-

---

*) Aehnlich urtheilen Baumhauer und Ardit in den Frankf. Verhandlungen von 1846 S. 207 u. 211 f.

**) Die Einzelhaft S. 56.

abtheilung verbannen, in der daher mit Recht Julius nur „ein der Gemeinschafthaft vorgehängtes Feigenblatt“ sieht und, gleich allen Sachkennern*), ein ausgemacht erfolgloses und trügerisches Palliativ gegen den wechselseitigen Verderb. Aubanel und Grellet-Wammy selbst, als Vorstände der Genfer Strafanstalt und Hauptvertreter der daselbst eingeschlagenen Richtung, mußten zuletzt einräumen, daß eine richtige Klasseneintheilung ganz unausführbar sei, vollends bei größeren Strafanstalten.

Je deutlicher überhaupt, beim Licht betrachtet, in jedem Versuch einer solchen Eintheilung ein freilich ganz ungenügendes Zugeständniß an die durchgehende Absonderung, also ein Uebergang zur Einzelhaft, enthalten ist, desto mehr sehen wir auch unwillkürlich die Anhänger des Klassifikationssystems in steter Annäherung zur völligen Individualisirung mittelst der Einzelhaft — als dem einzig rettenden Auskunftmittel — begriffen. Wir sehen, daß Aubanel auf immer mehr erweiterte Anwendung derselben drang, daß er sie jedenfalls bei auf kurze Zeit Verurtheilten für die ganze Haftdauer verlangt, aber auch bei allen auf mehr denn zwei Jahre Verurtheilten auf solange bis eine urtheilfähige Behörde auf deren Ersetzung durch Gemeinschaft mit Schweigen bei Tage erkannt habe**). Ebenso geben Mooser, Ferrüs u. A. zu, daß für Viele nur die Einzelhaft helfen kann; so nach Mooser***) namentlich für die nicht auf mindestens zwei Jahre Verurtheilten und überhaupt für Solche, deren Scham- und Ehrgefühl fast erloschen ist, denen Willenskraft fehlt und die schon an ein müßiges, leichtfertiges Leben gewöhnt sind; nach Ferrüs†) aber umgekehrt

---

*) Z. B. Tocqueville, David, Mollet, Suringar, W. Russell. S. auch v. Würth am a. O. S. 345 ff.

**) Vgl. Aubanel's Brief in den Verhandl. des Pönitentiarkongresses zu Frankfurt 1846 S. 116 f. Von seinem darin gemachten Vorschlag wird unten näher die Rede sein.

***) Pönitentiaranstalt St. Jakob. S. 329 ff.

†) Ueber Gefangene, Gefangenschaft u. Gefängnisse (v. Klein) S. 121 ff. Gegen seine Klassenvorschläge erklärt sich entschieden Lelüt.

für Diese nur ausnahmweise, dagegen er für die erste der drei von ihm aufgestellten Klassen: nämlich für die schwersten s. g. unverbesserlichen Verbrecher, die Geist und Thatkraft haben (wohin er die Mehrzahl der Rückfälligen zählt!?) — dauernde Zellenhaft durchaus fordert, während Mooser gerade sie, die am Tiefsten die verlorene Selbständigkeit empfänden, für am Besten geeignet zur Gemeinschaft hält, etwa nach vorgängiger kurzen Vereinzelung.

Was immer jedoch in kleinen Strafanstalten für Besserung der Sträflinge geleistet wird, trotz der Vereinigung der Verbrecher — sei es nun mit oder ohne Schweigzwang, mit oder ohne Klassen, — das Alles kommt sichtlich nur auf Rechnung der hier vorhandenen, bei großen Anstalten aber fehlenden, Möglichkeit alle Einzelen genau im Auge zu behalten und ihrer Eigenthümlichkeit gemäß zu behandeln (zu individualisiren), — wovon bei jeder Menschen-Behandlung und Erziehung aller Erfolg abhängt — wozu vollends in Genf und St. Gallen bisher eine vortreffliche Oberleitung kam, unterstützt durch eine seltene Menge der tüchtigsten Kräfte. So wirken z. B. in Genf außer den Unterbeamten zwei Vorsteher, zwei Geistliche, ein Arzt, zusammen mit einem Aufsicht-, einem Verwaltungs-, einem Versittlichungs-, einem Begnadigungs- und endlich einem Ehrenbesucher-Ausschuß. In St. Gallen aber führt ein musterhaft eingerichteter Schutzaufsichtverein für die Entlassenen das Werk des Besserungshauses in gleichem Geist fort.

In der Anstalt zu St. Jakob kamen demzufolge auf Jeden der 95 Gefangenen, die die tägliche Mittelzahl ausmachten, im Jahr etwa 5 Ordnungstrafen; von 384 Entlassenen wurden 50, also 13,16 % rückfällig, wovon nur etwa 1/7 auf längerzeitig Verurtheilte fällt. Bei diesem Anlaß sei nur noch bemerkt, daß zu St. Jakob die zeitweise hohe Sterblichkeit nur an vorübergehenden örtlichen Ursachen (Feuchtigkeit und Luftheizung) lag, ebenso die beispiellose Menge der Geisteskrankheiten in Genf, indem hier auf 431 von 1826—1841 aufgenommene Gefangenen deren 28 kamen, also auf 16,6 Sträflinge ein Fall*)! — ein Verhältniß, das sehr wahrscheinlich, neben andern ungünstigen Einflüssen z. B. viel zu kleinen Zellen, hier wie in Lausanne, durch die grundfalsch angefaßte religiöse Einwirkung frommer Eiferer mitverschuldet ward.

IV. Die Einzelhaft.

§. 24. Wesen und Aufgabe derselben.

Die philadelphische (auch wohl pennsylvanische) Haftweise, besser: die Einzel-, Trennungs-, Sonder- oder Zellenhaft ruht zunächst und hauptsächlich auf dem Gedanken, daß dem Nachtheil jeder Vereinigung von Verbrechern nicht bloß zum Theil, nämlich bei Nacht, wie bei den Auburn'schen Gefängnissen, sondern ganz, durch Trennung auch bei Tage, abgeholfen werden müsse, nächstdem auf der Ahnung, daß dadurch noch Mehres und Größeres gewirkt werden könne. In der That ist diese Einrichtung der Haft seit ihrem ersten noch sehr mangelhaften Versuch in steter Weiterbildung begriffen, aber noch lange nicht aller Vervollkommnung, deren sie fähig ist, theilhaftig geworden.

So wenig sich aber allein „aus dem Begriff der Freiheitstrafe überhaupt" Etwas ergibt über die wesentliche Beschaffenheit dieser, und namentlich über das Maß der damit zu verknüpfenden Freiheitbeschränkung**); ebensowenig ergibt sich aus dem Begriff der Einzelhaft in der Zelle über deren Einrichtung; denn es ist damit Nichts weiter ausgesagt als eine Verneinung des Zusammenseins***), nämlich nur: daß jeder einzele Gefangene, gleich als ob er der Einzige wäre, in ein abgesondertes Gefängniß unterzubringen ist, das ihm als solches

---

*) S. Varrentrapp in Julius' u. seinen Jahrb. der Gefängnißkunde II. Bd. S. 87.

**) Auch nicht, wie sich von selbst versteht, wenn man sie lächerlicher Weise mit Jagemann zum Selbstzweck macht. S. darüber unsern Aufsatz im Archiv des Krim.-R. v. 1850 S. 431 Anmerk. Wick „über Strafe u. Besserung" S. 27 räumt Dieß auch ein.

***) Vgl. unsern „Strafvollzug" rc. S. 92 f. 252.

nicht nur, wie jedes andere, die Freiheit der Ortsveränderung entzieht, sondern obendrein auch *die* des Verkehrs noch ungleich mehr beschränkt als es bei zusammenlebenden Sträflingen der Fall ist. Es läßt sich aber im Uebrigen daraus alles Mögliche machen: ein Ort des Heils oder des Unheils und der Qual.

Soll also überhaupt die Zellenhaft einen Vorzug vor jeder andern Haft verdienen, so ist Dieß unstreitig nur möglich wenn und sofern die *in* der Zelle und *mittelst* ihrer den Gefangenen zu Theil werdende Behandlung, *dem rechtlichen Grund* und *Zweck* aller Strafe gemäß, die Bedingungen der Zurückführung des Willens des Verbrechers zum Recht entweder selbst leistet oder doch ihre Leistung erleichtert und somit dessen dereinstige Rückkehr in die bürgerliche Gesellschaft ermöglicht. Nur wenn man an diesem allein *maßgebenden* Grundgedanken festhält, kann man ein richtiges Urtheil über diese Haftart und ihre Zukunft fällen, nicht aber wenn man die zahlreichen und groben Fehler, die man zufällig hier oder da bei Einrichtung derselben begangen hat und die entweder aus der unklaren Auffassung oder folgewidrigen Durchführung jenes Grundgedankens herstammen, ohne Weiteres diesem selbst zur Last legt; so z. B. die gänzliche, wohl gar arbeitlose, Einsamkeit, mit der man es, besonders in der ersten Zeit, in Philadelphia und New-York versuchte; so die Verkehrtheit und Einseitigkeit einer ausschließend religiösen Leserei oder überhaupt Bearbeitung der Gefangenen, wie in Readina. auf Kosten der Arbeitsamkeit — worauf z. B. *Pearson* seine ungerechten Vorwürfe gegen *alle* Einzelhaft lediglich stützt*) —; so die allerseits störend und zerstörend einwirkenden Zuthaten leiblicher und geistiger Mißhandlung durch zu enge, schlecht gelüftete Zellen, wie an vielen Orten, oder durch Ketten, Hungerleiden, andre Leibesstrafen u. s. f., wie einst in Rhode-Island**), durch ganz ausge-

*) Er selbst gibt ohnehin zu, daß sein eignes vermeintliches System zusammenfalle, sobald feststehe — wie es doch außer Zweifel ist —, daß das Stillschweigen während des Beisammenseins sich nicht aufrechterhalten lasse.

**) S. *Julius'* Jahrb. der Strafanstalten IV. Bd. S. 201.

schlossene oder unzureichende Bewegung im Freien, durch zweckwidrige Beschäftigung, durch ungenügende Belehrung, Seelsorge und Besuche, verkehrte religiöse Einwirkung und Dergleichen mehr.

Legen wir nun den oben genannten rechtlichen Maßstab an die Einzelhaft an, so ergibt sich, daß sie für sich allein freilich nicht als das erschöpfende Mittel gelten kann, um die oben erwiesene Aufgabe aller rechtlichen Strafe: die Bevormundung des Verbrechers zum Behuf seiner Erziehung zur Freiheit — zu erfüllen. Wohl aber gewährt sie dafür, und für die dahin zielenden Pflichten und Rechte des Staats wie des Verbrechers, die völlig entsprechende Grundlage, auf der allein alles weiter für die Erreichung dieses Ziels Bedingende leicht und sicher zu beschaffen ist; und nur in diesem Sinn, als ein Stück und Werkzeug der Strafe, muß sie aufgefaßt und zweckgemäß eingerichtet werden.

§. 25. Ermöglichung einer menschenwürdigen, individualisirenden Behandlung durch die Einzelhaft.

Sie allein macht es möglich den Verbrecher ganz so zu behandeln, wie es vor Allem seiner Menschenwürde entspricht, die auch in dem Gefallenen geachtet werden muß, m. a. W. „human" *); sie will ihn, der sich nur als sittlich unmündig erwiesen hat, darum nicht ohne Weiteres aufgegeben wissen als ein angeblich verlornes, unverbesserliches, durchaus verächtliches und des Vertrauens unwerthes Geschöpf; sie verstößt ihn nicht in die Nacht hoffnungloser Verdammniß, sondern rechnet auf sein besseres Selbst, sobald diesem nur durch Zuthun der Mitmenschen die Bedingungen seines Erwachens gegeben sind, und

*) Welch' schmählicher Mißbrauch mit diesem Wort mitunter getrieben wird, Das kann man z. B. bei Obermaier sehen, der, allem Anschein nach optima fide, die Humanität stets als den Grundsatz seines Verfahrens nachdrücklich betonte, während z. B. der holländische Reisebericht (Rapport S. 158) von Grevelink mittheilt, daß die Berichterstatter nie ein grausameres, erbarmungsloseres Verfahren gesehen hatten als zu München. Und doch hat der Köder dieses schönen Worts so Viele betrogen!

sie verschmäht es nicht sie ihm zu geben soweit möglich; sie vertraut darauf, daß er, wie er durch eigne Mitschuld (denn mehr läßt sich gerechter Weise selten behaupten) fiel und gewissermaßen sittlich erkrankte, so auch durch eignes Zuthun sich wieder aufrichten kann, falls ihm nur dabei die Hand gereicht m. a. W. zu seiner sittlichen Heilung und Wiedergeburt die nöthige Kunsthülfe zu Theil wird; sie geht davon aus, daß die Strafe sich nicht an das Verbrechen, als äußerliche Erscheinung, zu halten habe, sondern an die individuelle Persönlichkeit Dessen der es verübt hat, — daß nicht (abstrakt) das Verbrechen, sondern (konkret) der lebendige Verbrecher zu bestrafen sei — daß die Strafe anregend auf den inneren Menschen im Verbrecher, auf den Willen und das Gewissen, wirken solle und danach zu bemessen sei, und nicht etwa nach Art der Vorzeit — die in dem Verbrecher nur „eine durch das Verbrechen bezeichnete Sache sah, über welche der Staat in bloßer Rücksicht auf die öffentliche Sicherheit verfügte" (van Meenen) — bloß seinen Körper und seine Gliedmaßen herhalten, überhaupt kraft eines wahren Rechts der Stärke ihn nur Zwang uud Schmerz fühlen lassen, ihn in seinen und Anderer Augen herabsetzen und entwürdigen d. h. entmenschen solle.

Hieraus folgt, daß jene Einwirkung überhaupt (z. B. auch die Beschäftigungsweise) im genauesten Verhältniß stehen muß mit der Individualität nach ihrer gesammten leiblichen und geistigen Beschaffenheit und bisherigen Entwickelung, nach Lebensweise, Gewohnheiten und Neigungen — deren Berücksichtigung bei aller Erziehung und Menschenbehandlung die erste Voraussetzung eines guten Erfolgs ist, worauf doch dem Staat Alles ankommen muß*).

Schon durch die dem Verbrecher zugestandene eigne Wohnung wird der vollen Anerkennung seines Rechts als Individuum die Bahn gebrochen. Die schreiende Verletzung dieses

*) Zu dem Besten, was von dieser Seite für die Einzelhaft, im Gegensatz zur Gesammthaft, je gesagt worden ist, gehört Suringar's Aufsatz: „Individualisiren, fabrikmäßige Besserung", den wir in unserm „Strafvollzug ꝛc." Nr. 6 S. 200—213 mitgetheilt haben.

Rechts, wie sie liegt in einem gewaltsamen, gleichmacherischen Scheren aller Gefangenen über denselben Kamm, in Aufzwingung der abscheulichsten Gesellschaft, mit allem Unheil was daraus folgt, wird durch die Zellenhaft gründlich beseitigt. Indem man so jeden Einzelen als alleineigenthümliches Selbstwesen (als Person und Individuum) achtet, nicht aber — wegen des Zufalls, daß er nicht der einzige in diesem Hause Eingesperrte ist — ihn zum bloßen Rad in einem großen Räderwerk erniedrigt, läßt man zugleich seiner Eigenschaft als geselligen Wesens ihr Recht widerfahren. Man versagt seinem in dieser Eigenschaft wurzelnden Bedürfniß zwar jene scheinbare Befriedigung, die in dem Zusammenpferchen zahlreicher Verbrecher in demselben Raum liegt — sei es nun, daß man ihren Verkehr unter sich unbehindert läßt oder sich einbildet, wie in den Auburn'schen Strafanstalten, ihnen nur ein leibliches Beisammensein gestattet zu haben —; wohl aber gewährt man ihm die allein wesentliche und wahrhafte Befriedigung durch angemessenen Verkehr nur mit rechtschaffenen Menschen. Mit Recht hat daher Suringar die Einzelhaft le système de la bonne compagnie genannt. Freilich bedarf es, damit sie dieß in Wirklichkeit sein könne, nicht nur einer bedeutenden Zahl von Angestellten, sondern außerdem der kräftigen Beihülfe durch einen zahlreichen Verein zur sittlichen Besserung der Gefangenen. Andern Falls wird die Einzelhaft, ganz im Widerspruch mit ihrem Zweck und Wesen, unvermeidlich zu einer fast völligen Einsamkeit sich umgestalten, — eine Gefahr, der hauptsächlich solche Zellengefängnisse ausgesetzt sind, die mehr als 250 bis höchstens 300 Gefangene befassen — die man schon darum gar nicht bauen sollte*), und vollends nie entfernt von volkreichen Städten.

Nach dem eben Bemerkten ist es etwas schwer zu verstehen, wie es möglich war (gleich Wick, Jahn u. A.) um der

*) S. die Verhandl. des Congrès pénitentiaire zu Brüssel 1847 im Moniteur belge, annexe D. au Nr. 266 p. 28 suiv. und unsern Aufsatz im Arch. d. Krim.-R. 1850, Nr. 17 Anmerk. 21.

nothwendigen „Individualisirung" willen zum Mindesten für einige Gefangenen zu verlangen, daß sie dem Verderb durch Mitgefangene ausgesetzt werden, und Jeden, der diese Nothwendigkeit nicht einsieht, der einseitigen Parteinahme für ein „ausschließendes System", eine „Universalmedizin" zu beschuldigen, — gleich als ob die rechten Arzneien etwa darum für Alle dieselben genannt werden könnten, weil ein Arzneiglas ebenso aussieht wie das andere (nach Suringar's treffender Bemerkung). Es ist Das eine ähnliche Logik wie die, womit man sich nur deßhalb weigert die Einzelhaft an die Stelle der Gesammthaft treten zu lassen, weil noch nicht durch Zahlen die nachhaltigen Besserungserfolge der ersteren über allen Zweifel erhoben worden sind, statt es für genügend zu halten, daß sie selbst keinesfalls eine Quelle des sittlichen Verderbens und zahlreicher Rückfälle ist, wie Dieß doch von der Gesammthaft Niemand leugnen kann.

§. 26. Völlig rechtgemäße Unschädlichmachung der Verbrecher.

Ein Großes wird durch die Einzelhaft ohne Frage mit voller Gewißheit erreicht: der Verbrecher ist nämlich hier, zu gleich großem Vortheil für die Gesellschaft wie für ihn selbst, auf die einfachste Weise unschädlich gemacht für das Ganze und für seine Mitgefangenen, ebenso wie Diese für ihn, und zwar, soweit es überhaupt möglich ist, ohne zugleich seinem Menschenrecht zu nahe zu treten, d. h. ohne Hinrichtung, Ketten oder quälende Mißhandlungen andrer Art.

Eingedenk seiner vormundschaftlichen Verantwortlichkeit für das leibliche und geistige Wohl Derjenigen, die er außer Stand gesetzt hat ferner für sich selbst zu sorgen, lädt der Staat, indem er Zellengefängnisse errichtet, nicht ferner, wie es bisher (nach Demetz' Bemerkung) in unbegreiflicher Unüberlegtheit geschah, die ungeheure Schuld auf sich, Verbrecher, die vielleicht nur ein leichtsinniger Streich oder ein Ausbruch der Leidenschaft in's Gefängniß geführt hat, durch Versetzung an einen Ort — nicht der Zucht und Besserung, sondern — der Unzucht und Verderbniß, d. h. durch Aufdringung des Umgangs mit vollendeten

Bösewichten, auf Kosten ihrer Mitbürger förmlich zum Bösen zu erziehen, so daß sie das Gefängniß fast unvermeidlich schlechter und gemeingefährlicher verlassen als sie es betreten haben.

Die Einzelhaft, wie Tocqueville richtig sagt, und nur sie, hindert wenigstens ganz unbedingt die Verschlechterung der Verbrecher durch Einander, die sittliche wie die leibliche Ansteckung, überhaupt tausendfachen Unfug in Worten und Werken, dessen Hauptquelle, wie oben gezeigt ward, jede Gesellschaft verdorbener Menschen werden muß; namentlich aber schneidet sie überhaupt alle und jede geheimen Einverständnisse und Anzettelungen ab nicht nur für die Zeit der Gefangenschaft, z. B. zur Flucht, zum Ueberfallen der Angestellten u. s. f., sondern auch für die Folgezeit. Bis jetzt liegt noch kein Beispiel von der Art vor, ja auch nur von Anknüpfung einer jener in der Gemeinschaft so alltäglichen verbrecherischen Verbindungen, wodurch die Verbrechensmittel der Einzelen unberechenbar vervielfältigt und verstärkt werden und die Bildung einer eigentlichen Verbrecherkaste erst möglich ward, deren Dasein sich überall als eine so furchtbare Geißel erwiesen hat (§. 18 u. 21).

§. 27. Verbrechenverhütender Eindruck der Einzelhaft.

Nicht minder Großes aber leistet die Einzelhaft, wenn nicht gewiß, doch mit höchster Wahrscheinlichkeit, für Verhütung der Verbrechen, theils durch Erzeugung eines heilsamen Schreckens, theils und vorzüglich durch Vorbereitung und Hinleitung der Sträflinge zur Besserung, indem sie die Möglichkeit gewährt ausschließend guten Umgang und gute Einflüsse aller Art stetig ihnen zu Theil werden zu lassen. Den ersten Grund dazu legt schon die Einsamkeit, in der der Gefangene wenigstens den bei Weitem größten Theil des Tages hindurch sich befindet, und die keineswegs bloß durch Das gut wirkt, was sie Böses verhütet, sondern zugleich durch Das, was sie selbst Gutes wieder in dem Sträfling hervorrufen und anregen hilft; so daß sich das Beste hoffen läßt, sobald nur hieran verständig angeknüpft und gleichsam der gut zubereitete, empfängliche Boden gehörig bebaut und bepflanzt wird. Dieß geschieht aber durch freundlichen, liebevoll aufmunternden Zuspruch des Seelsorgers, der Hausbeamten und anderer die Gefangenen besuchender Menschenfreunde, durch guten, die Geisteskräfte weckenden und nährenden Schul-, Gewerb- und Religionsunterricht, sowie durch tröstende, belehrende und unterhaltende Schriften, durch eine nicht bloß den Körper, sondern auch den Geist, beschäftigende, Freude und einigen äußeren Lohn gewährende Arbeit, wodurch der Gefangene in eine gute Stimmung versetzt und ihm die Aussicht auf eine bessere Zukunft nach der Entlassung eröffnet wird.

Auch bei den vielleicht am Verständigsten eingerichteten Auburn'schen Anstalten, wie zu St. Gallen und Genf, hat man die entscheidende Wichtigkeit einer, wenn auch nur kurzen, Vereinzelung der Gefangenen richtig gewürdigt und eine solche, sogar ohne Arbeit, gleich beim Beginn ihrer Strafe allgemein vorgeschrieben. Dieß that man in der Einsicht, daß Nichts so sehr geeignet ist einen tiefen, erschütternden und lange nachwirkenden Eindruck zu machen und die für wahre Reue und Besserung durchaus nöthige rasche und heftige gemüthliche Gährung zu befördern, als der plötzliche Uebergang aus dem geräuschvollen, unsteten, sinnberauschenden und betäubenden Treiben eines zügellosen Lebens inmitten wüster Gesellen zu der tiefen Ruhe der Zelle.

Während der Sträfling durch Zusammenleben mit Seinesgleichen für die verlorene Freiheit des Verkehrs mit der Außenwelt und andere ihm aufgelegte Entbehrungen sich mit ihnen trösten, durch sie und die Unterhaltung mit ihnen sich zerstreuen kann, reißt ihn die Zelle aus diesem Kreise und der darin wehenden sittlichen Pestluft gewaltsam heraus; sie lös't, nicht ohne Schmerzen, den Zauber und die Bande der Sünde, womit eine lasterhafte Umgebung ihn bestrickt und ihm wehrt zu sich selbst zu kommen. In den langen Stunden des Alleinseins mit sich kann es nicht fehlen, daß sein bisher übertäubtes Gewissen erwache und daß er, später oder früher, vor dem eignen häßlichen Bilde, was ihm der Spiegel der Selbstbetrachtung vorführt, zurückschaudere. Nicht ohne tiefe und dauernde Gemüthsbewegungen wird er sich hier aller der guten Lehren, der Warnrufe erinnern, die er leichtsinnig überhört hat; alle besseren Empfindungen, die er je gehabt, treten ihm wieder lebendig vor die Seele*); sein Abfall vom Guten, wodurch er so Vieles verscherzt hat, bereitet ihm sicher um so schmerzlichere Gefühle und um so größere Seelenangst je schwerer er sich versündigt hat, und sein Gewissen zeigt ihm nirgends Rettung aus dieser inneren Bedrängniß als in aufrichtiger Buße und Bekehrung. So begreift man vollkommen, wie ein Sträfling zu Bruchsal die Zelle als „seinen zweiten Geburtsort" bezeichnen konnte! —

§. 28. Innere Gerechtigkeit und sittlich-erziehlicher Werth der Einzelhaft.

Nichts ist darum gewisser als daß gerade die sittliche Bedeutung der Strafe nur in der Einzelhaft mit voller Stärke hervortritt, daß, wie auch Demetz, Ardit, Graf Görtz, Welcker u. A. richtig bemerkt haben, die innere Gerechtigkeit der Einzelhaft, ihr wahrhaft angemessenes Verhältniß zum Verbrechen, oder vielmehr (da diese abstrakte Ausdruckweise so vielfache Irrthümer hervorgerufen hat) zum Zustand Dessen der das Verbrechen begangen hat, sich deutlich darin zu erkennen gibt, daß gerade der Schuldigste und Verdorbenste sie auch bei Weitem am Tiefsten empfindet.

Nichts hält den Gefangenen hier ab der Stimme Gottes, die in jeder guten Regung zu ihm spricht, Gehör zu leihen, keine Spöttereien und Lästerungen verhärteter Mitgefangenen verfolgen und vergiften hier jede Spur von Reue und Rührung; Alles, was zu seinem Herzen spricht, findet hier offenes Ohr und empfängliche Stimmung; jeder Beweis der Theilnahme an seinem Seelenzustand, wie an seiner und der Seinigen Lage, thut ihm doppelt wohl und wird dankbar von ihm erkannt, weckt sein Vertrauen und bestimmt ihn sein Herz aufzuschließen, wie es so viele offenen und freiwilligen Geständnisse Zellengefan-

*) Vgl. Suringar's Aufsatz in unserm „Strafvollzug ꝛc." S. 236.

gener überraschend darthun. Hier verarbeitet der Sträfling ungestört Alles was er in der Predigt und Schule gehört hat; alle guten Eindrücke klingen stark, tief und lange in seinem Inneren wider; die Sonn- und Feiertage namentlich haben in dieser Hinsicht, aber auch sofern sie, durch den Mangel andrer Beschäftigung und Zerstreuung, ihn zum Lesen guter Bücher hinführen, für den Zellengefangenen die volle Bedeutung, die sie für Alle haben sollten; sie müssen für ihn Tage der Selbstbeschauung und der Erhebung zu Gott werden, während sie in der Gesammthaft durchweg die gefürchteten Tage der unsäglichsten trostlosesten Langweile sind, zu deren Vertreibung die Verwaltung nicht selten durch die absonderlichsten Mittel, z. B. durch langes Schlafen und sehr frühes Zubettgehen, beizutragen sich nothgedrungen sieht. Die Erfahrung endlich, „daß nachhaltige Wirkungen nur durch Unterredungen mit den Einzelen zu erzielen sind“ (Aubanel), wird aus seiner reichen Erfahrung von Suringar und ebenso von allen Geistlichen, die in Zuchthäusern mit und ohne Gemeinschaft längere Zeit thätig waren, durchaus bestätigt. So erklärt Clay*) „religiösen Unterricht ohne Trennung für ganz unnütz“, und Welte**) schildert die verzweifelte Stellung des Geistlichen bei gemeinschaftlicher Haft, gegenüber den greifbaren Erfolgen seines Wirkens bei Einzelhaft, mit der überzeugendsten Anschaulichkeit.

Die Strafe hat hier nicht den rein sinnlichen, mechanischen, äußerlichen Charakter, den man lange genug für zu ihrem Wesen gehörig hielt, wie es noch heute Manche thun, z. B. v. Wick; sondern ihre äußere sinnliche Seite ist hier sichtlich bloß die Hülle ihres in seiner vollen Stärke hervortretenden sittlichen Kerns und Gehalts***), und sie wird schon sehr bald nicht mehr

---

*) Verhandlungen des Frankf. Gefängnißkongresses v. 1846 S. 165. S. auch S. 66 f.

**) S. Füeßlin, die Einzelhaft S. 73 ff.

***) Welcker hat 1846 in den Verhandl. zu Frankfurt (S. 123) gut gesagt: „Der erhabene Grundgedanke des pennsylvanischen Systems ist der: es faßt die Schuld an dem Inneren als ein geistiges Uebel und wirkt

bloß von jener Außenseite durch die Sträflinge selbst aufgefaßt, die mit der Zeit nicht umhin können einzugestehen, daß ihnen damit nur ihr Recht geschehe und zugleich eine Wohlthat erzeigt, nicht ein Leid zugefügt werde*). Daraus folgt denn von selbst, daß ihnen hier der Vorwand zu neuen Verbrechen gegen die Gesellschaft ganz fehlt, den sie aus einer gegen sie geübten ungerechten Härte hernehmen können und so oft hergenommen haben.

Aber gleichviel, ob die Zellengefangenen selbst und ihre Gesinnungsgenossen außerhalb die Einzelhaft so oder anders ansehen: es kann nicht fehlen, daß ihnen dieselbe, vorzüglich anfangs, überaus streng und hart erscheint, weil sie ihnen eine neue Lebensordnung aufzwingt, die nicht nur im größtmöglichen Gegensatz steht mit allen übeln Neigungen und Gewöhnungen ihres ganzen früheren Lebens, sondern und vor Allem ihnen jeden Ausweg abschneidet um dem unerbittlichen Gericht des eignen Gewissens zu entgehen, indem vielmehr Alles hier sich vereinigt den Verbrecher in seinem Innersten zu ergreifen, ihn aufzurütteln aus seiner Versunkenheit und ihn zum vollen klaren Bewußtsein seiner Schuld zu bringen.

Schon aus diesem Grund ist es ganz verfehlt, die Einzelhaft nur bei länger währender, wohl gar wenigstens zweijäh-

---

geistig. Es ist bei den andern Systemen mehr oder minder der Gedanke vorherrschend: man faßt den Menschen sinnlich und mechanisch u. s. f."

*) Selbstverständlich müßten von diesem Augenblick an Alle, die der Abschreckung oder Wiedervergeltung halber das Wesen der Strafe darin suchen, daß sie als Uebel empfunden werde, dieselbe sofort verwandelt wissen wollen; aber eine Ahnung des Richtigen nimmt ihnen den Muth ihre verkehrte Grundansicht streng folgerecht durchzuführen. — Ganz ähnlich erinnert Vicente Romero y Giron (in Estér, escuela del derecho II, S. 96) an die wichtige Thatsache, daß man jetzt überall in Europa auf Besserungsgefängnisse Bedacht nehme, aus der sich deutlich das Loos ergebe, was allen Strafen bevorstehe, die ein wahres Uebel bewirken, und allen Lehrgebäuden, die von dem einen oder andern Gesichtpunkt aus es für nothwendig erklären, daß die Strafe ein Uebel sei. Denn, fragt er, wenn Dieß nothwendig ist, Was bedeuten dann alle diese Mittel der Besserung und Rehabilitation, die die neueren Gesetzgebungen gewähren zu müssen glauben? —

riger Strafe anwenden zu wollen (wie Köstlin u. A.). Gerade umgekehrt erwarten sogar Solche, die der Einzelhaft sonst nicht zugethan sind oder doch gründliche Besserung überhaupt erst bei längerer Dauer der Gefangenschaft für erreichbar halten, dennoch, mit Mooser, Tocqueville, Aubanel, ja sogar mit Lucas (dem „Apostel des Auburnianismus", wie ihn Vegezzi-Ruscalla nennt) und den meisten englischen und amerikanischen, sonst der Auburn'schen Haft ergebenen Schriftstellern, bei kurzer, nämlich weniger denn zwei Jahre dauernder Freiheitstrafe nur allein von ihr den stärksten Eindruck, womit auch die Erfahrung vollkommen übereinstimmt. Dazu kömmt der von Vielen ganz übersehene Umstand, daß gute Vorsätze meist plötzlich, wie durch höhere Eingebung, über den Menschen kommen, daher auch die Möglichkeit einer aufrichtigen Besserung binnen kurzer Zeit sehr wohl möglich ist*).

§. 29. Wesentlicher Unterschied der Einzelhaft von der einsamen Haft.

Ohne Frage ist es ein gefährlicher Irrthum: die Trennungshaft für sich allein, die kahle Zelle, bei Allen ohne Unterschied schon für genügend zur Besserung zu halten; sie kann Dieß nur bei Solchen sein, die alle geistigen Mittel der Selbsterziehung in hinreichendem Maße bereits besitzen um, sobald thatkräftige Reue sie ergriffen hat, auf den rechten Weg einzulenken. Bei der großen Zahl ganz verwahrlos'ter und roher, in den schlechtesten Gewohnheiten aufgewachsener, in thierischer Sinnlichkeit befangener, aller guten Gedanken und Gefühle barer, Verbrecher muß, um sie zu vermenschlichen und ihnen recht eigentlich zur sittlichen Wiedergeburt zu verhelfen, — anstatt sie bloß zu bändigen, niederzudrücken und zu dumpfem, fruchtlosen Hinbrüten zu bringen — zu der bloßen Beseitigung äußerer Reize und Versuchungen zum Bösen, wie die Sonderhaft sie gewährt, noch die eigentliche Kunsthülfe der Erziehung

*) Schlatter (das System der Einzelhaft, §. 28) hat Dieß sehr gut gezeigt.

im vollsten Maße hinzukommen. Bei den Gebildeteren hingegen ist eine kleine Nachhülfe, ein liebevolles aufmunterndes Wort in der Regel Alles was Noth thut, um ihrem besseren Selbst zum Sieg zu helfen.

Beides je nach individuellem Bedarf zu leisten, überhaupt überall ab- und zuzugeben, wird nur durch völlige Absonderung möglich und leicht, während es umgekehrt bei der Verbrechergemeinschaft geradehin unmöglich ist und, sogar sofern es möglich wäre, schon deßhalb unausführbar sein würde, weil es sich von dem erbitternden Anschein ungerechter Bevorzugung der Einen vor den Andern gar nicht trennen läßt, der, wie Moser*) richtig sagt, schlechterdings, selbst auf Kosten des Gefühls des Vorstands, vermieden werden muß.

Niemand aber, der nicht Geisteskrankheiten und Selbstmord der Zellengefangenen will, wird heute mehr in die Verirrung der ersten Fehlversuche zurückfallen und der Trennungshaft eine gänzliche Einsamkeit — und vollends eine wenn auch nur eine Zeit lang arbeitlose — unterschieben, wie Das Diejenigen zu meinen scheinen, die noch heute immer von „absoluter Isolirung" reden. Keine verständige Regierung wird heute ihre Gefangenen gleichsam lebendig begraben wollen; sie wird in der Zelle nur die erste Grundbedingung jener individualisirenden Gesammtbehandlung sehen, die auch beim Sträfling, wie bei aller Erziehung, allein zum Ziel führen kann, nicht aber schon diese Gesammtbehandlung selbst, — also nur gleichsam den Bauplatz zu dem beabsichtigten Gebäude (s. §. 24), den Rahmen zu dem auszuführenden Bilde. In diesem Geist ist sie, wie aus dem Gesetz über den Strafvollzug im neuen Männerzuchthaus zu Bruchsal von 1845 und aus dessen Motiven erhellt, in Baden eingeführt worden und denselben Geist athmen die Gesetze und Entwürfe Frankreichs, Belgiens, Hollands, Norwegens, Toskana's, des Königreichs Italien u. s. f. zu gleichem Zweck.

---

*) Die Pönitentiaranstalt St. Jakob S. 228. Vgl. Suringar's Bemerkungen in unserm „Strafvollzug ꝛc." S. 210.

§. 30. Einfluß der Einzelhaft auf Minderung der Rückfälle.

In Hinsicht der bessernden Einwirkung der Zellenhaft, in Vergleich zur gemeinschaftlichen Haft mit oder ohne Schweigen, bestätigt die Erfahrung vollständig Das, was für jeden Kenner des menschlichen Herzens schon von Vorn herein klar ist. Wer es sich angelegen sein ließ durch zahlreiche Zellenbesuche die Stimmung der Zellengefangenen genau kennen zu lernen, wird sie unfehlbar ebenso vielverheißend als die der Gefangenen anderer Strafanstalten fast durchaus schlimm und ungünstig finden, und er wird sich daher nicht wundern wenn er aus dem Munde aller Beamten, zumal der Geistlichen von Zellengefängnissen, in seltner Uebereinstimmung deren Ueberzeugung vernimmt, daß hier nach ihren Erfahrungen wahrhaft Großes erreicht wird; wenn Manche erklären, wie Clay*), nachdem er 25 Jahre Gefängnißgeistlicher gewesen, „daß ihre höchsten Erwartungen von der Zellenhaft übertroffen worden seien", während fast sämmtliche Angestellten Auburn'scher Anstalten völlig an deren guter Wirksamkeit verzweifeln, nicht selten ihren Beruf geradezu für eine Sisyfusarbeit erklären und nur in der Einzelhaft das Heil sehen**).

Man muß sich nun zwar hüten in den Fehler der Mehrzahl zu verfallen, die Alles nur äußerlich betrachtet und beurtheilt: man darf nämlich eine wahre Besserung weder schon da immer annehmen, wo nach verbüßter Strafe kein ferneres Verbrechen begangen worden ist, noch darf man umgekehrt daraus, daß ein solches vorgekommen ist, auch wenn es ganz anderer Art gewesen sein sollte, vorschnell schließen, daß die frühere Bestrafung völlig fruchtlos geblieben sei***). Aber wenn auch die Beweiskraft der s. g. bürgerlichen (oder politischen) Besserung, oder

*) S. die Frankfurter Verhandl. v. 1846 S. 167.

**) S. Ducpetiaux's Brief an v. Würth in dessen Buch: die neuesten Fortschritte rc. S. 412.

***) Wir haben Dieß näher ausgeführt in unserm „Strafvollzug rc." S. 341 ff.

aber ihres Gegentheils — des Rückfalls, für sich allein keineswegs hinreichend sein wird, so gibt sie doch jedenfalls in Verbindung mit allen andern Umständen sehr deutliche Winke nicht nur über das Dasein, sondern auch über den Sitz des Uebels.

So berichtet Clay, daß seit Einführung der Einzelhaft in Preston von 51 Knaben Keiner (früher 23 von 41) rückfällig geworden, von 227 Männern nur 3, daß nicht allein die Verbrechen überhaupt in Lancasshire um 45 % abgenommen hätten, sondern von 40 % der Entlassenen bestimmt, nach längerer Beobachtung in ihrer Heimat, behauptet werden könne, daß sie wirklich gebessert sind. In dem Gefängniß für verbrecherische Knaben: la Roquette zu Paris, wurden, solange es auf Auburnschem Fuß eingerichtet war, 70 % der Entlassenen rückfällig und seit 1834, wo der Schutzverein sich der Entlassenen annahm, noch 16—19 %, seit 1840 aber, in Folge durchgehender Einführung der Einzelhaft, durchschnittlich nur noch 7 %. Unter den 2300 seit der Eröffnung des Zellengefängnisses zu Philadelphia 1829 bis 1847 darin aufgenommenen Sträflingen waren überhaupt 657 nicht zum ersten Mal Verurtheilte, also 28½ %, von denen bloß 4 % vorher ausschließend Zellenhaft durchgemacht hatten. Bis heute hat Philadelphia nur einen Rückfall nach überstandener dreimaliger Einzelhaft aufzuweisen, während Auburn'sche Anstalten nach den vielfältigsten Bestrafungen immer neue Rückfälle ergeben. So fanden Demetz und Blouet in Sing-Sing über ⅔ Rückfällige aus Auburn u. s. f., nur Einen aus dem Gefängniß zu Philadelphia vor. Unter den in das westliche pennsylvanische Gefängniß zu Pittsburg Aufgenommenen befanden sich 7,02 % Rückfällige, indem zugleich überhaupt die Abnahme der Verurtheilungen in Pennsylvanien über ⅓ betragen hat, während in den Strafanstalten mit Gemeinschaft die Rückfälle durchschnittlich in St. Gallen etwa 13 %, in Genf nach David 28 %, in Baden 25 %, in Preußen 37 %, in Frankreich etwa 41 %, in Belgien, Dänemark und Schweden über die Hälfte betrugen.

§. 31. Gute Rückwirkung der Einzelhaft auf das Verhalten der Sträflinge und der Angestellten.

Nicht ohne Gewicht ist ferner die überaus große Leichtigkeit in Zellengefängnissen *die Ordnung aufrechtzuerhalten*, die nach *Tocqueville's* Bemerkung sich großentheils in der Art gewissermaßen selbst erhält, wie eine einmal aufgezogene Uhr fortgeht, indem schon die trennenden Mauern entweder geradezu die Möglichkeit der meisten Unordnungen oder doch die Versuchung dazu ausschließen, die man in der Gemeinschaft auch durch die strengsten Mittel der Gefängnißzucht, wie oben ausgeführt ward, nie bemeistern kann.

Im Uebrigen reichen in der Zelle die einfachsten Mittel hin, um Jeden, der gegen die Hausordnung verstößt, sofort wieder zur Besinnung und in das rechte Geleise zu bringen. Die zeitliche bloße Entziehung der einen oder andern Unterhaltung und Annehmlichkeit seines Zellenlebens, wie der Bücher, der Besuche, der Arbeit und äußersten Falles des Tageslichts, unter Umständen auch wohl die (viel zu häufige) Schmälerung der Kost, erweist sich völlig genügend. Ordnungstraftage werden außerdem sehr zweckmäßig an der gesammten Strafzeit abzuziehen sein, wie in Wethersfield geschieht*).

Bei Verstößen gegen die Hausordnung können Zweifel über den Schuldigen hier kaum vorkommen; das gehässige und erbitternde unaufhörliche Angeben durch Aufseher oder gar Mitgefangene und demzufolge das endlose zeitraubende Untersuchen und Strafen fällt weg.

Statt der, zumal in Auburn'schen Gefängnissen, wie sich früherhin ergab, fast unvermeidlich feindseligen Stimmung gegen sämmtliche Hausbeamten, besonders die unteren, wodurch Diese selbst immer mehr gereizt und verhärtet werden, ist in der Einzel-

*) S. *Ducpétiaux*, des conditions d'application du système de l'emprisonnement separé. 1857. S. 118, und *Diez*, über Verwaltung u. Einrichtung der Strafanstalten mit Einzelhaft. 1857. S. 192. Ganz von selbst ergibt sich hieraus eine dem schlechten Betragen genau entsprechende Verlängerung der Strafdauer.

haft deren Verhältniß zu den Gefangenen vielmehr ein durchaus freundliches; denn sie treten Diesen hier sämmtlich nicht als bloße Zuchtmeister und Quälgeister gegenüber, sondern sind ihnen schon kraft des Geselligkeittriebes, wie fast jeder Besuch, der ihre Einsamkeit wohlthuend unterbricht, willkommen. Sie werden darum, vollends wo sie, wie die Seelsorger, den Gemüthbedürfnissen der Gefangenen durch Trost und liebreichen Zuspruch Abhülfe bringen, sehr leicht Vertrauen und Einfluß gewinnen*).

Dazu kömmt noch, daß das Gefühl, Mitarbeiter an einem Werk der Besserung und Erlösung, nicht selten zugleich die Werkmeister und Lehrer zu sein, verbunden mit der lohnenden Wahrnehmung des guten Erfolgs ihrer Bemühungen, auch die ungebildeteren Aufseher zu erheben beiträgt, anstatt ihre Gemüthsart und damit ihre Pflichttreue zu gefährden.

Ohne Zweifel ist zwar der Beruf des Vorstandes hier ein weit höherer und darum schwierigerer, da der Schwerpunkt seines Amts, wie des Wirkens der meisten Angestellten, hier nicht bloß in der Erhaltung einer gewissen äußeren Zucht und Ordnung liegt, die freilich ganz andere, in ihrer Art auch seltne Eigenschaften erfordert; dennoch aber hängt hier keineswegs in dem Maße wie in andern Gefängnissen geradezu Alles von der Persönlichkeit irgend eines Beamten, sei er auch der Vorsteher, ab, sofern nämlich von der Hoffnung einiger Wirkung für das Innere des Sträflings die Rede sein soll. In der Gesammthaft kann hier höchstens durch die ausgezeichnete Begabung der höheren Beamten, und selbst dann nur in kleinen Strafanstalten, Einiges erreicht werden, während bei der Zellenhaft schon die Gefängnißeinrichtung selbst außerordentlich viel leistet**); ganz ebenso wie die beschränkte Einherrschaft als Verfassung bei Weitem höher steht und mehr leistet, obwohl für eine Zeit lang ein ausgezeichneter unumschränkter Herrscher deren Vorzüge und die tiefen Schäden der Unumschränktheit vergessen lassen kann.

---

*) Viel Gutes über die Stellung der Aufseher überhaupt enthält die Preisschrift von Schück, Handbuch für Gefangenaufseher. 1863.

**) S. Ferrière in den Frankfurter Verhandlungen v. 1846. S. 161.

§. 32. Einfluß der Zellenhaft auf die Gefangenarbeiten.

Auch in Hinsicht der Arbeit und des Unterrichts bestehen erfahrungsmäßig für die Zellenhaft die Schwierigkeiten durchaus nicht, die man ihr Schuld gegeben hat. Vielmehr bestätigt sich auch hierbei auf's Glänzendste ihr Hauptvorzug, daß sie allerseits den innern Menschen anregt, so daß Selbstbestimmung an die Stelle jenes unablässigen Getriebenwerdens von Außen tritt, wie es den alten Strafanstalten eigen ist, in denen man sich ja überhaupt nur um den äußern Menschen zu bekümmern pflegt*). Ueberdieß enthält die Einzelhaft auch in dieser Beziehung, wie in so mancher andern, eine sehr bedenkliche Versuchung zum Mißbrauch weniger, in die man durch alle Gesammthaft, mit oder ohne Schweigzwang, wie wir schon oben (S. 77) bemerkt haben, stets geführt wird: die Versuchung nämlich, die Gefangenen als bloße Werkzeuge zu benutzen und ihre Kräfte möglichst anzustrengen um den höchsten Ertrag von ihrer Arbeit zu erzielen, ohne alle oder doch ohne die gebührende Rücksicht darauf, ob diese zugleich für ihre eigne geistige, sittliche und gewerbliche Bildung förderlich ist, ihre Zukunft einigermaßen sicher stellt, wie es meistens nur selbständige Gewerbe (Handwerke) thun können, und ob sie endlich ihrer Gesundheit nicht schadet.

Diese Fehlrichtung entspricht zwar ganz dem sinnlosen und unwürdigen Gedanken: daß die Sträflinge auch ihre Arbeit, wie überhaupt ihre Strafe, lediglich als Zwang und Qual empfinden müßten; denn danach könnte es freilich nicht darauf abgesehen, ja nicht einmal wünschenswerth sein, daß sie gern ihre Arbeit thun, also eine solche, die ihren Kräften und Neigungen zusagt und schon jetzt, wie künftig in der Freiheit, ihnen nutzbringend ist. Ueberdieß ist dabei die Erfahrung, wie lässig und schlecht alle Frohn- und Sklavenarbeit betrieben wird, ganz

*) Eingehend bespricht dieß Alles der Aufsatz Nr. 9 unseres „Strafvollzugs" überschrieben: „Gesichtpunkte für die rechtliche Würdigung der Gefangenarbeiten".

außer Augen gelassen worden. „Nur dadurch, sagt Berenger, daß man die Arbeit nützlich macht (also nicht durch ein englisches „Wind mahlendes“ Tretrad), gibt man ihr Würde, lehrt ihren Werth erkennen und sie mit Fleiß und Ergebung verrichten“. Sie muß aber nicht nur an sich, sondern auch dem Gefangenen selbst, Nutzen bringen, inneren und soviel möglich auch äußeren, wenn sie die rechte sein und für ihn einen wirksamen Sporn enthalten soll. Sie muß ihn zum Nachdenken bringen, ihm Freude machen können und zugleich ihm die Aussicht auf einigen äußeren Lohn eröffnen*).

Die Arbeit der Gefangenen bietet obendrein das Mittel sowohl den Staat für ihren Unterhalt, als den durch das Verbrechen Beschädigten, thunlichst zu entschädigen. Daß dem Sträfling, solange beide Ansprüche nicht befriedigt sind, ein Recht auf Antheil am Arbeitlohn nicht zukomme, sondern höchstens auf den Ueberverdienst, ist gewiß. Billig aber wird ihm einiger Antheil am Arbeitlohn zugesprochen werden, schon weil der Zweck der Strafe es fordert, und weil dem Staat der ungleich größere Vortheil daraus erwächst, daß auch dieser Sporn nicht fehle, damit die Gefangenen selbst sich fleißig an die Arbeit halten und gewöhnen.

Pradier, der 30 Jahre lang Arbeitpächter in französischen Gefängnissen war, zählt 77 Arbeiten auf, die in der Zelle betrieben werden können und stimmt mit Guillot**), ebenfalls vieljährigem Gefängnißarbeitunternehmer, darin überein — Was der gelehrte Pouillet in einem besondern Gutachten bestätigte — daß die Zellengefangenen, weil sie nicht gestört und verspottet werden, aufmerksamer sind, mehr Ueberlegung und Arbeitlust

*) Gegen die übergroße Strenge, womit Julius sich gegen jeden Verdienstantheil der Gefangenen erklärt und wofür auch Schlatter (die Einzelhaft §. 89) das Wort ergreift, hat sehr gut schon Spangenberg (die sittliche und bürgerliche Besserung der Gef. S. 169 ff.) sich ausgesprochen. Vgl. auch unsern „Strafvollzug“ S. 154 und 309 ff. und unsre „Grundz. d. Natur=R.“ II, S. 105 Anm. u. S. 334.

**) S. darüber Demetz, rapport sur les pénitenciers des états-unis. Append. XI.

zeigen, daher nicht nur vollendetere Arbeit liefern, sondern auch weit schneller ein Handwerk lernen. Schon die allerseits bestätigte Thatsache*): daß, kraft des angeborenen Beschäftigungstriebs ein Jeder hier, wo ihm dadurch eine Ableitung von fruchtlosem Grübeln, eine angenehme Unterhaltung, gewährt wird, begierig nach der Arbeit greift, ihre Versagung ihm als eine schmerzliche Entbehrung erscheint, die als Ordnungstrafe sehr wirksam ist, und sehr bald die Arbeitliebe ihm zur andern Natur wird, — ist für die Erziehung der Sträflinge von unberechenbarem Werth, und lediglich das Werk der Zelle. Eine sprechendere Thatsache kann es doch wohl kaum geben, als die (von Ducpetiaux mitgetheilte): daß in Lüttich auf 11.955 Zellengefangene nur 24 Strafen für Arbeitweigerung oder Faulheit fielen.

Der gewerbliche Unterricht, der freilich, weil er auf der Zelle ertheilt werden muß, mehr Zeit und Lehrkräfte (Werkmeister) in Anspruch nimmt, zeigt sich dafür aber auch, wie jede andere Belehrung, bei Weitem fruchtbringender, um so mehr als man dabei die Eigenthümlichkeit eines Jeden berücksichtigen kann und ihm ebendaher auch soviel möglich die Wahl der Arbeit überläßt. Ueber la Roquette berichtet der Polizeipräfekt, seitdem es Einzelhaft hat: „Die Arbeitunternehmer sind einstimmig über die Vermehrung und Vollendung der gelieferten Arbeit, über die Leichtigkeit des Arbeitunterrichts und die Abkürzung der Lehrzeit unter der gegenwärtigen Hausordnung". Und damit stimmen die in Bruchsal gemachten Erfahrungen vollständig überein**), wonach auch der Wetteifer und das mögliche Ablernen vom geschicktern Nachbar in der Gemeinschaft, worauf man so viel Gewicht gelegt hat, durch die erwähnte Einwirkung des Nachdenkens in der Zelle reichlich aufgewogen wird***). Hiernach wird es nicht nöthig sein näher einzugehen auf die Entdeckung

*) S. Rapport de la commission de surveillance du pénitencier de Tours. 1844.

**) S. Füeßlin, die Einzelhaft S. 154—194.

***) S. überhaupt Ducpétiaux, mémoire à l'appui du projet de loi sur les prisons. 1845. S. 198—211.

eines Genfer Geistlichen (Rimond): „daß die Gemeinschaft einen Antrieb zur Arbeit gebe“ und auf die Behauptung von A. Bauer*), daß so wenige einträglichen Arbeiten in der Zelle betrieben werden könnten und es gleichgültig sei: ob in Einzelhaft oder in Gesammthaft das Bedürfniß nach Arbeit größer ist.

Daß nur eine durchaus einheitliche Selbstverwaltung (wie sie z. B. in Bruchsal, zum Unterschied von Moabit, besteht) mit der Aufgabe des Zellengefängnisses, auch in Hinsicht des Arbeitbetriebs, sich vereinigen läßt und jedes Eingreifen von Außen durch Fremde, z. B. durch Unternehmer, an die man die Gefangenarbeit verpachtet, wie es früher in den französischen Gefängnissen allgemein war, — auch wenn die Arbeitpächter, wie in Oestreich, geistliche Orden sind — nicht allein allseitig störend, sondern oft geradezu verderblich ist, hat die Erfahrung zur Genüge gelehrt.

Daß die vielgepriesene gemeinsame Arbeit der Gefangenen im Freien, die freilich in unserem Himmelstrich nur zeitweise möglich ist, vor der in geschlossenen Räumen in Hinsicht der Gesundheit Manches voraus haben mag, wenigstens für die daran bereits Gewöhnten, bestätigen sogar die Galeerenhöfe; ebenso daß sie sittlich noch weit verderblicher ist, theils wegen der hier fast ganz unmöglichen Ueberwachung, theils wegen der steten, alles Schamgefühl ertödtenden, Schaustellung, wohl gar noch in Ketten und buntscheckiger Kleidung, vor aller Augen**). Nur sofern dieser letzte grobe Mißstand vermieden würde, würden also öffentliche Arbeiten wenigstens nicht Mehr gegen sich haben als Arbeitsäle, aber freilich die Einzelhaft ebensowenig ersetzen können.

---

*) Der Gewerbbetrieb in den Strafanstalten. 1860. S. 104. — S. Näheres darüber in unserm „Strafvollzug rc.“ S. 304 ff.

**) S. dagegen auch die augsb. allgem. Zeit. 1857 Nr. 65 und 1860 Beil. zu Nr. 51; sowie unsere Aufsätze in der „Süddeutschen Zeit.“ 1859 Nr. 61 und 62 (und Nachtrag in Nr. 101), die Füeßlin in seiner Schrift „Die neuesten Verunglimpfungen der Einzelhaft“ S. 47 ff. wieder abdrucken ließ.

Ebendieß gilt begreiflich auch von dem s. g. Wentzel'schen System der Beschäftigung der Gefangenen auch außer den Gefängnißräumen mit Feld- und Handarbeiten (das in Preußen durch Gesetz vom 11. April 1854 gutgeheißen wurde) — nicht etwa lediglich zu Urbarmachungen, Entsumpfungen und Dergl., sondern auch, nach Art der Engländer in ihren Ansiedlungen, durch Vermiethung der Sträflinge an Grundeigenthümer. Es war Dieß Nichts weiter als ein Nothbehelf, der zur Auskunft gegen die Ueberfüllung der Zuchthäuser, solange man ihr nicht gründlicher abzuhelfen verstand, einen höchstens vorübergehenden Werth in Anspruch nehmen konnte*).

§. 33. Schulunterricht, Gottesdienst und Seelsorge im Zellengefängniß.

Allerdings hatte es manche Schwierigkeiten den Gottesdienst und Unterricht auf eine Weise herzustellen, wodurch die verderbliche Aufhebung der Absonderung während desselben vermieden wurde, die man unüberlegter Weise mehrfach gefordert, ja wohl gar für wesentlich erklärt und hier und da leider auch eingeführt hat**). Man hatte Jenes früher in sehr mangelhafter Weise durch das Treten der Gefangenen an die halbgeöffneten Zellenthüren zu erreichen versucht; jetzt aber ist die Aufgabe durch die sinnreiche Herrichtung amfitheatralisch geordneter, völlig gesonderter hölzerner Kirchen- und Schulstühle in Bruchsal, wie schon früher in Pentonville, in einer Weise gelöst worden, die Nichts zu wünschen übrig läßt, wobei Alle den Lehrer oder Geistlichen sehen und von ihm gesehen werden und wo beim Gottesdienst insbesondere das erhebende, durch den Kirchengesang getragene, Gefühl der unsichtbaren geistigen Gemeinschaft hinzukömmt, dem auch Schlatter nach Gebühr das Wort spricht.

---

*) Derselben Ansicht ist auch Probst im Ausschußbericht der würtemb. zweiten Kammer S. 39.

**) Die völlige Haltlosigkeit der Scheingründe für diese Aufhebung haben wir mehrfach näher beleuchtet, z. B. in unserm „Strafvollzug 2c.“ S. 161 ff.

Daß vollends eigentliche Seelsorge, die auf den ganzen Gemüthzustand, die Lage und Verhältnisse jedes einzelen Gefangenen eingeht, die durch die Predigt in ihm angeregten Gedanken und Gefühle zur Reife bringen und seinem Zustand anpassen hilft, durch Zwiegespräche in der Zelle, durch passende Beides ergänzende Bücher u. s. f., überhaupt erfolgreiche persönliche Einwirkung auch durch Besuche anderer Hausbeamten oder Menschenfreunde, erst hier möglich ist, versteht sich so sehr von selbst, daß jedes weitere Wort darüber überflüssig ist. Nur von den Besuchen der nächsten Angehörigen sei noch bemerkt, daß sie hier, sobald keine andern Bedenken mehr im Wege stehen auf der Zelle völlig ungestört stattfinden und vom heilsamsten Einfluß auf die Stimmung und Vorsätze der Gefangenen sein können.

§. 34. Einfluß der Einzelhaft auf die Gesundheit des Körpers und Geistes.

Die einzig gewichtige Einwendung gegen die Einzelhaft, falls sie gegründet wäre, würde nach Tocqueville darin liegen, wenn sie für die Gesundheit der Gefangenen gefährlicher wäre. Aber auch dieser Einwand stellt sich als völlig ungegründet heraus, wie es namentlich die genauen Untersuchungen Varrentrapp's über allen Zweifel erhoben haben, der zugleich die ganze Leichtfertigkeit der Gründe der Gegner aufgedeckt hat*).

Die körperliche Gesundheit ist in den Zellengefängnissen entschieden besser, ungeachtet noch lange nicht überall hinreichend gesorgt ist für geräumige, helle, gut gelüftete und geheizte Zellen, sowie für Bewegung im Freien, — woran es z. B. in Pittsburg noch fast ganz fehlt.

---

*) S. Dessen Ausschußbericht S. 61 ff. — Hierher gehören noch besonders die beiden Preisschriften: Des mésures et des précautions à prendre pour la conservation de la santé des détenus, dans les maisons pénitentiaires soumises au régime de la séparation complète. Mémoires adressés à l'académie par R. Chassinat et C. A. Diez. Bruxelles. 1847. 4.

Es steht fest, daß die Todesfälle seltner sind als in den alten Zuchthäusern — deren mehre z. B. die vielbelobten baierischen zu München und zu Kaisheim sogar 15,68 und 12,8% Sterbfälle aufweisen — und vollends seltner als in den Schweigzuchthäusern, ja in Frankreich, wie Tocqueville berichtet, seltner als sogar beim Heer in Friedenszeiten! und in dem östlichen pennsylvanischen Zellenhause bei den weißen Gefangenen sogar seltner als bei der freien Bevölkerung Philadelphia's, indem dort nach Varrentrapp's Zusammenstellung überhaupt in den J. 1829—1845 von 760 gesund aufgenommenen Gefangenen 616 gesund, 120 krank ausgetreten, 24 gestorben sind, von 607 in schlechter Gesundheit Eingetretenen aber 362 gebessert, 213 krank, 32 durch Tod jenes Gefängniß verließen.

Wer jemals die dicke Stickluft eines Arbeit- oder Schlafsals, die oft durch das beständige Ab- und Zugehen zu den nahen Abtritten wahrhaft unerträglich wird, geathmet und sie mit der reinen Luft einer geräumigen Zelle verglichen hat, von welcher überdieß wenigstens (nach Pettenkofer) der dreifache Betrag auf jeden Einzelen kömmt, der wird nach weiteren Gründen jenes günstigen Ergebnisses kaum suchen; diese liegen übrigens ganz nahe in den Wirkungen der Unzucht und ansteckender Krankheiten bei der Gesammthaft und außerdem bei der Auburn'schen Haft in der steten Gereiztheit durch den Druck einer widernatürlichen Gefängnißzucht — was Alles in der Zellenhaft wegfällt. Fast alle sachkundigen Aerzte und Gefängnißbeamten aller Länder, auch England's — mit Ausnahme von Jebb und wenigen Andern, die noch zweifeln — stimmen darin jetzt überein. Wenngleich aber alle langwierige Gefangenschaft, zumal durch das damit verknüpfte geistig Niederdrückende, in mancher Hinsicht gesundheitwidrig zu wirken pflegt, so zeigt sich dafür auch sehr häufig wieder eine entschieden vortheilhafte Aenderung bei allen solchen Verbrechern, die bisher durch elende Wohnung, Nahrung und Kleidung, Unreinlichkeit und Unordnung, Trunk und Ausschweifungen, leiblich heruntergekommen waren, — und Deren sind nicht Wenige.

Das große Geschrei über die angeblich so häufigen **Geisteskrankheiten** in der Zelle, dem bei den Laien lange Zeit die verkehrtesten Vorstellungen von der Zellenhaft, als einer gänzlichen Vereinsamung, nicht wenig Vorschub thaten, ist allmählich ebenfalls vor den laut sprechenden Thatsachen verstummt. Ein Gutachten der Pariser Akademie der Medizin, dem die ersten Irrenärzte Frankreichs, wie **Esquirol**, **Lelüt** u. A. beistimmten, erklärte schon 1839 bestimmt, daß die Einzelhaft, unter Voraussetzung verständiger Behandlung und guten Umgangs der Gefangenen, weder Vernunft noch Leben gefährde, und es ist amtlich festgestellt worden *), daß Geisteskrankheiten bedeutend weniger häufig seien als in der Gemeinschaft.

In Mazas kamen nur 9 Fälle auf 12,542 Köpfe, nach Abzug Derer, bei denen schon vorher Zeichen von Geistesstörung da waren. **Demetz** berichtet, daß während 5 Jahren seit Einführung der Einzelhaft in la Roquette auch nicht **ein** Fall von Geistesstörung und nur ein Fall von Selbstmord (in Folge plötzlich gefaßten Entschlusses) vorgekommen sei. In Glasgow waren sogar von 1824 bis 1844 nur 3 Fälle vorgekommen, die sämmtlich nicht in der Strafanstalt entstanden waren und die in ihr geheilt wurden, in Preston von 1843—1855, und im neuen Genfer Zellengefängniß von 1840—1846, kein einziger Fall, — welches Letztere **Ferriere** zunächst daraus erklärt, daß

*) S. Rapports à Mrs les préfets de police par la commission chargée de l'examen des conditions physiques et morales de la prison cellulaire de Mazas. Paris 1852. Noch neuerlich (séances de l'acad. 1850. vol. 8. p. 17) gibt **Lelüt** die Fälle des Wahnsinns in den Zentralhäusern auf 15 %, in den Zellengefängnissen auf 2—3 % an. Auffallend ist, daß Geistesstörungen bei weiblichen Gefangenen 3—7 Mal häufiger waren als bei männlichen. Sollte sich dieselbe Erscheinung, die auch in Toskana beobachtet worden ist, allgemein bestätigen, so würde sie wohl nur aus der geringeren Widerstandkraft des weiblichen Charakters zu erklären sein. Die ganz unverhältnißmäßig größere Zahl der zu Montpellier in **Gesammthaft** geistig erkrankten Frauen, in Vergleich zu den dort in Zellenhaft befindlichen, hat **Ferrüs** sehr gut erklärt durch das für einigermaßen fein Fühlende Unerträgliche der ihnen aufgezwungenen steten engen Berührung mit dem Auswurf ihres Geschlechts.

„Ruhe Balsam für die Nerven", stete Reizung aber, wie bei der Schweigzucht, das sicherste Mittel sei den Menschen verrückt zu machen. In Amsterdam kam binnen 8 Jahren auf 4808 Zellengefangene gar kein Fall von Geisteskrankheit, dagegen 9 Fälle von Selbstmord. Von 970 Gefangenen, die das Zellengefängniß zu Christiania verließen, litten nur 3 an Geistesstörung, wovon sie bei 2 schon wenige Tage nach ihrem Eintritt bemerkt ward, dem der Austritt auf dem Fuß folgte! Unter 156 in Kopenhagen auf längere Zeit Vereinzelten ist kein Wahnsinnsfall vorgekommen. In Belgien fallen auf 30,283 Zellensträflinge 6 Selbstmorde und 5 Fälle solcher Geistesstörung, die nicht schon vorher begründet war, also 1,7 % auf 10000 Köpfe. In Toskana berechnet Peri die Fälle der Geistesstörung auf 1/3 %, während kein Selbstmord vorfiel, im J. 1856. Der Durchschnitt für 10 Jahre ergibt dort auf 1000 Zellengefangene bei Männern 2, bei Weibern 7 Wahnsinnige.

Wenn es richtig sein sollte, daß in Bruchsal nach dem Durchschnitt von 15 Jahren 1,17 % der Gesammtbevölkerung des Zellengefängnisses geistig gestört war*), und wenn man erwägt, daß kein anderes der genannten Zellengefängnisse mehr, gleich dem badischen, richterliche Strafschärfungen der Hungerkost und Dunkelhaft zu vollziehen hat, so wird schon Dieß genügen den Grund des Unterschieds in's Licht zu stellen**), zumal da, seitdem diese Schärfungen weit seltner geworden, und jedenfalls bedeutend beschränkt sind, die Geistesstörungen merklich abgenommen haben, indem 1860 und 1861 nur je eine, 1862: 3, 1863 gar keine vorkam. In Berlin (Moabit***) trat binnen 4 Jahren bei 902 Gefangenen nur eine entschiedene Geisteskrankheit auf, neben 7 Fällen leichter, bald gehobener, Sinnestäuschung und einem Selbstmord, nach

*) S. badisches Zentralblatt 1864 Nr. 5.

**) Ja Nieuwenhuis (de Straf der afsonderlyke opsluiting S. 172 f.) wundert sich, daß unter diesen Umständen der Fälle nicht noch mehre seien.

***) S. Mittheilungen aus den amtlichen Berichten über die preußischen Straf- und Gefangenanstalten S. 340 f. Die Kunde von der Veranlassung des vorgefallenen Selbstmords ist uns aus der zuverlässigsten Quelle geworden.

vorhergegangener Mißhandlung durch einen Bruder des rauhen Hauses.

In Philadelphia waren von 16 binnen 8 Jahren unter 697 Gefangenen wahrgenommenen Geisteskrankheiten erweislich 10 schon vor dem Eintritt in's Gefängniß vorhanden. Unter 70 dortigen deutschen Gefangenen, die (nach Tellkampf) größtentheils wahnsinnig sein sollten, hat David nicht Einen, unter 36 solchen Graf Görtz nur Einen gefunden, mit dem es nicht ganz richtig schien. Bekanntlich mußte dort übrigens bis 1852, wie fast überall in Amerika, das Zuchthaus zugleich als Irrenhaus dienen! — Das lächerlich Uebertriebene der Zahl angeblich Wahnsinniger im philadelphischen Zellenhause seit 1837 (durch Dr. Darrach), — von denen unerhörter Weise 78 % geheilt, 13 % gebessert worden, Keiner gestorben sein soll! — hat Varrentrapp zur Genüge aufgedeckt.

Wenn, wie es in Philadelphia und zum Theil auch in England geschah, besonders in Pentonville, nicht bloß alle Sinnestäuschungen (delusions), sondern sogar alle ganz vorübergehenden großen Aufregungen oder Herabstimmungen als eigentliche Geisteskrankheiten gelten sollen, dann freilich wird man in der Zellenhaft Dergleichen sicher weit häufiger finden müssen als in der Gesammthaft, weil nur jene den Vorzug hat, eine kräftige tiefgehende gemüthliche Gährung zu befördern, ohne die es keine Hoffnung wahrer Besserung gibt, und wobei allerdings die Möglichkeit einer schlimmen Wendung in den Kauf genommen werden muß, so selten sie auch bei sachgemäßer vorsichtiger Behandlung eintreten wird. Bei Weitem die meisten aller eigentlichen Geistesstörungen waren nach allgemeiner Erfahrung im Keim schon vor der Haft vorhanden, wie es auch alle namhaften französischen Irrenärzte mit Bestimmtheit behaupten und wie es bei der nahen Verwandtschaft des Verbrechens mit der Geisteskrankheit sehr begreiflich ist.

Fragt man aber, wie es in dieser Hinsicht in den alten Zuchthäusern aussieht, so machte man z. B. am 1. Mai 1839 in Frankreich bei gleichzeitiger Zählung der Geisteskranken in allen Zentralhäusern mit Erstaunen die Entdeckung, daß Deren-

nicht weniger als 2 % waren; in Baden fand man sogar gegen 3 %, und ungefähr ebensoviel hatte man in Lausanne und Genf gefunden.

Schon hierdurch bestätigt sich die leicht erklärliche Erfahrung, daß man überall da, wo Verbrecher zusammenarbeiten, deren Geisteskrankheit nicht eher bemerkt oder doch beachtet bis sie soweit gediehen ist, daß jedes Fortarbeiten aufhört, also offene Raserei oder doch völlige Verrücktheit vorhanden ist. Und so darf man sich denn nicht wundern, wenn über die Gefängnisse des Staats New-York berichtet wird: „Im Verlauf seiner Untersuchung war der Ausschuß betroffen über die große Zahl von Geisteskrankheiten unter den Sträflingen. Mehr oder weniger geisteskrank ist eine viel größere Zahl der Bewohner unsrer Gefängnisse als das Publikum glaubt oder als sogar die Beamten des Gefängnisses zu wissen scheinen. Wahrlich es ist zu bezweifeln, ob irgend Jemand mit einem erträglich gesunden Geist das Gefängniß verläßt, nachdem er eine Strafzeit von sechs oder mehr Jahren überstanden hat“ *).

In der Zelle aber, wo die Individualität nicht unter dem Druck gewaltsamer Gleichmacherei erliegt, sondern sich frei äußern kann und die ganze Behandlung durch Rücksicht auf sie bedingt ist, kann auch nicht die geringste Anwandlung von heftigen Gemüthsbewegungen oder gar Störungen unbemerkt bleiben; und dieser Umstand ist um so wichtiger, als gerade hier das rechtzeitige Erkennen des Uebels (das „principiis obstare“) mehr als bei den meisten andern Krankheiten die Hoffnung auf Heilung bedingt. Gewiß aber wird ebenso selten die Zellenhaft selbst den wahren Grund als ihre Aufhebung das wahre Heilmittel enthalten, das vielmehr in öfteren, längeren Besuchen und andern ihrem Zustand entsprechenden Mitteln geistiger Beschäftigung und Ableitung, sowie gemüthlicher Aufrichtung, liegen wird. Und falls auch wirklich das Alleinsein auf der Zelle die Ursache sein sollte, zu deren Aufhebung also die Ent-

---

*) S. Twenty-third report of the inspectors of the eastern state penitentiary of Pennsylvania. 1852. S. 8.

fernung aus der Zelle geboten erscheint, so pflegt man doch nur in Folge der größten Unbedachtsamkeit oder aus bloßer Bequemlichkeit diesem Hülfsmittel das verderbliche Versetzen in die Gemeinschaft anderer Sträflinge unterzuschieben*).

Wie wunderbar übrigens die Zellenhaft — weit entfernt, wie ihre Gegner es behaupten, die Geisteskräfte und das Gedächtniß abzuschwächen — vielmehr deren rascher Entwickelung zu Hülfe kömmt, sobald man es nur an den sonstigen Bedingungen derselben nicht fehlen läßt, wird gewiß jeder unbefangene Beobachter mit großer Ueberraschung gewahr werden und alle Sachkenner stimmen darin vollkommen überein**).

§. 35. Ausnahmen von der Zellenhaft.

Noch fragt sich, ob die Zellenhaft auf alle Gefangenen ohne Unterschied anzuwenden sein wird oder nicht?

1) Für Untersuchungsgefangene versteht sie sich von selbst***) — und darin stimmen, wie Tocqueville hervorhebt, Alle überein, die für Fachmänner gelten können, wie der einstimmige achte Beschluß zu Frankfurt 1846 lehrt; ebenso die Gesetzgeber. Es folgt Dieß sowohl aus dem Individualitätrecht eines Jeden als aus dem Untersuchungszweck, der nur Hinderung der Flucht und aller solchen Verständigungen fordert, wodurch er gefährdet wird, aber keinerlei darüber hinausgehende Erschwerung der Lage möglicher Weise Unschuldiger rechtfertigt, am Wenigsten also das Aufnöthigen einer den Gefangenen unerwünschten, aber ebensowenig das Hindern ihnen erwünschter und mit dem Untersuchungszweck vereinbarer Gesellschaft und Besuche. Ebenso versteht es sich von selbst, daß man ihnen Arbeit nicht aufzwingen und noch weniger versagen darf, da das Gegentheil eine abscheuliche Härte in der Einzelhaft enthielte,

---

*) S. darüber Röder, „Strafvollzug ꝛc." S. 119.

**) Vgl. Röder, „Die Verbesserung des Gefängnißwesens mittels der Einzelhaft" S. 26 ff.

***) Die beste Ausführung darüber, von Suringar, findet sich in unsrer Schrift „Der Strafvollzug" S. 214 ff.

daß man vielmehr verbunden ist ihnen für eine geeignete Arbeit, — ja sogar, soweit möglich, für eine gewohnte oder sonst angenehme zu sorgen.

2) Was die Strafgefangenen betrifft, so haben auch hier nur wenige Ausnahmen wahren Grund.

a) Warum gerade den Weibern die vergiftende Gemeinschaft aufgenöthigt werden soll, dafür fehlt jeder Schein eines Rechts, obwohl man einen solchen daher zu leihen sucht, daß ihnen Gesellschaft noch mehr Bedürfniß sei als den Männern. Auch wenn Dieß so ausgemacht wäre, so würde es nur um so unverantwortlicher sein, diesem Bedürfniß — statt durch Verkehr mit guten Menschen — nur durch die Gesellschaft der Gesunkensten ihres Geschlechts abzuhelfen; denn je empfänglicher Frauen sind, desto verderblicher muß gerade auf sie diese Gesellschaft wirken. Daß aber Frauen im Ganzen tiefer und hoffnungsloser zu sinken pflegen als Männer („mulier, pudicitia amissa, ad quaelibet parata" Tac.), ist eine unleugbare Thatsache, die gleichsam ihren Widerhall in dem unvergleichbar widrigeren Eindruck findet, dessen kein Besucher eines Weiberzuchthauses sich erwehren kann*). Die edle Quäkerin Elisabeth Fry, der es gelang das scheußliche Gefängniß zu Newgate umzugestalten, und Josefine Mallet, Verfasserin des Buchs „les femmes en prison", Beide im Besitz der reichsten Erfahrungen, sehen auch für Frauen in der Sonderhaft das einzige Mittel der Rettung.

b) Daß auch jugendliche Verbrecher im Gefängniß nicht, durch Zusammenbringen mit alten durchtriebenen Gaunern, in den Abgrund der Verderbniß gestoßen werden dürfen, ist für sich klar; ebenso, nach den glänzenden Erfahrungen in dem „korrektionellen Erziehungshaus" von la Roquette in Paris, daß es entschieden vortheilhaft ist, sie auch nicht mit Einander in Berührung zu bringen. Bei den Jüngeren (unter vierzehn Jahren), die nur in Rettungshäuser gebracht werden sollten,

*) Gleicher Ansicht ist Nieuwenhuis, De straf der afsonderlyke opsluiting, S. 195 f.

kann es zwar wohl auch einmal zweckdienlich erscheinen, zeitweise Einige ein- und abzusperren; in der Regel aber werden Kinder beiderlei Geschlechts, falls nicht ihr vorgeschrittenes Alter oder ihre besondere Verdorbenheit und ganze Gemüthsart eine Ausnahme gebieten, unter der strengsten Ueberwachung in kleinen Abtheilungen gemeinsam zu unterrichten und beschäftigen sein. Daß sie, je jünger sie sind, um so weniger der steten erziehlichen Leitung, also der Geselligkeit, entrathen können, ist außer Zweifel; und Was in dieser Hinsicht geleistet werden kann, hat z. B. das — freilich von andrer Seite viel und mit Recht angefochtene — rauhe Haus bei Hamburg, die landwirthschaftliche Ansiedlung zu Mettray bei Tours, vor Allem aber die flämische Anstalt zu Ruysselede bei Brügge und das „niederländische Mettray" bei Zütphen gelehrt*), die sämmtlich mit Rücksicht auf das rauhe Haus und dessen dem Familienleben nachgebildete Gruppen eingerichtet sind, von denen aber jedenfalls die letzterwähnte Anstalt ungleich Besseres leistet.

c) Die Gründe, aus denen in jedem Zusammenbringen der Verbrecher mit Ihresgleichen ein Unrecht liegt, sind natürlich ebensowohl wahr für kürzere als für längere Haftdauer. Zudem erwies sich**) eine Beschränkung der Einzelhaft auf die letztere aus dem Gesichtpunkt der Abschreckung wie der Besserung ebenso verkehrt, als die von Andern „aus Gesundheitrücksichten" verlangte Beschränkung auf die erstere, abgesehen davon, daß Dieß handgreiflich unbillig wäre, sobald von der Annahme ausgegangen wird, daß die Freiheitstrafe durch Absonderung ungleich härter werde. Je länger nämlich die Einzelhaft währt, desto leichter wird sie nach aller Erfahrung aus Gewohnheit getragen, und Gefahren, die sie für die leibliche und geistige Gesundheit haben kann, fallen darum, — sofern nicht, wie in Baden,

*) Vgl. Edinburgh review. 101. Bd. S. 383—415. Beggs, juvenile delinquency. 1857. 18. Rapport annuel sur la colonie agricole et pénitentiaire de Mettray. 1857. Niederländisch-Mettray, die Ackerbaukolonie bei Zütphen. 1855. Einen Auszug von Julius aus einer Denkschrift Wichern's gibt der Moniteur belge 1847. annexe C. au Nr. 265 p. 17.

**) S. S. 17 Anm.; S. 94; 107.

Strafschärfungen zu überstehen sind — wie bei jeder Haft, nach Chassinat's gründlichen Untersuchungen, fast ausschließlich in die erste Zeit — das erste und zweite Jahr und besonders in die ersten Monate der Haft. So fielen von 41 Geistesstörungen, die binnen 9 Jahren in Pentonville vorkamen, nur 2 Sinnestäuschungen auf die Zeit vom 18. bis zum 24. Monat der Haft*).

Gewiß ist ferner, daß, wenn sie lange Jahre gedauert hat, um so weniger Schaden ein darauf folgender Uebergang zur Vereinigung mehrer Gefangenen zu bringen droht; obgleich Suringar**) sehr mit Recht es seltsam findet, daß man Gefangenen nach Ablauf eines gesetzlichen Maximum der Einzelhaft die Wahl läßt, ob sie in der Zelle bleiben oder in eine Werkstatt übertreten wollen; denn entweder hätten sie sich gebessert — wo man sie dann freilassen sollte — oder nicht, — wo man ihnen dann nicht freistellen sollte Andere zu verderben.

In Rücksicht auf die ebenerwähnte Verringerung der Gefährlichkeit Gefangener zufolge einer nicht ganz kurzen Zellenhaft und aus einer, freilich bis jetzt durch keine Thatsachen gerechtfertigten, Besorgniß, daß eine sehr lange Vereinzelung geistig und leiblich drückend und abstumpfend, wo nicht erdrückend sein werde, hat man in England ihre regelmäßig längste Dauer jetzt auf 9 Monate, in Baden, Schweden und Dänemark auf 6 Jahre, in Frankreich auf 10, in Amerika in der Regel auf 12, in Holland früher auf 15, ansetzen zu müssen geglaubt. Daß sie 4 Jahre ohne allen Nachtheil stattfinden kann (ja sogar länger), daß aber in der Regel diese Zeit auch zur Besserung genügend erscheint, haben die Erfahrungen in Bruchsal erwiesen. Die angebliche Gefahr einer von längerer Dauer unzertrennlichen Ungeschicktheit und eines tölpelhaften Benehmens hat sich bis jetzt überall als bloße Voraussetzung erwiesen, da sich vielmehr unglaublich schnell und leicht alle Entlassenen in der Außenwelt wieder zurechtfanden.

---

*) S. Burt, results of separate confinement. S. 132.

**) Frankf. Verhandl. v. 1846 S. 183 ff.

Lebenlange Freiheitstrafen sind zwar überhaupt mit dem Geist der Besserungstrafe und folglich mit der Einzelhaft unvereinbar, weil sie nur unter Voraussetzung der Unverbesserlichkeit, die von Vorn herein nie angenommen werden darf, zulässig sein können, sobald es feststeht, daß alle bloßen Abschreckungs- und Wiedervergeltungsmaßregeln ebenso rechtswidrig sind als eine bloß äußerliche Sicherung, gleichviel durch welche Mittel. Aber auch heute, solange unsere Gesetzgebungen sie noch nicht als verwerflich erkannt haben, wird Niemand mehr zu behaupten wagen, daß man die auf Lebenszeit Verurtheilten ohne alle Rücksicht auf ihre Eigenschaft als sittlicher Wesen, gleich als ob sie unrettbar seien, preisgeben, d. h. sittlich ganz zu Grunde richten, ebendamit aber jede Möglichkeit der Rückkehr in die Gesellschaft ihnen abschneiden dürfe. Selbst abgesehen von den aus dem sittlich-religiösen Gesichtpunkt fließenden Gründen, kann nämlich auch hier schon deßhalb nicht jede Einwirkung auf das Innere des Sträflings und dessen Umstimmung überflüssig erscheinen, weil nicht nur das Gesetz selbst ihnen den Weg der Gnade zur Befreiung offen hält, sondern diese außerdem auch durch Flucht möglich bleibt. In beiden Fällen aber ist es gewiß ebensowenig wie bei Verurtheilungen zu zeitlicher Freiheitstrafe gleichgültig, ob ein gebesserter oder ein ganz verdorbener, verwilderter und rachgieriger Mensch in die Freiheit zurückkehre*). Wie die Gesetzgebung Dieß verkennen und darum auch nur darauf verfallen konnte, wie die badische es that, von dem Wunsch lebenlang Verurtheilter es abhängig zu machen, ob man sie der Einzelhaft unterwerfen solle oder nicht, ist unbegreiflich; ebenso daß man auch andern Sträflingen nach Ablauf der gesetzlich als die regelmäßig längste Dauer der Einzelhaft bestimmten Zeit, ohne andere Gründe als ihren Wunsch, Beschäftigung in gemeinsamen Werkstätten oder bei

*) Sehr richtig weis't hierauf auch W. Russell hin. S. Frankf. Verhandl. v. 1846 S. 196. Man s. auch Arbit ebenda S. 213 f. Gute Bemerkungen darüber machten auch die Stände von Holstein, s. Sachau im „Gerichtsaal" 1855, Bd. II, Nr. 17, 27 u. 29.

öffentlichen Arbeiten erlauben zu sollen geglaubt hat*). Oder sollte wirklich Gefangenen wohl gar ein Recht zukommen auf eine vom Staat für sie und ihn selbst nun als verderblich erkannte Strafweise? Sollten etwa, um mit Welcker zu reden, zu Prügeln Verurtheilte darauf bestehen können, daß sie noch geprügelt werden, nachdem inzwischen diese Strafe als unwürdig abgeschafft worden ist?! —

d) Daß indeß einzele Ausnahmen von der Regel der Einzelhaft, und zwar entweder dauernde oder vorübergehende, statthaft ja geboten seien, darüber sind Alle einverstanden.

Ganz unzulässig ist die Einzelhaft namentlich bei überaus Gebrechlichen, z. B. Fallsüchtigen**), halb oder völlig Blinden oder Lahmen, bei ganz Altersschwachen, halb Blödsinnigen, überhaupt bei Allen, die entweder jeden Augenblick der Hülfe bedürftig sind oder sein können, oder die doch irgendwie, sei es durch Arbeit oder Lesen, sich zu beschäftigen und selbst zu unterhalten nicht im Stande sind. Sie müssen daher insgesammt sobald als möglich aus der Zelle entfernt werden, einerlei ob sie schon vorher mit dem fraglichen Gebrechen behaftet gewesen, also nur durch einen Fehlgriff des Gesetzes oder der Behörden in dieselbe gebracht worden sind oder nicht. Schwerlich möchte aber ein hinreichender Grund zu einer Ausnahme von der Zellenhaft in bloßer Taubheit oder Harthörigkeit zu finden sein, — so gewiß auch dabei die Gefahr aus dem Beisammensein bedeutend geringer wird; ebensowenig in der bloßen Ueberschreitung

*) So nach dem badischen Gesetz §. 13 und nach Ducpetiaux's Entwurf art. 32. Mit Recht erklärt sich dagegen Probst im a. würtemb Ausschußbericht S. 63 a. Ueber die Verkehrtheit, daß in Baden Arbeithaussträflingen auf ihren Wunsch als „Vergünstigung" Versetzung zu öffentlichen Arbeiten gewährt werde, hat sich schon Füeßlin, die Beziehungen des neuen badischen Strafgesetzes zum Pönitentiarsysteme, 1853, S. 8. 13, ausgesprochen.

**) Mit Verwunderung ersehen wir daher aus dem bad. Zentralblatt 1864, Nr. 5 S. 34, daß dennoch ein solcher Kranker in der Zellenhaft gelassen worden ist — eine Verwunderung, die der zur Untersuchung des Gefängnisses bestellte Berichterstatter theilt!

des siebzigsten*) oder gar sechzigsten Lebensjahrs. Bloß darauf hin wird doch wohl Niemand solche, vielleicht in Verbrechen ergraute, Leute ohne Unterschied als für Andere ungefährlich betrachten.

Nur vorübergehend, und meist nur für die Zeit des Tags, werden die Gefangenen auch in manchen Fällen leiblicher oder geistiger Gesundheitstörung aus der Zelle entfernt werden müssen. Gewöhnlich ist dann auch hier, z. B. für den Fall, daß Beschäftigung im Freien für sie räthlich oder nöthig sein sollte, durchaus kein anderer Grund als der der bloßen Bequemlichkeit für die Verwaltung dafür abzusehen, daß sie gerade in die Gesellschaft von Ihresgleichen zu versetzen seien; da diese doch gewiß nie als bedingend für ihre Wiederherstellung wird gelten können. Das bloße Dasein von Krankensälen, ganz ähnlich wie das von Arbeitsälen, verfälscht die reine Einzelhaft, führt die Beamten in stete Versuchung zu einem unnöthigen Zusammenbringen der Gefangenen, Diese selbst aber zu den manchfachsten Vorspiegelungen, zumal von Krankheit**), um in einen solchen Sal versetzt zu werden; es führt zu leiblicher und sittlicher Ansteckung, zu beständiger Störung des einheitlichen Geistes, der Ruhe und Ordnung des Zellengefängnisses; und es wird, da wo dieses nicht zu groß ist, leicht entbehrt und durch etwas größere Kranken- oder Doppelzellen

*) Dennoch enthält das bad. Gesetz auch Dieß; ebenso der französische Gesetzentwurf und Ducpétiaux' avantprojet de loi. Dagegen s. Probst am a. O. S. auch unser „Votum über die nothwendige Rückwirkung der Einführung der Einzelhaft auf die Gesetzgebung" 1857 S. 7 (in unserm „Strafvollzug" S. 99).

**) Lehrreiche Beispiele hiervon gibt der unermüdliche Vorkämpfer für die reine Zellenhaft: Suringar (in seiner Stem uit Nederland S. 105 ff.) Vgl. auch Nieuwenhuis am a. O. S. 191 f. und unsere Schrift: „Der Strafvollzug" S. 119 ff. — Daß Aerzte, gewöhnt an Krankenhäuser, im Zweifel immer für Krankensäle sein werden, ist sehr begreiflich. Daß aber ihr Standpunkt, oder gar ihre Bequemlichkeit, vor der Suringar warnt, hier nicht den Ausschlag geben darf, versteht sich von selbst. Auch an dem schönen Zellengefängniß zu Antwerpen, einem der besten unter allen neueren, kann man sehen, daß es sehr gut ohne solche Säle geht.

ersetzt, jedenfalls schon durch scheidende spanische Wände etwas weniger schädlich gemacht werden können.

Was endlich die politischen Gefangenen angeht, so beschränken wir uns darauf, unsern vom Frankfurter Kongreß zum Beschluß erhobenen Antrag hier mitzutheilen. Er lautet*): „Bei politischen Gefangenen und überhaupt bei Solchen, die wegen Vergehen verurtheilt sind, welche keine große sittliche Verderbniß kundgeben, erfordert die Rücksicht auf diesen Zustand und die besondere Natur dieser Vergehen angemessene Aenderungen der Behandlung und läßt unter gewissen Umständen bei politischen Gefangenen selbst die Aufhebung der Absonderung zu.“ Daß es in der Regel am Besten sein wird sie zu verbannen, nicht aber zu verbringen, bedarf keiner Ausführung. Daß überhaupt die Verbringung in besondre Verbrecheransiedlungen fast ohne Ausnahme eine grundverkehrte Maßregel ist, deren vermeintliche Vortheile lediglich auf Selbsttäuschung beruhen, fängt man immer allgemeiner einzusehen an**).

Noch fragt sich: Wer über die Zulässigkeit einer Ausnahme von der Zellenhaft entscheiden solle? Offenbar nicht schon das Gesetz selbst, das nur als allgemeine Regel die Einzelhaft aussprechen muß, wie Dieß auch Suringar, Füeßlin u. A. durchaus fordern; auch nicht der Richter — dem noch weniger, wie die Erfahrung in Holland gelehrt hat, geradezu die Wahl zwischen Einzel- oder Gesammthaft in die Hand gelegt werden darf — da er, um gehörig zu individualisiren, die Sträflinge meist viel zu wenig kennt und auch die Wirkungen der Haftart nicht so gut beurtheilen kann wie die Verwaltung des Zellengefängnisses. Nur diese ist darum zu solchem Urtheil berufen,

*) S. Congrès de bienfaisance de Francfort Bd. I, S. 374 u. 407.

**) Vergl. darüber z. B. Suringar, eene Stem uit Nederland S. 134 ff. u. Duepétiaux, de la colonisation pénale, 1860. S. 1—17. — Am Klarsten in dieser Frage hat die niederländische Regierung gesehen und sich in den Beweggründen (Memorie van toelichting, zu dem Entwurf des 1. Buchs des Strafgesetzbuchs 1859) ganz entschieden gegen alle Verbringung ausgesprochen mit Bezug auf den vortrefflichen Ausschußbericht über den Antrag van Blissingen's (Hag, bei Cleef. 1858).

und zwar im Zweifel nach einem kurzen Versuch, oder, für den Fall völlig entgegengesetzter Ansichten der Hausbeamten, an ihrer Statt der des Aufsichtraths.

§. 36. Die Kosten der Zellenhaft.

Was nun den Vorwand der Kostspieligkeit angeht, der so häufig gegen die Zellenhaft vorgebracht wird, so ist zwar Nichts gewisser als daß eine psychologisch begründete, auf die Erreichung des Strafzwecks, je nach der Eigenthümlichkeit der Einzelen, hinzielende Behandlung, kurz: eine gute Erziehung bei Sträflingen, wie bei allen Erziehungsbedürftigen, weniger leicht und bequem und scheinbar auch weniger wohlfeil ist als ein rein äußerliches seelenloses Verfahren gegen sie, kurz: Verwahrlosung und Verschlechterung, auch wenn diese ohne Frage hinterdrein viel theurer zu stehen kömmt. Der einzig gültige Maßstab für das Urtheil über wohlfeil und theuer kann aber doch nur der sein, ob der wesentliche Zweck durch die Art der Verwendung der Mittel erreicht oder verfehlt wird. Ist Letzteres der Fall, wie fast ausnahmlos in den alten Zuchthäusern, so hat man die Staatsgelder nicht nur nicht auf eine einträgliche Weise angelegt, sie auch nicht bloß verschleudert, sondern sie geradeswegs zum offenbaren Schaden der Gesellschaft verwendet; man hat damit Verbrechen gesäet und man wird Verbrechen ärnten.

Ist ohne Zweifel das Umgekehrte bei einer verständig durchgeführten Einzelhaft der Fall, dann wird wenigstens ein Staatsmann, der bei seinen Berechnungen weiter zu denken gewöhnt ist als an den nächsten Augenblick, sie entschieden auch als die zuletzt wohlfeilere Haftweise bezeichnen. In England, wo man freilich weniger Kasernen nöthig hat als bei uns, hält man es mit Recht für eines großen und reichen Volks, das Geld in Menge auch für das Ueberflüssigste ausgeben kann und ausgibt, geradezu für unwürdig bei Fragen von so tiefgreifender Wichtigkeit, deren gute oder schlimme Lösung so unermeßliche Folgen hat, überall den Geldpunkt in der Weise voranzustellen wie es in Deutschland leider fast immer zu geschehen pflegt, und damit wo möglich jeder Verbesserung einen Riegel vorzuschieben*).

Daß die Kosten des Baues und der ersten Einrichtung eines Zellengefängnisses beträchtlicher sind als die eines alten Zuchthauses, etwa auf den Kopf 2700 bis 2800 Franken, nicht in gleichem Maße auch die Fortführung der Einzelhaft, ist gewiß; ebenso gewiß aber ist — und darüber herrscht nur eine Stimme —, daß es heute unverantwortlich sein würde Gefängnisse ohne mindestens nächtliche Trennung herzurichten. Solche aber kosten begreiflich nicht einmal viel (höchstens 1/3) weniger als Gefängnisse mit Zellen für Tag und Nacht, weil bei diesen die Arbeit-, Speise-, Schlaf- und Krankensäle gespart werden. Auch die Gegner der Einzelhaft, die von ihr keine Besserung erwarten, können nicht leugnen, daß sie unbedingt gegen Verschlechterung der Gefangenen sichert, mithin nicht, gleich den andern Strafanstalten, selbst eine Quelle und Schule der Verbrechen ist, und daß sie wenigstens abschreckend wirkt, also insoweit jedenfalls dazu beiträgt Verbrechen überhaupt zu verhüten. Wie viel Unheil, Eigenthumbeschädigungen u. s. f. dadurch der ganzen Gesellschaft erspart werden, ist gar nicht zu ermessen, auch wenn man die Verminderung der Verbrechen und zumal der Rückfälle durch sie weit unter ihrem wahrscheinlichen Betrage anschlägt. Es werden aber auch dadurch die Kosten der Rechtspflege und des Unterhalts der Verbrecher, der Fürsorge für die Entlassenen u. s. f. beträchtlich verringert.

Ueberaus schwer in's Gewicht fällt endlich noch die durch Zellenhaft nicht bloß ermöglichte, sondern nothwendige bedeutende Abkürzung der Freiheitstrafen, deren lange Dauer heute anerkanntermaßen ein Hauptgrund der Ueberfüllung unsrer Strafanstalten ist**). Wenn diese Abkürzung auch nur auf 1/3 der Strafzeit, und nicht, wie Demetz, Julius, Ducpetiaux

---

*) S. Edinburgh review Bd. 100 S. 571 f. — Aehnlich hatte man sich früher in Frankreich ausgesprochen.

**) S. Kräwell, über die Mittel der Ueberfüllung unsrer Zuchthäuser zu begegnen. 1857.

und viele Andere es vorschlagen und wie das niederländische Gesetz es bestimmt, auf die Hälfte erstreckt wird*), so ergibt sich doch schon daraus eine ungeheure Verringerung der Staatsausgaben mit einem Federstrich und eine reichliche Vergütung des bis jetzt vielleicht durchschnittlich etwas theureren Unterhalts der Zellensträflinge, weil man Diese versittlichen, nicht bloß als Arbeitkraft vernützen d. h. mechanisiren will.

Wie unendlich vortheilhaft diese Abkürzung der Strafen aber auch in aller andern Beziehung sich erweist für die Sträflinge selbst, denen wie Suringar sagt, viele 1000 Jahre Einsperrung dadurch erspart werden, sowie für ihre nächsten Angehörigen, bedarf keiner Ausführung.

§. 37. Vermittlung des Uebergangs zur Freiheit.

Soll aber nicht aller mühsam errungene Erfolg der Besserungstrafe wieder verloren gehen, so muß nach Ablauf der Strafzeit, wie Berenger sagt**): „etwas mehr für die Gefangenen geschehen als Oeffnung der Gefängnißthür"; es bedarf, um ihren Eintritt in eine neue Lebenslaufbahn sicherzustellen, einer gehörigen Nachkur d. h. einer allmählichen Hinüberleitung von der völligen Entmündigung zur vollen äußern Freiheit durch eine vorsichtige vermittelnde Behandlung, die gleichsam eine Zwischenstufe und ein Bindeglied bilden muß und die man nicht

*) Eine verhältnißmäßig zunehmende Abkürzung, je länger die Einzelhaft währt, — wofür sich mit Andern auch Ducpetiaux ausspricht — ist deßhalb das Richtigere, weil nur die mit der Zeit steigende Wahrscheinlichkeit des erreichten Zwecks der Strafe maßgebend sein darf, nicht aber der Gesichtpunkt der Empfindung des Sträflings. Obgleich nach letzterer entschieden die erste Zeit der Einzelhaft die härteste ist, so wird dennoch gerade sie gar nicht gekürzt werden dürfen. S. unsern „Strafvollzug" S. 125. Diesen richtigen Weg schlägt denn auch der hannover'sche Gesetzentwurf vom 18. Februar 1864 ein, obwohl aus irrigen Gründen; und schon 1854 hatte ein Gesetz für die Herzogthümer Schleswig und Holstein eine gleitende Stufenleiter der Strafkürzung festgesetzt, s. Sachau im „Gerichtsaal" 1855, Bd. II.

**) In seinem Bericht an die Pärskammer über den Gefängnißreformentwurf 1847. S. auch Julius' Jahrb. rc. X. Bd. S. 169—253.

unpassend eine quarantaine de sortie genannt hat. Diese Fortsetzung und Ergänzung des Werks des Besserungshauses ist die Aufgabe der Schutz- oder Rettungsvereine für die Entlassenen, ohne deren sorgfältige Aufsicht und Unterstützung mit Rath und That Diese selten sittlich erstarkt genug sein werden zum Widerstand gegen die ungewohnten, allerseits auf sie einstürmenden Versuchungen, die zumeist aus der Rückversetzung in's gesellschaftliche Leben erwachsen.

Am Besten vorbereitet zu diesem Widerstand sind erfahrungsmäßig*) allerdings die aus der Einzelhaft Hervorgegangenen; und es ist ein höchst folgenschwerer Irrthum, wenn man jene Mittelstufe zwischen Absonderung und freigeselligem Verkehr (mit Aubanel u. A.) in dem Herstellen eines auf die Absonderung zu folgen bestimmten Zusammenlebens anscheinend in sich gegangener, umgewandelter Gefangenen sucht, also in einer dergestalt aus einer niedern und höhern Klasse oder Stufe zusammengesetzten oder gemischten Strafhaft, — einer neuen Art von Klassifikationssystem, wie David**) gezeigt hat, so schlimm wie irgend eines! Diese Gemeinschaft wird Alles wieder zerstören was die Absonderung hat aufbauen helfen, sobald auch nur ein Gefangener darunter gerathen ist oder gar einige, worin man sich getäuscht hat; sie wird im besten Fall Bekanntschaften knüpfen, die späterhin nachtheilig, ja verderblich werden können und die ja Aubanel selbst***) für bedenklich hält, indem er erklärt: „das häufige Zusammentreffen Entlassener sei nicht wünschenswerth!" — Sie bringt ohne alle Frage ungleich mehr Gefahr als die unmittelbare Rückkehr in die Freiheit, zumal wenn diese unter Aufsicht und Leitung tüchtiger Leute erfolgt, die wo möglich mit den Gefangenen schon vor deren Austritt aus dem Zuchthause vertraut waren. Wie gänzlich verfehlt, grundsatzlos und widerspruchvoll namentlich der in

*) S. W. Russell's Mittheilungen über die aus Pentonville in die Ansiedlungen Verbrachten in den Frankf. Verhandl. von 1846. S. 349 ff. und S. 60 f.

**) S. Frankf. Verhandl. von 1846. S. 162 ff.

***) Ebenda S. 119.

Irland von Crofton gemachte Versuch war, durch sogenannte Zwischenanstalten den Uebergang zur Freiheit zu vermitteln — ein Versuch, den man voreilig genug auch in Deutschland und Holland nachgeahmt wissen wollte — haben wir anderwärts ausführlich gezeigt*).

Soll jedoch die Stellung der Schutzaufseher oder Pfleger Entlassener vollen Erfolg haben, so müssen Dieselben auch gesetzlich mit vormundschaftlichen Rechten ausgestattet sein**), wie Dieß durch das höchst nachahmenswerthe St. Gallische Gesetz vom 24. Nov. 1838 geschehen ist. Danach sind nämlich die Entlassenen einem vom Ausschuß des musterhaften Schutzaufsichtvereins erwählten Schutzaufseher (d. h. Patron oder Vormund) auf drei Monate bis zu drei Jahren anvertraut, beziehungsweise untergeben, dem das dem Gefangenen aufgesparte Sondergut, was sonst (nach Hudtwalcker's richtiger Bemerkung) eine sehr zweideutige, meistens bald durchgebrachte Mitgift ist, behändigt wird und so, schon durch die Aussicht darauf, von vortrefflicher Wirkung sein kann. Ohne vorausgehende Einzelhaft können aber die Bemühungen solcher Vereine zur Fürsorge für die Entlassenen begreiflich nur äußerst Wenig leisten, vollends da wo nicht das Gesetz in der eben bemerkten Weise sie unterstützt. Wieviel sie aber andern Falls leisten können, hat sich bereits oben am Beispiel von la Roquette gezeigt.

Unberechenbar wohlthätig, wie es während der Einzelhaft die Vereine für sittliche Besserung der Gefangenen sind, ja geradezu unentbehrlich sind diese Vereine zur Wiedereinführung der Entlassenen in die bürgerliche Gesellschaft, so gewiß als nach dem einstimmigen Urtheil der erfahrensten Sachkenner der Zeitpunkt der Entlassung ein überaus gefährlicher, und darum sehr häufig von den Sträflingen selbst nicht wenig gefürchteter ist***).

---

*) In der vierten Abh. unseres „Strafvollzugs" S. 129 ff. und in den Heidelberger Jahrb. 1863 Nr. 54.

**) S. das Gutachten „über die nothwendige Rückwirkung der Einführung der Einzelhaft auf die Gesetzgebung" in unsrer Schrift „Der Strafvollzug 2c." S. 112 f.

***) S. unsere eben angeführte Schrift S. 346 f.

Er ist in seiner Art ein ebenso entscheidender wie der Augenblick des ersten Eintritts in die Gefängnißwelt*), und man darf sich dort ebensowenig wundern wie hier, wenn die Entscheidung ungünstig ausfällt, sobald man es an den einfachsten Vorsichtmaßregeln fehlen läßt.

Der alte Widerwille vor jeder Berührung mit ehemaligen Züchtlingen, der ihnen eine wahre und wirkliche Rückkehr unter ihre Mitbürger so gut wie unmöglich machte und der einen treuen Ausdruck fand in der ihnen gesetzlich auf Lebenszeit angehefteten Ehrlosigkeit — wodurch sie wie durch ein Brandmal aus der Gemeinschaft ehrlicher Leute ausgestoßen waren — hatte nur zu guten Grund. Er wird aber unfehlbar — unter Beihülfe der Schutzaufsichtvereine — wie auch Mooser bestätigt, allmählich schwinden, sobald die Zuchthäuser wahre Besserungshäuser geworden sind und man wenigstens überzeugt sein kann, daß Keiner schlechter heraus kömmt als er hinein kam. Wenn bisher Niemand mit solchen Freigelassenen zu thun haben, geschweige ihnen entgegenkommen wollte, so lag der Grund hiervon keineswegs etwa darin, daß sie einen — vielleicht sehr entschuldbaren — Fehltritt begangen hatten, der mit Nichten immer eine niedrige Gesinnung bezeugte — z. B. Verwundung Anderer im Streit oder Zweikampf, oder überhaupt in der Hitze verübte Verbrechen —; sondern lediglich darin, daß sie „gesessen hatten" m. a. W., so gewiß Dieß auch fast wie Hohn klingt, „von Rechtswegen" „zur Strafe" eine Zeit lang mit dem Auswurf der Menschheit zusammengesperrt waren. Nichts ist natürlicher als daß sie sonach nicht des begangenen Verbrechens, sondern der erlittenen Strafe halber, also durch die Schuld des Staats, von ihren Mitbürgern als hoffnunglos verderbt angesehen wurden, auch wenn nicht, wenigstens bei Züchtlingen, das Gesetz selbst durch das Brandmark der Ehrlosigkeit das Seinige gethan hätte, dieser Ansicht Vorschub zu thun. Selbstverständlich mußte diese „Unmenschlichkeit — bei der, wie

*) S. in unserer Schrift „Der Strafvollzug 2c." Suringar's Aufsatz über die Untersuchungsgefangenen S. 234 f.

Mooser*) richtig sagt, die Aussicht auf Ehrenwiederherstellung nur ein elender Trost ist" — weitaus den Meisten nicht bloß den Muth, sondern fast jede Möglichkeit der Rückkehr zu einem rechtschaffenen Leben benehmen!

Künftig aber kann Jeder, der das wahre Läuterungsverfahren, gleichsam das Fegfeuer, einer Besserungstrafanstalt durchgemacht hat, als ein Solcher betrachtet werden, der höchst wahrscheinlich von den Schlacken der Sünde gereinigt ist; und darum werden auch Sitte und Gesetz ihn sehr bald nicht mehr verstoßen auf Voraussetzungen hin, die nun nicht mehr bestehen. „Sonderbar wäre es, sagt Berenger, einen Menschen für immer brandmarken zu wollen, welcher die ihm auferlegte Buße zu einer aufrichtigen Besserung benutzt hat".

---

*) Die Pönitentiaranstalt St. Jakob S. 343 f. S. auch Frankfurter Verhandl. v. 1846 S. 259 ff.

Viertes Hauptstück.

Die neuesten Fortschritte der Einsicht und der Gesetzgebung im Gefängnißwesen.

§. 38. 1) Zur Geschichte des Meinungskampfs über die Einzelhaft.

Ein Rückblick auf die neueste Geschichte der Ansichten über die Einzelhaft ergibt unwidersprechlich: daß immer ihre heftigsten Gegner Diejenigen waren, die Nichts oder so gut wie Nichts von ihr wußten und umgekehrt; daß ferner die Männer die, zum Theil in Auftrag der Regierungen, sie näher kennen zu lernen suchten und durch Vergleichung allerseits gesammelter Erfahrungen und sorgfältiger eignen Beobachtungen im In- und Ausland zu einem gründlichen Urtheil befugt waren, wie Ducpetiaux, Blouet, Pringle, Russell, v. Würth, David, die kanadischen Abgeordneten Nielson und Mondelet, sämmtlich zu ihren Gunsten gestimmt wurden, auch wenn sie vorher die stärksten Vorurtheile gegen dieselbe hatten, wie z. B. Crawford, Beaumont, Tocqueville, Julius, Demetz, Hoyer u. A. es von sich selbst eingestehen, ja daß fast ohne Ausnahme die Zellengefangenen selber für sie sind und sich, falls sie in Gemeinschaft gebracht werden, Rückversetzung in die Zelle als „Vergünstigung und Wohlthat" ausbitten, zum Theil sogar mit Wärme die Feder für sie ergriffen haben, wie Schlatter, Hägele, selbst Corvin; daß die ärgsten und abenteuerlichsten Entstellungen jeder Art gegen sie in Umlauf gesetzt worden sind — nicht nur durch Zeitungen, sondern sogar durch Romane (wie von Boz und dem Verfasser von „Never too late to mend"), sowie durch leichtfertige und befangene Berichterstatter, wie Tellkampf*) — und zwar mitunter auch bei uns**), mehr aber noch in Amerika, mit der ganzen Erbitterung eines politischen Parteikampfs, z. B. von der Bostoner Gefängnißgesellschaft in ihren Jahresberichten; daß aber trotz dem Allen in Amerika im Grunde schon seit 1833 ihr Sieg in der öffentlichen Meinung Amerika's entschieden war — so daß selbst in Boston namhafte Männer für sie in die Schranken getreten sind, daß der neueste Bericht der New-Yorker Gefängnißgesellschaft den völligen Bankrott des dortigen Auburn'schen Gefängnisses erklärt, ja sogar nach Crawford's, Russell's und David's merkwürdiger Mittheilung sämmtliche Vorstände Auburn'scher Strafanstalten in Amerika, mit Ausnahme eines Einzigen, sich für sie entschieden haben; daß seit dem badischen Gesetz von 1845 über die Einführung der Einzelhaft und den Verhandlungen des ersten „Pönitentiarkongresses" zu Frankfurt 1846 überraschend schnell auch in Europa, nicht sowohl bei den Schriftstellern als bei den Staats- und Geschäftsmännern, ihre Vorzüge immer allgemeinere Anerkennung fanden, und daß endlich in und außer Deutschland eine Regierung nach der andern, zum Theil mit ganz oder fast einmüthiger Zustimmung der Ständeversammlungen sie eingeführt hat oder mit ihrer Einführung umgeht.

Nicht auf dem Felde der Theorie, sondern des Lebens, ist also der Sieg der Einzelhaft entschieden worden durch die größten Kenner des Gefängnißwesens aller Länder in seltner Uebereinstimmung. Immerhin mag es noch eine Zeitlang, wie

---

*) S. die gebührende Beleuchtung seines Berichts von Varrentrapp in Julius' Jahrb. V. S. 108 ff.

**) Z. B. durch einen Berliner Federhelden unter dem falschen Namen „Jan van Boer, die Mißhandlung der politischen Verbrecher unsrer Zeit, mit besondrer Rücksicht auf das Zellengefängniß zu Bruchsal" 1850. — Von großer Voreingenommenheit zeugt auch der vermeintlich „objektive" sächsische Reisebericht v. Jahn's. 1857.

bisher, den verschiedenartigsten Einflüssen gelingen hier oder dort vorübergehend ein Schwanken, wo nicht gar einen Stillstand, herbeizuführen, wie dermalen in Frankreich; denn ein rascher und allgemeiner Sieg der Wahrheit über die alte Verkehrtheit ist auf diesem Gebiet so wenig wie auf einem andern zu hoffen. Bureaukratischer und gelehrter Wissensdünkel, gepaart mit dem Mangel an gründlicher Sachkenntniß oder doch mit der größten Unklarheit und Grundsatzlosigkeit, die stets nur haltlose Halbheiten für „praktisch" hält, machen sich auch hier überall geltend. Dennoch gehört der Einzelhaft die Zukunft, aller Hemmnisse und rückläufigen Bestrebungen ungeachtet, so unzweifelhaft, daß von jetzt an kaum mehr irgendwo in Europa ein Gefängniß erbaut werden wird, das nicht von ihr ausginge. War doch sogar neben das s. g. Auburn'sche Mustergefängniß zu Genf, das freilich noch kein Sachkenner zur Nachahmung empfohlen hat, 1843 ein Zellengefängniß erbaut worden, ja sogar neben das Mutterhaus zu Auburn selbst.

2) Fortschritte der Gesetzgebung.

§. 39. England.

Versuchen wir nun das von uns früher über die allmähliche Entwickelung des Gefängnißwesens zum Besseren Gesagte durch kurze Schilderung der Fortschritte in der neueren Zeit zu vervollständigen.

Von dem überaus ungleichen und verwickelten Verlauf desselben in **England**, der eng zusammenhängt mit der in dieser Hinsicht zu großen, obwohl neuerlich etwas eingeschränkteren, Selbständigkeit der Gemeinden und der wechselvollen Angelegenheit der Verbrecherverbringung, können wir nur die Hauptzüge mittheilen und müssen für das Nähere auf den mehrerwähnten trefflichen Aufsatz im Edinburgh review verweisen.

Bis zum Frühjahr 1835 versuchte man es mit allerlei Klassen für die Sträflinge, sodann mit dem Schweiggebot, bis endlich Lord **John Russell** durch die Berichte der beiden Generalinspektoren **Crawford** (der auch über die amerikanischen

Gefängnisse in höchst lehr- und einflußreicher Weise sich aussprach) und W. Russell bestimmt ward, in einem Rundschreiben vom 15. August 1837 unter Mittheilung seiner Gründe, den Richtern zu empfehlen: „jedes neue Gefängniß nach den Erfordernissen der getrennten Einsperrung zu erbauen und diese soviel möglich auch in den alten herzustellen“. Bald darauf wurde die Einzelhaft für alle Arten von Gefangenen (durch das 2. und 3. Gesetz unter Viktoria, 56. Kap. 2. bis 4. Abschnitt) und für jede Dauer der Haft für zulässig erklärt, und zuerst Pentonville in London, als Mustergefängniß, dann ein gleiches zu Perth erbaut, beide zunächst bestimmt für geeignet befundene Männer von 18—35 Jahren, und zwar auf 18, später auf 12 und endlich gar nur auf 9 Monate, zur Vorbereitung auf ihre Verbringung und, je nach dem Betragen, mit Aussicht auf eine mehr oder minder günstige und freie Lage in den Pflanzländern. Die Erfolge davon haben alle Erwartungen weit übertroffen und die öffentliche Meinung alsbald gewonnen. So ist denn diesen Musterstrafanstalten rasch eine Reihe großer und kleiner Zellengefängnisse mit bis jetzt schon mehr denn 12000 Zellen gefolgt.

Um in das ganze Gefängnißwesen einige Gleichförmigkeit zu bringen, ist seit 1847 an dessen Spitze ein Beamter, der kürzlich verstorbene Oberst Jebb, gestellt worden. Da Dieser jedoch, gleich manchen seiner Landsleute, die folgerechte Durchführung der Einzelhaft, vollends während längerer Zeit, für der Gesundheit nachtheilig hielt und da neuerdings auf die kurze vorläufige Einzelhaft nur noch in sehr beschränktem Maße Verbringungen folgen konnten, seitdem die meisten Pflanzländer die Aufnahme Verbrachter entschieden geweigert haben, so hat man an deren Stelle öffentliche Arbeiten zu Dartmoor (nämlich Urbarmachungen und überhaupt Feldarbeiten), sowie an den großen Steinbrüchen und Hafenbauten zu Portland, mit nächtlicher Trennung, unter dem Namen „penal servitude“ treten lassen.

Damit nicht genug, hat man auch in vielen Zellengefängnissen die Absonderung in der Hauptsache angeblich „aus Gesundheitrücksichten“ wieder aufgehoben — z. B. in der Kirche und Schule, beim Spaziergang, oder durch gemeinsame Gartenarbeiten — obwohl es fest steht, daß sogar die leibliche Gesundheit in Pentonville vorher (bis 1847) besser war, wie es sich bei der sittlichen von selbst versteht*). Nun sind zwar aus der Fluth von widersprechenden s. g. englischen Erfahrungen auch solche aufgetaucht, die von diesem Rückfall in den alten Unsinn und Unfug des Gemeinschaftlebens und der öffentlichen Arbeiten „die besten Wirkungen" melden, — freilich auch von der Tretmühle und dem crank (einer andern auf Quälerei der Gefangenen berechneten Maschine)! ganz ebenso wie es aus Amerika von den dort als s. g. Ordnungstrafen üblichen Mißhandlungen versichert ward —; denn es gibt dort wie überall Leute, die unfähig sind einen Grundgedanken festzuhalten und die ihr eignes haltloses Schwanken für Vielseitigkeit angesehen wissen möchten.

Indeß darf man jetzt schon eher hoffen, daß man demnächst von den bisherigen Verirrungen und gedankenlosen Versuchen zurückkommen wird, da wenigstens zwei solcher s. g. Systeme, wovon auch in England viel Aufhebens gemacht ward, ungleich mehr noch aber von gutmüthigen Deutschen, neuerlich in ihrer ganzen Blöße erkannt worden sind und nicht ferner vom rechten Wege ablenken werden: wir meinen W. Crofton's irish convict system und die Strafeinrichtung in Korfu, um von der damit einigermaßen verwandten zu Malta zu schweigen, die sich noch durch weitere mit Nichts zu rechtfertigenden Absonderlichkeiten auszeichnet.

Das irländische System, das wir anderswo einer eingehenden Prüfung unterziehen zu müssen glaubten**), weil es auch in Oldenburg und in Holland hier und da Anhänger gefunden hat und dort sogar zu Mißgriffen zu verleiten anfing***),

---

*) S. Burt, results of separate confinement at the Pentonville prison. 1852. 2. Kap. bes. S. 150. — Kürzlich haben zwei Parlamentausschüsse zwar die reine Einzelhaft wieder empfohlen, aber zugleich crank, Tretmühle, Todesstrafen und Prügel! S. Mittermaier in „krit. Viertelj." V, Nr. 21.

**) „Der Strafvollzug ꝛc." 4. Abh. u. Heidelb. Jahrb. 1863. Nr. 54.

***) S. Cool, de Vechta'sche Strafinrichting niet navolgenswaardig. 1863.

ließ die Strafe in zwei und mitunter drei Stufen verbüßen. Auf eine möglichst unverständig eingerichtete s. g. Einzelhaft bis zu höchstens acht Monaten ließ man nämlich einen mehr-oft vieljährigen Kursus von öffentlichen, besonders Hafen- und Festungsarbeiten folgen, m. a. W. eine etwas verbesserte Ausgabe eines Bagno, dem wenigstens die sonst bei Karrenarbeiten üblichen Ketten fehlen, wobei man die Sträflinge in fünf Klassen theilt und Solche, die sich gut aufführen, äußerlich (durch Marken) auszeichnet und rascher zur besten, vortheilhaftesten Klasse aufsteigen läßt. Die Meisten gehen von dieser Stufe unmittelbar zur unbedingten oder bedingten Freiheit über; Andere (15 bis 25 % von Allen!), die für unverbesserlich und höchst gefährlich gelten, werden einer ganz besondern, nicht näher bezeichneten (!) Behandlung unterworfen: die Wenigsten (höchstens 1/3) läßt man noch durch eine dritte Strafstufe wandern — die s. g. intermediate prisons (Uebergangsgefängnisse oder „Zwischenanstalten“), die den Uebergang zur unbedingten oder bedingten Freiheit vermitteln sollen, — und zwar auf dem überaus unglücklichen Wege der Gewährung eines recht behaglichen Aufenthalts und sehr freier Bewegung bei ungehinderter Gemeinschaft und Beschäftigung überwiegend mit Feldarbeiten, in der ausgesprochenen Absicht dadurch ihren Mitbürgern größeres Zutrauen zu Ihnen einzuflößen. Den steten Anpreisungen dieses Verfahrens gegenüber sprach Graf Görtz schon*) die offenbar richtige Ansicht aus: „daß, abgesehen von der Nachahmungsucht, die eben dem deutschen Michel eigen sei, wenig Veranlassung vorliege dasselbe der Nachahmung zu würdigen“. Inzwischen haben sich die, schon von Vorn herein sehr unwahrscheinlichen, äußerst günstigen Erfolge als auf eitel Täuschung: Verschweigungen und Entstellungen beruhend herausgestellt.

Eine andere geringe Abweichung von dem heute in England gewöhnlichen Verfahren zeigte die Einrichtung in Korfu. Dort ward nach Ermessen des Vorstands einige Zeit s. g. Einzelhaft, aber nicht über fünf Monate, vorausgeschickt; dann folgte

*) S. das 12. Sitzungsprotokoll der 1. hessen-darmst. Kammer 1860.

Gemeinschaft. Bei guter Aufführung konnte die Strafzeit um 1/5 abgekürzt werden. Zur Auszeichnung dienten Marken, und die Aussicht darauf soll ebenso gut gewirkt haben als deren Entziehung bei schlechtem Betragen, ganz wie in Irland. Die angeblich sehr starke Minderung der Rückfälle zufolge dieses neueren, von Kozziris eingeführten, Verfahrens kann höchstens beweisen, daß das frühere Verfahren unter aller Kritik war, denn auch jenes hat inzwischen völligen Bankrott gemacht durch einen großen Aufstand der Gefangenen, wobei sich herausstellte, daß die vermeintlich Besten von Diesen gerade die Schlimmsten wären.

Durch ganz ähnliche Beobachtungen, die man bei der großen Verschwörung in Portland und den Aufständen in Chatham, New-York und Volterra gemacht hat, ward jedoch die große Unzuverlässigkeit aller Gesammthaft neuerlich wieder ins grellste Licht gestellt, und es läßt sich kaum denken, daß die alten Rohheiten der „dark ages“, wie die Peitschenstrafe, — die man jetzt sogar in Rußland verworfen hat, während sie in England wieder auf's Wärmste und, wie die whipping bill zeigt, nicht ganz ohne Erfolg empfohlen ward — auf die Dauer bei einem gebildeten Volk sich von Neuem festsetzen. Man kann daher kaum zweifeln, daß man dort allgemein bald wieder in den allein richtigen Weg der Einzelhaft einlenken wird, den man so voreilig auf die widerspruchvollsten s. g. Erfahrungen und ungerechtfertigte Besorgnisse hin mit den grundsatzlosesten tappenden Versuchen vertauscht hat, die unzweifelhaft die größten Gefahren im Gefolge führen. Man wird auch dort endlich zurückkommen von der gleich übertriebenen Furcht vor längerer und Erwartung auch von kurzer Einzelhaft, um so mehr als überall die reine und längerzeitige Einzelhaft in Großbritannien, wie auf dem Festland, vom besten Erfolg war, trotz vieler schweren Mängel ihrer bisherigen Einrichtung.

§. 40. Nordamerika.

Zu dem oben (§. 17) über den Gang der Gefängnißsache in Nordamerika Gesagten wollen wir noch Folgendes beifügen.

Die große Ungleichmäßigkeit und Verwirrung der dortigen Zustände, die große Abhängigkeit aller öffentlichen Einrichtungen von Parteiungen und den Stimmungen der Menge ist begreiflich der richtigen Lösung der Gefängnißfrage höchst ungünstig. Daher das häufige Herausfallen aus der folgerechten Anwendung der Grundsätze, auf die man gebaut hatte, ja mitunter das Zurückfallen in die elendesten Mißbräuche früherer Zeiten; daher konnten die alten erbitterten Gegner der Sonderhaft sich auch da nicht entschließen, einfach zu dieser überzugehen, wo sie endlich die Abscheulichkeit und Unhaltbarkeit des Schweigzwangs einsahen. Lieber erlaubten sie den Sträflingen nicht nur einige Unterhaltung, sondern ließen sich hier und da sogar zur Aufhebung der nächtlichen Trennung verleiten*). Man hatte in Rhode-Island und New-Jersey (Trenton) beim Bau, sowie in der Behandlung der Gefangenen, die gröbsten Fehler begangen (s. §. 24), ähnliche, wenngleich geringere, auch in Pittsburg und sogar in Philadelphia, in Folge deren man dort sich der Auburn'schen Haft zuwandte, hier aber, namentlich dem Mangel an Bewegung im Freien, oft auf eine Weise abzuhelfen suchte, die einem Opfern des Grundsatzes nahe kam. Daraus wird aber kein Verständiger etwas Anderes folgern, als daß man von Vorn herein solche groben Fehler vermeiden

*) S. Behrend, Geschichte der Gefängnißreform, 1859, S. 29—42. — Wäre der Verfasser dieser Schrift vertrauter mit dem Gegenstand gewesen als man es binnen Kurzem durch bloßes Lesen einer Anzahl von Schriften und Berichten werden kann, so würde er nicht überall dem Grundgedanken der Sonderhaft alles Das zur Last gelegt haben, was nur die gedankenlose Art trifft, in der man ihn hier oder dort zur Ausführung gebracht hat, und er würde nicht darauf verfallen sein, das Richtige in einem unklaren, zwitterhaften Mittelding von Trennung und Gemeinschaft zu suchen, in einer Klasseneintheilung mit schlechtem Umgang, anstatt mit gutem, wie letztere nur die Zellenhaft gewährt, in der jeder Einzele eine Klasse bildet, anstatt nach Gutdünken untrüglicher Büreaukraten in Gesellschaft von Seinesgleichen versetzt zu werden, die für sie und ihn als unschädlich vorausgesetzt wird! — Mittermaier (Gefängnißverbesserung S. 21 ff.) sagt viel Gutes über den Stand der Sache in den vereinten Staaten und dessen Gründe.

muß. Zudem begreift Jedermann, wie schwer bei der Entscheidung über die eine oder andere Haftart bei Yankeys der Umstand ins Gewicht fällt (s. S. 77), daß nicht selten Auburn'sche Gefängnisse sich freiarbeiten. Als einen Beweis ihrer bessernden Wirkung wird man Das freilich bei uns kaum gelten lassen, ebensowenig als die gute Gesundheit, deren die bei öffentlichen Arbeiten, sei es auch in der Karre oder dem Bagno, beschäftigten Sträflinge zu genießen pflegen; man wird überhaupt hoffentlich in stetiger, besonnener Anwendung für richtig erkannter Grundsätze weder durch amerikanischen Schwindel, noch durch englische tappende Routine sich beirren lassen.

Schwere Klage führen die pennsylvanischen Berichte zumal darüber, daß durch Mißgriffe der Gerichte so sehr viele offenbaren Schwachköpfe in die Strafanstalten kämen, anstatt in Zufluchthäuser, obwohl bei diesen Leuten von Gefängnißzucht gar keine Rede sein könne. Solcher Tröpfe seien von Anfang 1855 bis Ende 1859 unter 942 eingelieferten Sträflingen nicht weniger als 20,36 % gewesen, sagt der Jahresbericht von 1859*) für Philadelphia! Er theilt ferner mit, daß die Meisten der Insassen nicht nur an leiblicher Gesundheit zunahmen (Was um so leichter zu erklären ist, da fast die Hälfte aller neu Eingelieferten aus Säufern bestand), sondern 37 auch an geistiger. Durch den moral instructor nebst Gehülfen und den Beistand der Gefängnißgesellschaft geschehe so viel für geistige und sittliche Bildung wie wohl kaum irgendwo. Von 583 konnten am Jahresschluß 509 lesen und schreiben, 33 wenigstens lesen. In 30 Jahren (1829—1859) kamen auf 12,774 Gefangene (die Cholerazeit abgerechnet) 259 Todesfälle, d. h. 1,92 %, davon auf die letzten 10 Jahre nur 21 bei 4220 Gefangenen, also 0,95 %. Die große Mehrzahl erlernte ein Gewerbe; am Einträglichsten waren Holz- und Rohrarbeiten, dann Weber-

*) Er ist auch ins Deutsche übersetzt von A. Bauer. 1860. (Irrthümlich ist hier governor immer „Verwalter", anstatt „Vorsteher", übersetzt worden. Auch hätten die dortigen Gefängnißbesucher, die den Gefängnißzweck wesentlich fördern, nicht mit solchen Besuchern verwechselt werden sollen, durch welche nur die Angestellten in Anspruch genommen werden.)

und Schusterarbeit. Auf 23,466 D. Reinertrag mußten 4,142 D. zum Unterhalt zugeschossen werden. Von 3752 binnen 30 Jahren zum ersten Mal im Zellengefängniß Befindlichen sind 334, also 8,04 %, einmal rückfällig geworden, 55, also 1,32 %, zweimal, 11 dreimal, seit Kurzem (S. 110) 2 viermal. Obwohl nun aus nahliegenden Gründen in Amerika aus Rückfallzahlen weniger zu beweisen ist als irgendwo sonst, so sagt doch der Bericht unstreitig mit Recht, daß die auffallende Abnahme der Verurtheilungen im Vergleich zur starken Zunahme der Staatsbevölkerung sich jedenfalls eher aus der Zellenhaft, als aus Zufall, erklären lasse. Die Bevölkerung habe sich in 30 Jahren mindestens verdoppelt; dennoch seien 1835 in Philadelphia 235, dagegen 1859 nur 205 Gefangene aufgenommen worden. Von überhaupt etwa 1270 Sträflingen des Staates seien 1235 jetzt in Einzelhaft. Auf 11,163 Einwohner kömmt 1 Sträfling, auf 10,202 E. ein Geisteskranker, auf 10,568 E. 1 Geistesschwacher, — eine Uebereinstimmung, die der (überhaupt stark frenologisch gefärbte) Bericht besonders hervorhebt.

Noch gedenkt der Bericht der schweren Kämpfe, die die Einzelhaft habe durchmachen müssen, besonders zufolge der Unlust sie gründlich kennen zu lernen, der Feindseligkeit gegen alle Aeußerungen der Menschlichkeit in Bezug auf die vermeintlichen Feinde der menschlichen Gesellschaft, endlich der falschen Sparsamkeit. Allein sie habe gesiegt und „sei jetzt kein Experiment mehr"! Der Bericht warnt vor allen Gesetzen, die sich nicht mit dem Grundsatz der Einzelhaft vertragen, er erinnert daran, daß die Sonderhaft — diese durch die Erfahrung bestätigte „Eingebung" — durch ihre innere Kraft der höchsten Aufgabe entspreche: Ansteckung zu hindern, Reue, Hoffnung, Muth zu wecken und die Grundbedingungen zu gewähren für jede sichere Beförderung der Besserung, nämlich: genauestes Kennenlernen („Diagnose") der Einzelen und individualisirende Behandlung — anstatt der gewöhnlichen herabwürdigenden Behandlung en bloc und bloßen Ausbeutung. Voraussetzung der Einzelhaftbehandlung sei aber die Einsicht, daß jedes Verbrechen der Ausfluß eines wesenwidrigen Zustands des Menschen sei, der sich bessern lasse, wenn man sich bemühe um Erforschung seiner Triebfedern sowie der Einflüsse der Erziehung, überhaupt aller äußeren Einwirkungen auf den inneren Menschen, zumal von Seiten der geselligen Verbindungen.

§. 41. Frankreich.

Wir haben bereits früher gesagt, daß man in ganz Frankreich, als die gleichmäßige Handhabung der vorgeschriebenen Zucht und Ordnung nicht zum Ziel geführt hatte, 1839 nach dem Auskunftmittel einer Verschärfung der Zucht griff, zumal durch Zwang zum Schweigen. Da Dieß ebenfalls fehlschlug, aber die Sterblichkeit auffallend vermehrte, so legte die Regierung schon 1840 ein Gesetz zur Verbesserung der Gefängnisse vor, worin sie für die Angeschuldigten Einzelhaft vorgesehen hatte, bei den Verurtheilten aber sich freie Hand vorbehielt. Zufolge eines trefflichen Ausschußberichts von Tocqueville, der für durchgängige Einzelhaft war, erklärte sich jedoch in einem zweiten Gesetzentwurf der Minister Duchatel hiermit ganz einverstanden, und 1844 stimmte die Kammer der Abgeordneten nach reifen Berathungen mit großer Mehrheit zu. Ein Bericht des Ausschusses der Pärskammer ward zwar 1847 in demselben Sinne von Berenger erstattet, allein die Februarrevolution 1848 und ihre Folgen hinderten den Abschluß eines Gesetzes. Indeß alle auf Einander gefolgten Minister, alle Sachkundigen, Rechtsgelehrten und Aerzte (darunter namentlich die berühmten Irrenärzte Esquirol, Lelût, Pariset, Villermé, Baillarger) waren für die Einzelhaft und sind es geblieben. In Folge Dessen schritt deren Einführung inzwischen rasch voran und schon 1840 war bei den jugendlichen Uebelthätern in la Roquette mit ihr der Anfang gemacht worden. Bis 1852 waren 47 Gefängnisse mit 4850 Zellen schon bezogen (1853 waren 55 fertig) und 15 andere (1853 noch 11) im Bau, als plötzlich am 17. August 1853 ein Ministerialausschreiben, aus längst gerichteten Scheingründen, kund that, „daß die Regierung nun auf die Anwendung dieser Haftweise verzichte“. Ueber diese noch immer nicht ganz enträthselte

Maßregel, an deren Echtheit die dänische Regierung sogar nicht glauben wollte, gibt es unter den Sachkennern nur eine verurtheilende Stimme*). So gewiß dieselbe auch auf Jahre hinaus den Fortgang einer segenreichen Verbesserung, die im besten Zuge war, bedeutend störte, so vermochte sie doch nicht den alten elenden Zustand, auch da wo er bereits beseitigt war, zurückzuführen, ja sie schien Dieß nicht einmal zu wollen. Auch sind dessenungeachtet unterdessen die bereits begonnenen Departementalzellengefängnisse zum Theil ausgebaut worden, während es anderswo nur wegen der großen Kosten für die Departemente unterblieb. Bemerkenswerth aber bleibt es, daß gerade der Generalrath des Departements der Seine, und ebenso der von Seine und Oise sich aus den triftigsten Gründen nachdrücklich für das fernere Vorgehen auf dem Wege der Zellenhaft entschieden haben**). Daß aber auf die Dauer die Regierung bei dieser unglückseligen zweideutigen Maßregel nicht stehen bleiben kann, begreift auch in Frankreich Jedermann, und in der That weis't schon jetzt Manches auf ein allmähliches Einlenken hin.

§. 42. Die Schweiz, Belgien und Holland.

1) Von der Schweiz ist schon oben (§. 22 f.) das Nöthigste gesagt worden. Stete Schwankungen und Versuche, sowie zahlreiche Verkehrtheiten ergaben sich dort aus dem Mangel eines klaren Grundsatzes. In Lausanne hatte man in „ungeeignete Zellen" eingesperrte Gefangene durch Mucker bearbeiten und 13 von 103 um ihren Verstand bringen lassen; man ist daher (!) gegen „das System" (der Einzelhaft). In Genf brauchte man statt der Prügel die „weit empfindlichere" Douche (!), sperrte

---

*) So urtheilen z. B. David, Suringar, Varrentrapp, Dücpetiaux (avant-projet de loi S. 49), Vegezzi-Ruscalla (delle carceri e delle loro istituzioni complementari nel granducato di Baden. 1856) u. A. m. Berenger meint, die haltlosen Gründe des Rundschreibens seien vermuthlich wirthschaftlicher Art gewesen. Ohne Zweifel glaubt man im kaiserlichen Frankreich das Geld besser zu verwenden für Soldaten!

**) S. Congrès de bienfaisance de Francofort s/M. T. II, S. 358 ff.

Männer (außer dem Fall des Wunsches Gebildeter) nur bis zu 1 Jahr, Weiber ohne Zeitgränze, in die Zelle, brachte oft 2 oder 3 in dieselbe Zelle, mitunter monatelang unbeschäftigt und ohne Bewegung im Freien — und doch (!), fügt Jahn*) erstaunt bei, finden sich darunter 6 bis 7 Mal Rückfällige. Das einzige Unbegreifliche ist hier, wie Jemand sich darüber wundern kann! Gleich merkwürdig ist die Wahrnehmung eines dortigen Geistlichen, „daß die Gemeinschaft einen Antrieb zur Arbeit gebe und gegen Heuchelei schütze". Daß bei Beschlüssen über Gnade oder Strafverwandlung das Urtheil des Geistlichen gar nicht beachtet wird, ist so verkehrt wie möglich, so gut auch die Absicht dabei gewesen sein mag. Fest steht, daß man nothgedrungen, schon vor dem Bau des Zellengefängnisses, in der alten Auburn'schen Anstalt zu Genf, ebenso in der Schwesteranstalt zu Lausanne, die seit 1827 besteht, sowie in St. Gallen, in immer weiterm Umfang Einzelhaft anwandte, so daß hier sogar eine Erweiterung der Strafanstalt (St. Jakob) in diesem Sinn in Aussicht steht. Der frühere Vorstand, Mooser, hatte Dieß schon beantragt; sowie auch durch seinen Einfluß das neue Gefängniß zu Aarau neben Arbeitsälen, Schlafzellen und — einer Zellenkirche (!) auch Arbeitzellen für 1/5 der Insassen erhalten hat.

Ueberhaupt nirgends in der Schweiz ist bis heute ein volles Verständniß der Einzelhaft zu finden, die man z. B. in Bern nur als Abschreckungsmittel auffaßt und anwendet; überall, auch in Zürich und Solothurn, sucht man das Heil in höchstens nächtlicher Trennung und will, unter dem Vorwand der nothwendigen Individualisirung, die durchgehende nur ausnahmweise und sehr beschränkt — nämlich auf die erste Zeit der Haft, auf Hausstrafen und auf Störefriede — eintreten lassen. In Genf haben sich zwar der vieljährige Gefängniß-Geistliche und Arzt dahin ausgesprochen, daß die Zellenhaft ungleich bessere Erfolge gehabt habe als die Arbeitsäle, die daneben bestehen**); doch steht dahin, ob an die Stelle der 1862 zur

*) S. dessen Reisebericht S. 25.

**) S. Congrès de bienfais. de Francfort. 1857. Bd. II, S. 323 ff.

Erweiterung der Stadt niedergerissenen maison pénitentiaire eine andere bessere Anstalt gebaut werde.

2) In Belgien hatte man ebenfalls damit begonnen, in Gent, Vilvorde und Alost eine Anzahl Zellen in den alten Gefängnissen herzurichten, wozu allmählich, besonders durch Dücpetiaux'*) unermüdlichen Eifer, 10 kleinere und größere reinen Zellengefängnisse kamen, so daß 1860 im Ganzen in 16 verschiedenen Gefängnissen bereits 2790 Zellen bestanden. Rechnet man dazu 400 abschließbare eisernen Alkoven für Nothfälle und Durchzügler, so hat, nach Dücpetiaux, Belgien etwa die Hälfte seines Bedürfnisses bereits gedeckt, wenn man dieses, nach Abzug der jugendlichen Sträflinge, der Gebrechlichen oder sonst Ungeeigneten, zu 6000 Zellen anschlägt. Unter den Zellengefängnissen zeichnen sich besonders zwei aus, beide von dem zu früh verstorbenen Dümont gebaut, das zu Antwerpen mit 312 und das, freilich viel zu große, zu Löwen mit 600 Zellen. Bis zum Bau dieses letzteren war indeß die Zellenhaft in der Regel beschränkt auf Angeklagte sowie auf nicht zu mehr als einem Jahr Verurtheilte, auf besonders Gefährliche und auf die Anfangzeit der Strafverbüßung, — so daß nur ausnahmweise etwa 100 Sträflinge, zum Theil sehr lange (bis zu 13 Jahren), aber ohne Nachtheil, in der Zelle sich befunden hatten. Der Neubau zu Löwen ist aber für alle Sträflinge ohne Unterschied (ob forçats, réclusionnaires etc.) bestimmt, die zu mehr als 1 Jahr, aber nicht auf Lebenzeit verurtheilt, gesund und nicht unter 16 oder über 50 Jahre sind (!) und Aussicht auf Besserung geben (!) — und zwar auf Vorschlag der Generalprokuratoren, des Generalauditor oder auch der Vorstände und Ausschüsse der Zentralhäuser (!) **). Bestimmungen über die erforderliche Abkürzung der Strafe zufolge der Zellenhaft sind vorbehalten; einstweilen hilft Begna-

*) Ebenda S. 365 ff. und in seinen Schriften: des conditions d'application du système de l'emprisonnement séparé, 1857, und la colonisation pénale et l'emprisonnement cellulaire. 1860.

**) Alle diese fast durchaus verkehrten Bestimmungen enthält die Hausordnung für das Zellengefängniß zu Löwen.

digung ab. In Brügge, wo man allmählich das alte Gefängniß auf den Zellenfuß brachte, war in eben dem Maß Besserung des Gesundheitzustands wahrzunehmen. Auf 30,283 Köpfe, die bis zu Ende 1856 Zellenhaft durchgemacht hatten, fielen 6 Selbstmorde, die sämmtlich in den ersten Stunden oder Tagen der Haft vorkamen, ebenso wie 12 (bei fast sterbend Eingelieferten) von 59 Todesfällen, 5 erst in der Zelle entstandene Geistesstörungen, 2,412 Rückfälle, also 8%, und 2,992 Ordnungstrafen, also fast 10% auf 75% in den Zentralhäusern. Alle in Belgien gemachten Erfahrungen sprachen überhaupt eben so laut zu Gunsten der Einzelhaft, wie gegen die Auburn'sche Haft. Die fortwährend steigende Rückfälligkeit der aus letzterer Entlassenen hat daher auch die Regierung bestimmt, sich entschieden gegen den Versuch mit Arbeiten im Freien zu erklären und auf dem richtigen Wege stetig voranzuschreiten.

3) Dasselbe ist von Niederland zu erwarten*), wo man ebenfalls langsam, aber sicher vorwärts geht, obwohl erst nach manchen Schwankungen und Kämpfen. Auch hier, wie in Belgien, erweist sich der unglückselige, völlig zeitwidrige Code pénal in vieler Hinsicht hinderlich, wenn auch nicht wenige seiner größten Härten seit geraumer Zeit abgeschafft sind, namentlich die travaux forcés (deren Stelle, wo sie auf Lebenzeit erkannt waren, höchstens 20jähriges Zuchthaus ersetzen soll), die Brandmarkung, der Pranger und die dégradation civique. Ebenso hob man die Prügelstrafe auf. Ein neues Strafgesetzbuch ist indeß bis jetzt nach mehrfachen Anläufen noch nicht zu Stande gekommen, obgleich die Generalstaaten den ersten Theil des Entwurfs eines solchen, worin für Gefangene aller Art Sonderhaft bis zu 15 Jahren festgesetzt war, vorlängst bereits gutgeheißen hatten. So wenig über dessen folgende Theile eine Vereinbarung erzielt ward, eben-

*) S. über Holland Baumhauer im Congrès de bienf. de Francfort 1857 Bd. II, S. 387 ff. Suringar, Eene Stem uit Nederland etc. 1859. und Nieuwenhuis, de carcere cellulari. 1859.

sowenig über andere inzwischen vorgelegte Entwürfe*). Schon darin lag ein Hinderniß für ein rascheres und durchgreifenderes Vorgehen mit Verbesserung der Gefängnisse. Inzwischen hat die Zellenhaft doch namhafte Eroberungen gemacht, weniger in der Gesetzgebung als im Leben und in der öffentlichen Meinung. Ein Gesetz von 1851 ordnete Zellenhaft an für alle Untersuchungsgefangenen sowie für die korrektionell bis zu 1 Jahr Berurtheilten; ein anderes Gesetz. 1854 erweiterte diese Frist auf 2 Jahre, und zwar soll die in der Zelle zugebrachte Zeit doppelt angerechnet werden. Fast der gesammte Richterstand und die, Tausende von Mitgliedern zählende, Gesellschaft zur sittlichen Besserung der Gefangenen, größtentheils durch eigne Erfahrungen belehrt, haben sich entschieden für die Einzelhaft ausgesprochen. 1860 waren bereits 687 Zellen in Benutzung und zwar 65 für Sträflinge, 622 für Sicherheit- und Arrestgefangene. Dazu sind seitdem 152 weitere Zellen gekommen, und der Beschluß, ein größeres Zellengefängniß in Rotterdam zu bauen, ist gefaßt worden. Der gesammte fernere Bedarf an Zellen wird auf etwa 2560 veranschlagt, um die Zellenhaft ganz durchzuführen. Im Ganzen hatten Zellenhaft in Folge Urtheils bestanden 2259, wegen schlechten Betragens 201, auf ihren Wunsch 33, überhaupt aber nur 402 über 1/2 Jahr bis zu 1 Jahr. Auf 971 aus Zellenhaft Entlassene waren von 3, die geistig gestört schienen, an 2 schon wenige Tage nach ihrem Eintritt Zeichen solcher Störung zu bemerken; auf 4898 Zellengefangene während 8 Jahren in Amsterdam kam kein einziger Geisteskranker, wohl aber fielen 9 Selbstmorde vor. Während, wie in Belgien, bei den aus Gesammthaft Entlassenen die Zahl der Rückfälle fortwährend zum Theil stark zunahm, hat sich die Zahl der Rückfälligen, die schon ein- oder mehrmal Zellenhaft durchgemacht hatten, „nicht unansehnlich" vermindert, wie der amtliche Bericht sagt**), dessen Verfasser sonst kein

*) S. unsre Kritik des niederl. Str.G.B.-Entw. im „Gerichtsaal" 1860 Nr. 3.

**) Statistiek van het Gevangeniswezen over 1860. s'Gravenhage, 1862 (von Grevelink). Ebenda hat freilich Holtzendorff das Gegentheil entdeckt! s. dessen Strafrechtszeit. 1864 S. 42.

Freund der reinen Einzelhaft ist; sie betrug nur 114, also etwas über 4%, auf 2712 in den ersten 8 Jahren aus dem Zellengefängniß zu Amsterdam Entlassene. Die schlechten Erfolge der Gesammthaft in der Strafanstalt für jugendliche Verbrecher in Rotterdam lassen hoffen, daß man später oder früher dem Beispiel von la Roquette folgen wird, so wie man, mit glänzendem Erfolg, in „Niederländisch Mettray" bei Zütphen dem Beispiel von Mettray bei Tours in der Zucht noch jüngerer Taugenichtse gefolgt ist.

§. 43. Skandinavien, Polen und Rußland.

Für Skandinavien scheint die 1840 erschienene merkwürdige und ausgezeichnete Arbeit des damaligen schwedischen Kronprinzen Oskar*) zu Gunsten der filadelfischen Haftweise den kräftigsten Anstoß zum Einlenken in die Bahn des Fortschritts im Gefängnißwesen gegeben zu haben.

1) Schweden**) steht bis jetzt allen andern Ländern insofern voran, als seit 1862 dort jedes der 24 Aemter (Regierungsbezirke) sowie die Hauptstadt (die einen besonderen Regierungsbezirk bildet) ein Zellengefängniß für Untersuchungshaft und für Gefängnißstrafe bis zu 6 Monaten besitzt und außerdem 6 kleinere „Kronzellengefängnisse" vorhanden sind zu gemeinschaftlicher Benutzung für die Orte, wo sie sich befinden, und für die angränzenden „Harden". Der erste Uebergang von dem „unmenschlichen Elend der früheren Gemeinsamkeitgefängnisse", wie der berichtende Gefängnißausschuß sich ausdrückt, ward 1841 dort gemacht durch Bewilligung von 1,300,000 (nach der allg. Zeitg. 1,950,000) Reichsthalern, während nur 270,000 gefordert waren für diese Neubauten, die demnächst begonnen wurden. Dafür, daß der Hauptgrund der steten gefahrdrohenden Vermehrung der Sträflinge in der zweckwidrigen Beschaffenheit der früheren Amtsgefängnisse gelegen habe, wird die Thatsache angeführt, daß in gleichem Maß mit deren Be-

---

*) Ueber Strafe und Strafanstalten, übersetzt von Treskow 1840.

**) S. die Beil. zu Nr. 41 der augsb. allg. Ztg. 1863.

seitigung (schon 1846 waren 17 Zellengefängnisse mit 1257 Zellen im erfolgreichsten Gang) jedes Jahr die Zahl der Gefangenen abnahm, und zwar von 1845 — wo deren 6363 waren — bis 1857, wo deren Zahl 4557 betrug, fast um $1/3$, trotz eines Zuwachses der Bevölkerung des Landes von 550,000 Menschen. In den Strafanstalten für die längerzeitig oder gar (und deren ist eine beispiellos große Zahl!) auf Lebenzeit Verurtheilten besteht jedoch noch fast durchaus die alte elende Gesammthaft bei Tag und Nacht, sofern nicht auf dem Gnadenwege Zellenhaft verfügt wird. Doch ist zu hoffen, daß, sobald die dermalige den Fortschritt hemmende Strafgesetzgebung geändert sein wird, die Zellenhaft allgemeine Anwendung finde.

2) In Dänemark schlug man, unter dem überwiegenden Einfluß David's, der im Auftrag seiner Regierung auch die amerikanischen Gefängnisse besucht hatte, seit Ende 1841 unter Christian VIII. einen ähnlichen Weg ein wie in Schweden*). Man fing nämlich sehr verständig das Werk der Einführung der Einzelhaft von unten an, indem beschlossen ward, daß künftig nur sie in sämmtlichen 80 Gefängnissen für Angeklagte bestehen solle, daß mithin sofort die Arresthäuser von Seiten der Gemeinden, sei es durch Neubau oder durch Umbau, auf den Zellenfuß zu bringen seien. Die zufolge rascher Ausführung dieses Beschlusses gemachten Erfahrungen über die Vortheile der Zellenhaft für die Ermittlung der Wahrheit, also für das Strafverfahren, sowie für die Sittlichkeit, sprechen (nach David) so laut, daß auch alle früheren Gegner bekehrt sind und allerwärts darüber nur eine Stimme herrscht. Auch mußte bis 1857 in keinem einzigen Falle „aus Gesundheitrücksichten" die Zellenhaft aufgehoben werden. Der königliche Beschluß ging aber ferner in Hinsicht der Sträflinge dahin, daß „Besserung das Hauptziel der Reform der Strafanstalten ist und bleibt und dazu Vereinzelung als ein wesentliches Mittel anzusehen ist". Daraus wird dann abgeleitet und ward 1846

*) S. die Mittheilungen von David in Congrès de bienfaisance de Francfort. 1857. 2. Bd. S. 427 ff.

gesetzlich bestimmt, daß sie für alle nicht über 5 Jahre währende Strafhaft zur Anwendung kommen solle. Neuerlich war es aber im Werk Einzelhaft auf alle bis zu 6 Jahren Verurtheilten, mit Abkürzung um 1/3, also auf höchstens 4 Jahre, anzuwenden. Zwei von fünf Mitgliedern des niedergesetzten Ausschusses hatten folgerichtiger allgemeine Durchführung verlangt und den eingeschlagenen Mittelweg mißbilligt. Man schritt nun sofort zum Bau eines Zellenbesserungshauses bei Kopenhagen, das (nach Dümont's Plan) 1858 vollendet ward und 400 Zellen hat, dabei aber, gleich dem Zellengefängniß zu Bruchsal, zwei Räume, wo bei Tag Einige, deren körperlicher oder geistiger Zustand es erheische, — einer in dem gefaßten Beschluß vorgesehenen Einschränkung entsprechend — zusammen sein und, wenn möglich, arbeiten sollten. Zur Verdrängung der alten „Sklavenhäuser“ oder „Sklavereien“, worin die Karrensträflinge sich aufgehalten hatten, errichtete man, zum Theil durch Neubau, Auburn'sche Zuchthäuser, wo man die Züchtlinge fortwährend in kleine Abtheilungen (bis zu 20 Köpfen) sondert und sie nur zur Kirche und Schule mit Einander gehen läßt. Das größte dieser Zuchthäuser, zu Kopenhagen, faßt 700 Köpfe und hat in einem angebauten Flügel 48 Zellen. In diesen und in dem neuen Zellenhause ist bei 599 Gefangenen, die zum Theil über 4 Jahre Haft gehabt hatten, nur ein Fall von Geistesstörung vorgekommen. Ebenso hat das 1852 vollendete Zuchthaus zu Horsens für 400 Sträflinge 16 Zellen, und daneben befindet sich ein Korrektionshaus, dessen Zellenzahl nicht angegeben wird. Ein drittes Zuchthaus hatte wahrscheinlich zu Christianshavn erbaut werden sollen. Die eben erwähnten Zellen sind bestimmt: 1) zur Beherbergung auf ein Jahr der zu „strenger Zuchthaushaft“ Verurtheilten, 2) zur Verbüßung von Ordnungstrafen, 3) zur Aufnahme Solcher, die allein zu sein wünschen. Für die — hier, wie allerorten, zurückgesetzten — Weiber sollte (in Viborg) durchweg die Auburn'sche Haft beibehalten und überhaupt die Trennung der Züchtlinge von den Korrigenden sorgfältig aufrechterhalten werden! —

3) Norwegen *) konnte bisher, wegen seiner beschränkten Geldmittel: erst ein Zellengefängniß bei Christiania erbauen. Vorläufig sind von diesem, das auf 4 Flügel zu je 84 Zellen angelegt ist, erst 3 Flügel ausgebaut worden, die seit 1851 bezogen sind und im Durchschnitt täglich 230 Gefangene beherbergen. Das Haus hat keine Krankensäle, wohl aber für manche schweren Fälle besondere, größere, Krankenzellen. Eine besondere Zellen-Kirche und Schule fehlt, ebenso wie in Amsterdam, und findet nur kläglichen Ersatz z. B. durch Unterricht für je 20 oder 30 zugleich.

Den Grundgedanken der Einzelhaft hatte man überhaupt nie vollständig richtig erfaßt und „verwandte in den ersten 3 Jahren wenige Mittel für die geistige Beschäftigung". Hierin liegt denn auch wohl der Hauptschlüssel zu der „sehr häufigen gedrückten Stimmung", sofern diese nicht die bloße gewöhnliche Folge aller Gefangenschaft ist oder der vermöge des vielen Alleinseins in der Zelle überall hinzutretenden Beunruhigung durch die Regung des Gewissens. Daß hierin ein Grund zu ernstlichen Besorgnissen von Störungen der Gesundheit, besonders der geistigen, durchaus nicht lag, erhellt zur Genüge schon daraus, daß von 971 Gefangenen nur 2 (und zwar schon nach wenigen Tagen der Haft) wegen Spuren geistiger Störung entlassen werden mußten und die aufgetretenen Sinnestäuschungen „unbeschadet des Grundsatzes" geheilt wurden, daß überhaupt der Gesundheitzustand äußerst günstig war, bei nicht Wenigen sich sogar namhaft (gegen früher) besserte und eine Gewichtzunahme nach sich zog, daß die Sterblichkeit nur $^1/_4$ % betrug und ausdrücklich gesagt wird, daß, obgleich die dortigen Erfahrungen sich erst über $3^1/_2$ Jahr erstreckten, danach auch eine längere Haftzeit „unbedenklich" erscheine.

Dessenungeachtet gerieth man immer mehr in die falschen Wege Englands und fiel von der anfangs einigermaßen folge-

*) S. darüber den Congrès de bienfaisance de Francfort 1857. II. Bd. S. 438 ff. und Busch's Mittheilungen in der Zeitschrift für Staatsarzneikunde von Henke, fortges. von Behrend 77. Bd. S. 223 ff.

rechten Durchführung der Einzelhaft ab, anstatt am rechten Fleck zu helfen, besonders durch sinnige Gefangenarbeiten, geistig anregenderen Unterricht, ergänzt vermittelst entsprechender Bücher ꝛc., durch regelmäßige (nicht bloß auf den Fall der Krankmeldung beschränkte) Besuche von Seiten des Arztes und durch größere, beliebig zu öffnende Fenster. In einer unverkennbar ganz fehlgerichteten Vorsicht, der auch der Aufsichtausschuß einhellig beipflichtete,' ging man sogar soweit, oft selbst wegen bloßen Widerwillens gegen die Zelle aus dieser zu entlassen. Man glaubte genug gethan zu haben wenn man nur den gegenseitigen Umgang der Gefangenen hinderte. Daß sie aber Einander sähen, glaubte man nicht nur nicht (durch vorübergehende Gesichtverdeckung) hindern, sondern sogar befördern zu sollen (!), z. B. beim Gottesdienst und Unterricht oder beim Baden. Daß es aber sogar mit der Hinderung des Wechselverkehrs nicht streng genommen wird, erhellt schon daraus, daß man kein Bedenken trägt solche Arbeiten, denen Einer nicht gewachsen ist, durch Mehre verrichten zu lassen. Dieß Alles gehört aber doch schwerlich zu den „äußeren Bedingungen der Individualisirung", d. h. der mit Recht von dem Vorsteher da geforderten Ausnahmen, wo die Regel mit Erfolg nicht anwendbar wäre. Warum ihm aber z. B. ein ähnlicher Unterricht, wie in Bruchsal, für Christiania nicht „zweckmäßig" oder bei mehr als 1/4 der Gefangenen anwendbar erscheint, ist nicht ersichtlich; — vermuthlich nur darum, weil unter 216 eingebrachten Gefangenen 86 „Trunkfällige" waren, also fast 40 %. Da die Zellen, wie in Pentonville und Moabit, kleiner sind als in Bruchsal und ebensowenig so große, von den Gefangenen nach Bedürfniß zu öffnende Fenster haben, so zeigte sich, wie der Vorsteher selbst bemerkt, auch der Unterschied von Bruchsal, daß die Sträflinge denselben Drang nach frischer Luft im Sommer kund gaben wie in Pentonville, um so mehr als die Meisten von ihnen an grobe Arbeit im Freien gewöhnt waren. Diesem Drang suchte man denn dadurch abzuhelfen, daß man sie 2—3 Stunden lang im Hofe unter bedachten Holzhütten getrennt arbeiten ließ, sowie durch das (freilich ganz unzureichende) Anbringen von „Luftscheiben".

Die längste gesetzliche Dauer der Zellenhaft beträgt 4 Jahre. Auch Sträflinge, die nicht dem Zellengefängniß angehören, sollen zu Anfang und Ende der Haftzeit bis zu höchstens 3 Monaten Zellenhaft haben. Hier wie dort darf die gesetzliche Zeit nur auf eigenen Wunsch der Sträflinge, sofern Raum vorhanden ist, überschritten werden. In beiden Fällen soll aber, ohne allen Grund, die sonst an die Zellenhaft geknüpfte Kürzung, die 1/3 der Strafzeit beträgt, wegfallen. Auch verdient es alle Beachtung, daß der Vorsteher sich für Abkürzung um die Hälfte ausspricht, eine nicht zu große, sondern übersehbare, Zahl von Gefangenen und Unterstützung durch wohlthätige Vereine fordert.

Einstimmig rühmt man die durch die Zelle hervorgebrachte nachdenkliche milde Stimmung, Dankbarkeit, richtigere Würdigung des eigenen Verhältnisses zu den Nebenmenschen, sowie die guten Vorsätze der Gefangenen. Der Ordnungstrafen waren 1856 nur 11, 1857 — auf eine jährliche Gesammtzahl von 437 Gefangenen — sogar nur 5! Als äußerst günstig wird das Verhältniß der Rückfälle, mit etwa 20%, bezeichnet — wenigstens in Betracht des schwer wiegenden Umstands, daß die große Mehrzahl (nämlich unter den ersten 300 Entlassenen 48 von 53 rückfällig Gewordenen) früher schon ein- oder mehrmal in Gesammthaft war und oft nur noch kleine Strafreste hier zu verbüßen hatte (genau ebenso wie in Bruchsal). Am Günstigsten stellte sich das Verhältniß bei einer Zellenhaft zwischen 30 und 46 Monaten, wo es nur 8,6% betrug, während es in den „Sklavereien" von 1838 bis 1840 auf 85%, ja 1831 sogar auf 91,25% gestiegen war! —

4) Sichere Kunde fehlt uns über Das, was in Polen geschehen ist, seitdem 1835 in Warschau ein Zellengefängniß für Untersuchungsgefangene erbaut war, dem, als es sich bewährt hatte, drei andere folgten; ebenso über Rußland seit dem erschreckend ehrlichen Bericht, der dem ersten, und dem

gleißenden, der dem zweiten Gefängnißtag darüber erstattet worden ist (1846 und 1847). Begreiflich fehlt es in diesen Ländern, wo die Volksbildung noch so sehr weit zurück ist, zu großem Theil an jenen positiven Bedingungen, ohne die die Zellenhaft für Sträflinge nicht entfernt Das zu leisten vermag, was sie sonst leisten kann und soll. Einstweilen wird man sich dort mit Abschlagzahlungen an die Wahrheit und Nothbehelfen begnügen müssen. Immerhin haben strebsame jungen Männer auch dort bereits die ganze Bedeutung der Sache richtig erfaßt und berechtigen zu einigen Hoffnungen des Fortschritts auch auf diesem Gebiet.

§. 44. Italien, Portugal und Spanien.

1. Unter allen europäischen Ländern ist vielleicht Italien dasjenige, von dem zunächst für Verbesserung des Gefängnißwesens, wenn nicht überhaupt der Strafgesetzgebung, am Meisten zu hoffen ist, nicht etwa deßhalb weil von dort schon im vorigen Jahrhundert eine gewaltige Anregung zum Fortschritt (durch Beccaria) gegeben ward und einzele Versuche der Gefängnißverbesserung gemacht worden sind — z. B. zu St. Michele in Rom und durch ein Besserungshaus mit 140 Zellen, das zu Mailand 1766 für schwere Uebelthäter errichtet ward —, sondern weil dort schon seit einigen Jahrzehnten eine Reihe namhafter Männer für das Voranschreiten auf diesem Gebiet ihre Stimme erhoben haben*) und weil der feine Rechtsinn des italienischen Volks nicht, wie bei uns, durch die Fehlrichtung auf bloße rechtsgeschichtlichen Untersuchungen beirrt und verdüstert worden ist.

*) Genauer haben wir darüber berichtet in unserm Aufsatz über die neuesten Leistungen der Italiener auf dem Felde der Rechtsfilosofie in Mittermaier's krit. Zeitschrift für Gesetzg. und Rechtsw. des Auslands. 25. Bd. bes. S. 95 ff. 358 ff. — Vorzüglich merkwürdig sind die saggi di filosofia civile tolti dagli atti dell' accademia di filosofia italica. Gen. 1852. S. 197—220. Völlig mit uns überein stimmen die Ausführungen Conforti's über Besserungstrafe oder Straferziehung, die er an die Stelle der bisherigen Strafquälereien gesetzt wissen will, und zwar vermittelst der Einzelhaft. F. Carrara und P. Ellero aber sehen noch nicht klar.

Den ersten Anstoß gab dort, wie in manchem Andern, so auch hier Toskana, besonders zufolge der Bemühungen des Marchese Torrigiani, der durch Besuche auswärtiger, auch amerikanischer, Gefängnisse sich die nöthige Sachkenntniß erworben hatte. Man machte den Anfang mit nächtlicher Trennung, führte sodann schon 1845 bei jugendlichen Verbrechern durchgehende Absonderung ein, endlich, besonders auf Peri's Betrieb, durch das Strafgesetzbuch von 1853 in allen Strafanstalten*), in der Ueberzeugung, daß nur davon gründliche Abhülfe zu hoffen sei. Aus Peri's Schriften sowie aus den amtlichen Berichten erhellt, daß die günstigen Erfolge den gehegten Erwartungen vollkommen entsprachen, indem z. B. binnen 10 Jahren kein Fall von Selbstmord vorkam und die Rückfälle nur 7 % betrugen. Uebrigens bleibt dort noch sehr Vieles zu wünschen übrig, z. B. in Hinsicht des Unterrichts und der Gefangenarbeiten, der Kost u. s. f. Der Hauptgrund vieler Krankheiten und Todesfälle lag aber ohne allen Zweifel theils in sehr ungesunder Lage, theils in höchst mangelhafter Einrichtung, besonders Lüftung, der alten in Zellengefängnisse umgewandelten Gebäude. So sank, sobald dem Mangel an frischer Luft in den, übrigens geräumigen, (Kloster-) Zellen des Gefängnisses alle murate zu Florenz abgeholfen war, die vorher große Sterblichkeit rasch auf etwa 1/4, wie uns der Vorsteher versicherte. Daß übrigens eine ganz strenge Durchführung bis jetzt nicht erreicht ist, davon haben wir uns selbst überzeugt, sowohl in der Schule als z. B. beim Waschen; überdieß wird es bezeugt durch einen 1862 in Volterra ausgebrochenen Aufstand, der andern Falls unmöglich gewesen sein würde. Vollends hatte 1860 ein Gesetz für längerzeitig Verurtheilte nach Ablauf 10jähriger Einzelhaft gemeinsame Arbeiten verfügt.

Im Königreich Sardinien folgte man dem Vorgang von Toskana, vorzüglich auf Betrieb des Grafen Petitti (der frei-

---

*) S. das Regolamento fondamentale degli stabilimenti penali, 1853, in französ. Uebers. im Congrès de bienfaisance de Francfort 1857, II. Bd. S. 278 ff.

lich nicht über den Auburnianismus hinauskam) und des Generalinspektors der Gefängnisse Veaezzi-Ruscalla. Auch hier begann man es mit der Absonderung bei Nacht zu versuchen und baute 5 große Auburn'sche Strafanstalten. Als diese aber, aller Sorgfalt unerachtet, in der Hauptsache schlechte Früchte brachten, wandte man sich entschieden der Einzelhaft zu und beschloß 1857, wie Vegezzi-Ruscalla berichtet*), zunächst dem Vorgang des kleinen Baden, nicht des großen Frankreich, zu folgen durch den Bau von 3 großen Zellengefängnissen, nämlich 2 in Turin und 1 in Genua, und zwar für Untersuchungshaft und Strafhaft bis zu einem Jahr. Das unverkennbare Haupthinderniß für jedes rasche und erfolgreiche Fortschreiten auf dem guten Wege liegt dort bis heute in einem 1859 veröffentlichten zeitwidrig harten und mit dem Geist der Einzelhaft in schreiendem Widerspruch stehenden Strafgesetzbuch, worin z. B. die Galeerenstrafe beibehalten ist, den auf Lebenszeit Verurtheilten die härtesten Arbeiten aufgelegt werden sollen 2c.

Indeß ward zu Anfang des Jahres 1862 in Turin ein Ausschuß von 12 ausgezeichneten Männern (unter denen sich auch Peri befand) niedergesetzt, um über das Gefängnißwesen zu berathen und einen Gesetzentwurf darüber auszuarbeiten, der jetzt in 40 Paragrafen vorliegt**). Danach sollen künftig alle Gefangenen durchgehend gesondert werden, mit Ausnahme junger, in Rettungsanstalten unterzubringender Leute, der zu Geisteskrankheiten Geneigten, der bloß polizeilich Verurtheilten und der Siebziger — (letzteres Beides ohne genügenden Grund). Ebenso sollen sie Alle, mit einziger Ausnahme der Relegirten und Staatsverbrecher, arbeiten; die Absonderung soll jedoch nicht über 14 Jahre währen und eine Abkürzung der Strafzeit in steigendem (aber viel zu gekünsteltem) Verhältniß nach sich ziehen.

*) Delle carceri e delle loro istituzioni complementari nel Granducato di Baden, 1856.

**) S. darüber Mittermaier's Bericht in Holtzendorff's deutscher Strafrechtszeitung, 1863, 6. Heft

Nach Ablauf von $^3/_4$ der Strafzeit soll bei Gebesserten eine bedingte Freilassung sich anschließen. Eine Reihe von Bestimmungen über die Vollziehung der Einzelhaft, z. B. Besuche durch die Angestellten, die Mitglieder von Besserungsgesellschaften, Verwandte, über Hausstrafen ꝛc. sind fast durchweg sehr verständig.

Unter den Gründen für diesen Entwurf wird unter Anderm bemerkt: daß ebendie Ursachen, die eine Besserung hinderten, auch gleichgültig machten gegen die Strafe. Viele hätten das entsittlichende, ehrtödtende Bagno sogar der Auburn'schen Haft vorgezogen, obwohl diese doch nicht einmal den Wechselverkehr ganz habe hindern können. Beide Haftarten werden daher entschieden (die letztere mit 11 gegen 1 Stimme) verworfen. Die Behauptung einer Gefahr aus dem Zellenleben für den Geist wird für einen Irrthum erklärt. Auch habe die Erfahrung genügend dargethan, daß bei Frauen und bei Süditalienern eine solche Gefahr ebensowenig bestehe wie bei Anderen. Man erklärte sich ferner mit Recht gegen die Verwandlung der zweiten Strafhälfte in den Aufenthalt auf einer nahen Insel zu gemeinschaftlichem Feldarbeitbetrieb, der zur vermeintlichen Vermittlung des Uebergangs in die Freiheit vorgeschlagen war; und so darf man hoffen, daß die klaren Köpfe Italiens durch das unklare Durcheinander des ihnen so dringend empfohlenen s. g. gemischten Systems und der „polizeilichen Idylle" (Hägele) der ackerbautreibenden Strafkolonien, nach dem Zuschnitt etwa der irländischen Strafübergangsanstalten, sich nicht werden verwirren lassen. Mit Grund erkannte man hingegen in der bedingten Freilassung eine Art der Strafkürzung, die bei Gebesserten dem Recht durchaus entspreche und mehr gegen Rückfälle sichere als die Begnadigung, und man wollte die Aussicht auf sie, als kräftige Aufmunterung zur Besserung und weil an keinem Menschen zu verzweifeln sei, sehr richtig auch den auf Lebenszeit Verurtheilten nicht versagt wissen.

Daß man jedoch, ungeachtet so vieler feinen Bestimmungen und richtigen Ahnungen, noch immer nicht ganz klar und scharf als den eigentlichen Kern und Grundgedanken aller Strafe, also auch der Einzelhaft, die Gewährung der äußeren Bedingungen der Umstimmung des widerrechtlichen Willens — der Besserung — erkannt hat, zeigt sich in Manchem, z. B. darin daß man eine „Ergänzungsstrafe“ für Ungebesserte unvereinbar mit dem Recht hielt, während sie doch nur eine ebenso unabweisliche strenge Folgerung aus dem Rechtsgrund der Strafe ist wie umgekehrt die Strafkürzung für Gebesserte; es zeigte sich ferner darin daß man, unbegreiflich genug, wähnte, das haltlose Chaos der gesetzlichen Arten der Freiheitstrafe beibehalten und mit der vollen Durchführung der Einzelhaft im rechten Geist vereinigen zu können, obwohl man die Hauptgrundlage jener Eintheilung mit der Entehrung zu zerstören für nöthig hielt.

2. Höchst beachtenswerth sind auch die Bestimmungen in Hinsicht der Freiheitstrafen und ihres Vollzugs im Entwurf des allgemeinen Theils des Strafgesetzbuchs für **Portugal** von 1859*). Dieser Entwurf zeichnet sich dadurch vor allen andern Gesetzgebungsarbeiten aus, daß er offen die Besserung als Strafzweck an die Spitze stellt — wie wir es auf dem Frankfurter Kongreß 1857 beantragt hatten**) — und nur auf diesem gründlichen Wege auf Sicherstellung gegen Rückfälle hingewirkt wissen will, den er allein für verträglich mit der Menschenwürde hält. In folgerechter Durchführung dieses Grundsatzes soll dann die Strafe bestimmt werden und, streng richtig, ebenso Verlängerung (d. h. ein Strafzusatz) als Abkürzung (mittels bedingter Freilassung) eintreten je nachdem bei Ablauf der Strafe deren Zweck noch nicht, oder schon vorher, erreicht war***). Mit

*) Etwas näher berichtet über diesen Entwurf **Mittermaier** im Gerichtsaal, 12. Jahrg. 1860. S. 209 ff.

**) S. unsern „Strafvollzug 2c.“ S. 80 f.

***) Wenn es richtig wäre, wie **Mittermaier** (am eben a. O. S. 222) will, daß Zusatzstrafen „in Widerspruch mit der Natur des Strafurtheils“ ständen, dann würde Dieß **handgreiflich ganz ebenso** auch von der Strafkürzung durch bedingte Freilassung gesagt werden müssen. Allein in beiden Fällen besteht ein Widerspruch nur mit einem solchen Strafurtheil, das, gleich einem blind waltenden Verhängniß, lediglich als ein unvermeidliches

Recht soll auch den auf Lebenszeit Verurtheilten nach 12 Jahren bedingte Freilassung zu Gut kommen, allen Uebrigen aber nach Ablauf von 2/3 ihrer Strafzeit, falls eine Bürgschaft für deren Beschäftigung und Unterhalt vorhanden ist.

Folgewidrig und wider Willen läßt der Entwurf einstweilen die Todesstrafe für s. g. „Unverbesserliche", die über 21 Jahre sind, stehen, während er den bürgerlichen Tod und die „besserungswidrige" Polizeiaufsicht verwirft. Ebenso sollen vorläufig für die Verdorbensten, die über 20 Jahre sind, öffentliche Arbeiten beibehalten und Jene in Klassen getheilt werden. Für jugendliche Uebelthäter sind besondre Besserungstrafanstalten, zumal mit Landwirthschaftbetrieb, bestimmt; für alle übrigen Verbrecher eine (mit Rücksicht auf die Beschlüsse des Frankfurter Gefängnißtags von 1857) verständig eingerichtete Zellengefängnißstrafe, nur daß geistlichen Orden die sittlich-religiöse Fürsorge anvertraut werden soll. Von einem des Grundsatzes, von dem ausgegangen ist, geradezu spottenden Verderben des durch die Einzelhaft Gutgemachten durch eine darauf folgende Gesammthaft, sei es auch unter dem bestechenden Namen einer Uebergangstrafanstalt (nach dem unbegreiflichen Vorgang von Irland und Oldenburg) hat man sich erfreulicher Weise fern gehalten. Jedenfalls bezeugt der Entwurf, welchen weiteren Verlauf die Sache auch nehmen möge, ein ernstes Bestreben eines mannichfach zurückgebliebenen Volks die andern Völker nicht nur einzuholen, sondern zu überholen in richtiger Benutzung der Früchte ihrer geistigen Gesammtarbeit auf diesem Gebiet*).

3. Vorzeichen eines gleichen Bestrebens lassen sich auch in Spanien erkennen, das sich bisher mit einer halbwegs erträglichen Gesammthaft begnügen mußte, deren vielgepriesenes Muster

---

Opfer erscheint, das einem selbstgezimmerten Götzen der Gerechtigkeit gebracht wird. S. oben §. 8.

*) Ein Beisitzer der Kommission: Souza d'Azevedo war Mitglied der Abtheilung für das Gefängnißwesen zu Frankfurt 1857; ein anderer: Levy Maria Jordão hat sich (in seinem cours de droit pénal, Lisbonne. 1858, p. 41) offen zu unsern Grundsätzen über Besserungstrafe bekannt.

in Valencia zu finden ist. Unsere Hoffnungen von Spanien knüpfen sich vorzugweise an den Umstand, daß kein andres Volk von einem so tiefen Gefühl für Menschenwürde durchdrungen ist, und daß dort nicht bloß, wie in Italien, richtige Gedanken von Recht und Staat, sondern überhaupt richtige leben- und zukunftvolle filosofische Ueberzeugungen, in Folge deutscher Einflüsse, ungleich tiefere Wurzeln geschlagen haben als in Deutschland selbst. Zum ersten Mal seit jener Zeit, wo Ramon de la Sagra durch seine Reisen und Schriften den ernstlichsten Eifer für das Gefängnißwesen bethätigt hatte*), trat im Oktober 1863 eine allgemeine rege Theilnahme für Besserungstrafe und Besserungstrafanstalten hervor, wie eine Reihe von Aufsätzen**) in der Zeitschrift von Caj. de Estér: La escuela del derecho T. I bis IV seit 1863, sowie der erfolgreiche, von deren Herausgeber ausgegangene, Aufruf zu Bildung eines Vereins für die Verbesserung des Gefängnißwesens darthut***). Dazu kömmt der erfreuliche, in dieser Zeitschrift nach seiner ganzen Bedeutung hervorgehobene Umstand, daß Pacheco, der sich ebenda am Nachdrücklichsten gegen die elende dermalige Beschaffenheit der spanischen Gefängnisse, auch der Untersuchungsgefängnisse, ausgesprochen hat, seitdem an die Spitze des Justizministeriums getreten ist.

---

*) Eine der ergreifendsten Reden, die wir je gehört haben, war die von diesem Spanier auf dem Brüsseler Gefängnißkongreß des Jahres 1847 gehaltene. S. Débats du congrès pénitentiaire de Bruxelles 1847. S. 44 f.

**) Darunter befinden sich auch mehre Uebersetzungen italienischer und deutscher Abhandlungen. Wir freuen uns, daß diese Ehre auch einigen unserer einschlagenden Arbeiten widerfahren ist und daß sie zu weiteren Untersuchungen den Anstoß gegeben haben, wie der Aufsatz von Romero y Giron im 2. Bd. der Zeitschrift zeigt, S. 91 ff.: Estudios acerca de la naturaleza y fin de la pena, basados sobre los opusculos „Si la pena debe ser un mal“ — „De la pena que mejora“ por Car. Dav. Aug. Roeder — und dessen Forts. S. 244 ff. u. Bd. III S. 78 ff.; sowie im IV. Bd. S. 233 ff. die Uebersetzung des Nachtrags unserer Abh. de quaest: an poena malum esse debeat aus unserm „Strafvollzug ꝛc.“ S. 55 ff.

***) S. Bd. I S. 393 und Bd. II S. 191.

Deutschland, nebst Oestreich und Preußen.

§. 45. Mecklenburg.

In der mecklenburgischen Landesstrafanstalt Dreibergen bei Bützow bestand schon seit 1839 neben Auburn'scher Gesammthaft mit 164 Nachtzellen, theilweise auch eine halbe Einzelhaft in 192 Arbeitzellen, die freilich jämmerlich beschaffen, um die Hälfte zu klein, schlecht gelüftet und geheizt sind*). Man beobachtet dort ein Verfahren, das einigermaßen den Vorschlägen Aubanel's und den neueren englischen Vorgängen entspricht: man bringt nämlich alle Neueintretenden mindestens auf ein Jahr in Sonderhaft, — wo sie zum bei Weitem größten Theil mit Spinnen die Zeit todtschlagen — überhaupt aber auf solange als es nöthig und in Rücksicht der Gesundheit möglich erachtet wird. Außerdem kommen in die Zelle Jene, die man wegen ihrer schlechten Aufführung während der nachfolgenden Gesammthaft zurückzuversetzen für gut findet, sowie die zu lebenlangem Zuchthaus begnadigten Mörder, endlich alle Solchen, die man wegen Krankheit oder höheren Standes (!) schonen zu müssen glaubt. Von einer Durchführung der Trennung ist weder bei dem Spaziergang die Rede, noch in der Schule und Kirche, ja nicht einmal durchweg bei der Arbeit; mitunter werden sogar Zwei in dieselbe Zelle versetzt, — gewiß das Schlimmste was man thun kann. Eine solche Arbeitgemeinschaft wird ausnahmweise entweder „aus Gesundheitrücksichten" oder wegen Mangels an Raum verfügt, im letzten Fall also wenigstens gewiß nicht, wie doch vorgegeben wird, des nothwendigen Individualisirens halber. Auf diese höchst verkümmerte Einzelhaft

---

*) Während man anderswo (z. B. in Holland, in Florenz) zur bessern Lüftung, bei mangelhafter Fenstereinrichtung, zum Kläffen der Thür um etwa 1/2 Fuß, unbeschadet ihres Verschlusses durch eine Kette, gegriffen hat, wendet man hier mitunter (auch um das Gefühl der Vereinsamung zu schwächen), statt der Thür, ein bloßes Gitter an, wie Das auch in Genf geschehen ist.

— der es, wie Diez richtig sagt*): „so ziemlich an Allem fehlt was die Einzelhaft einerseits erträglich und anderseits wirksam für die Besserung zu machen vermag" — folgt, als zweite Strafstufe, ein schweigsames Zusammenarbeiten mit Vereinzelung nur beim Essen und Schlafen, und nur ein Paar Wochen vor Ablauf der Strafzeit kehrt man, des nachhaltigern Eindrucks wegen, wieder zur Zellenhaft zurück.

Zu den vorhin erwähnten groben Mißständen der äußeren, zumal baulichen, Einrichtungen dieser Zellenhaft kommen aber noch viele anderen Verkehrtheiten hinzu, namentlich eine klägliche Beschränkung der Besuche, des Unterrichts und Gottesdienstes. Zu letzterem läßt man, um nicht dadurch das „Leidensgefühl", was die Strafe hervorzurufen habe, allzusehr zu schwächen (!), die Sträflinge nur alle drei bis vier Wochen zu. Man beschäftigt sie auf die geisttödtendste und obendrein ungesundeste Weise fast ausschließlich mit Flachsarbeiten, und zumeist mit Spinnen**). Trotzdem sollen die Erfolge auch der langwierigen Einzelhaft (die bis zu 16 Jahren angewandt war) so gut gewesen sein, so schwer begreiflich Dieß auch ist, daß Wick, der früher Gesundheitbedenken bei ihr hegte und sie nicht allgemein eingeführt wissen wollte, in seinen neueren Schriften sich für ihre allmählich erweiterte Anwendung erklärte. Von 11 binnen 7 Jahren vorgekommenen Wahnsinnfällen wird bestimmt versichert, daß sie meist würden vermieden worden sein, wenn der Arzt, der nur nebenbei die Anstalt besucht, rechtzeitig die Störung erkannt und in Folge Dessen für Versetzung der Erkrankten in's Irrenhaus gesorgt hätte***).

---

*) Ueber Verwaltung und Einrichtung der Strafanstalten mit Einzelhaft. S. 38. — Was die spärlichen Besuche für den Zellensträfling bedeuten können, erhellt schon aus der sinnlosen Bestimmung des Reglements (die mit der auch für Moabit beibehaltenen des Rawiczer Reglements nahe verwandt ist): daß Derselbe Nichts weiter zu sprechen hat als wonach er gefragt wird.

**) S. unsern „Strafvollzug" S. 317 f.

***) Vgl. v. Zahn, Reisebericht S. 6.

§. 46. Baden.

Den größten und entscheidenden Schritt vorwärts that, wie Vegezzi-Ruscalla richtig sagt, das kleine Baden, dessen Erfahrungen für uns begreiflich ungleich wichtiger und maßgebender sind als alle außerhalb Deutschlands gemachten und deßhalb etwas näher erörtert werden müssen.

Nach mehrfachen, oben schon berührten, völlig gescheiterten Versuchen mit Einrichtung von Abtheilungen, Stillschweigen und nächtlicher Trennung legte zu Anfang 1845 die Regierung der zweiten Kammer einen Gesetzentwurf zu Gunsten der Einzelhaft vor, zu dem Welcker in seinem vortrefflichen Ausschußbericht mehre Abänderungen vorschlug, worauf die Regierung einging, hauptsächlich in Bezug auf die Zeit der Arbeit, der Erholung, des Spaziergangs, die von 10 auf 6 Jahre ermäßigte längste Dauer der Einzelhaft und die mit dieser zu verknüpfende Abkürzung um $^1/_3$, anstatt um $^1/_4$. Dem so veränderten, wenn auch nicht durchweg — wenigstens nicht hinsichts der längsten Dauer — verbesserten, Entwurf trat die zweite Kammer fast und die erste ganz einstimmig bei. Das so zu Stande gekommene, am 6. März 1845 veröffentlichte Gesetz ist so einflußreich, mithin geschichtlich merkwürdig geworden, daß wir nicht unterlassen dürfen es wörtlich hier folgen zu lassen.

Gesetz über den Vollzug der Zuchthausstrafe im neuen Männerzuchthaus zu Bruchsal.

§. 1. Die gegen Personen männlichen Geschlechts erkannte Zuchthausstrafe ist künftig, soweit es der Raum des zu Bruchsal erbauten Männerzuchthauses gestattet, unter den im folgenden §. 5 festgesetzten Beschränkungen dergestalt zu vollziehen, daß jeder Sträfling in eine besondre Zelle gebracht und hier bei Tag und Nacht außer Gemeinschaft mit andern Sträflingen gehalten wird.

§. 2. Die Sträflinge werden mit Ausnahme der Sonn- und Feiertage beschäftigt. Sie erhalten, soweit sie Dessen noch bedürfen, Unterricht in einem Gewerbe und in den Gegenständen, die in den Volkschulen gelehrt werden.

§. 3. Jeder Sträfling wird in seiner Zelle täglich wenigstens sechsmal besucht.

Es werden hierbei die Besuche der Werkmeister, der Aufseher, gleich jenen der Geistlichen, der Aerzte, der Lehrer, der Direktionsmitglieder, der Inspektoren, der Bekannten und Verwandten des Sträflings und anderer Personen, welche Zutritt erhalten, mit in Rechnung gebracht. Besuche von Personen, die nicht bei der Anstalt angestellt sind, noch sonst im öffentlichen Interesse zum Besuche derselben die Ermächtigung erhalten, kann sich der Sträfling verbitten.

§. 4. Jeder Sträfling darf täglich wenigstens eine halbe Stunde in einem dazu bestimmten Raume im Freien sich Bewegung machen.

In der zur Erholung bestimmten Zeit ist dem Sträfling gestattet, sich auch mit Lesen und auf andere mit der Hausordnung verträgliche Weise zu beschäftigen. Von Zeit zu Zeit kann er auch, soweit es für den Strafzweck unnachtheilig ist, an Freunde oder Verwandte Briefe schreiben oder solche von denselben empfangen.

§. 5. Die völlige Absonderung (§. 1) darf die Dauer von sechs Jahren nicht übersteigen. Haben Sträflinge eine längere Strafzeit zu erstehen, so ist ihre völlige Absonderung auf sechs Jahre beschränkt, es wäre denn daß sie die Fortdauer derselben ausdrücklich verlangen. Ohne solches Verlangen findet die völlige Absonderung auch nicht gegen Sträflinge Statt, welche in das siebenzigste Lebensjahr eingetreten sind.

§. 6. Insoweit nach dem vorhergehenden §. 5 einzele Sträflinge der völligen Absonderung nicht unterworfen bleiben, wird je eine Mehrzahl derselben in bisheriger Weise im nämlichen Arbeitsale beschäftigt. An Sonn- und Feiertagen, sowie an Werktagen, bis zum Anfang und nach Umfluß der Arbeitzeit, darf gleichwohl Keiner seine besondere Zelle verlassen. Die Abtheilung geschieht mit Rücksicht auf die persönlichen Eigenschaften der Sträflinge.

Die Vorschrift des §. 4 findet auch hier Anwendung.

§. 7. Zwei Monate, in völliger Absonderung (§. 1) erstanden, gelten für drei Monate gewöhnlicher Strafzeit.

§. 8. Von dem Zeitpunkte an, wo gegenwärtiges Gesetz in Wirksamkeit tritt, haben die Gerichte alle Zuchthausstrafen gegen Mannspersonen zwar nach den Bestimmungen des Strafgesetzbuchs so auszumessen, wie wenn sie in bisheriger Weise zu erstehen wären, im Urtheile aber zugleich zu bestimmen, auf welche Dauer die hiernach erkannte Strafe mit Rücksicht auf die §§. 5 und 6 nach dem im §. 7 angegebenen Verhältnisse herabzusetzen sei. Die Entscheidungsgründe enthalten die Minderungsberechnung.

§. 9. Mit dem Eintritt des nämlichen Zeitpunkts (§. 8) werden auch die in den jetzigen Zuchthäusern befindlichen Sträflinge in das neue Zuchthaus verbracht und für den Rest ihrer Strafzeit der Absonderung nach Maßgabe der §§. 1 bis 7 unterworfen; ebenso Diejenigen, gegen welche eine Zuchthausstrafe schon vorher erkannt, allein noch nicht zum Vollzug gekommen war.

Fehlt es in dem neuen Zuchthaus an Raum, um Alle gleichzeitig unterzubringen, so bleiben zunächst Diejenigen ausgeschlossen, deren übrige Strafzeit früher als die Strafzeit Anderer ablaufen wird. Von den Sträflingen, deren Strafzeit noch länger als ein Jahr dauert, bleiben jedoch zuerst Diejenigen ausgeschlossen, deren Strafzeit später als die Strafzeit Anderer abläuft.

§. 10. Hat ein Sträfling zur Zeit, wo dieses Gesetz in Wirksamkeit tritt, an der gegen ihn erkannten zeitlichen Zuchthausstrafe schon zwölf Jahre erstanden, so wird er der völligen Absonderung (§. 1) nicht mehr unterworfen, es sei denn daß er es ausdrücklich verlange. Dasselbe gilt in Beziehung auf diejenigen Sträflinge, welche schon vor jenem Zeitpunkt zu lebenslänglicher Zuchthausstrafe verurtheilt wurden; im Falle der Absonderung werden ihnen, gleich andern Sträflingen, die schweres Zuchthaus zu erstehen haben, die Ketten abgenommen.

§. 11. Hinsichtlich der im §. 9 gedachten Sträflinge, sowie hinsichtlich Derjenigen, welche die völlige Absonderung, beziehungsweise deren Fortdauer nach §. 5 oder §. 10 besonders verlangen, hat dasjenige Gericht, welches in erster Instanz über ihr Verbrechen erkannte, auf Veranlassung des Justizministeriums die Strafminderung (§. 8) zu berechnen und das Ergebniß in einem Dekret auszusprechen. Dieses Dekret ist den Sträflingen vor dem Eintritte des veränderten Strafvollzugs gerichtlich zu eröffnen.

§. 12. Der Aufsichtrath, zu dessen Mitgliedern, außer der als Inspektor zu bestellenden Gerichtsperson und außer dem Direktor, den Aerzten und Geistlichen der Anstalt, auch noch andere Staatsbürger ernannt werden können, ist ermächtigt, Sträflinge, deren leidender körperlicher oder Seelenzustand es nöthig macht, auch während der im §. 5 bestimmten Zeit in gemeinsamen Arbeitsälen beschäftigen zu lassen. Es ist jedoch hierzu die vorgängige oder in dringenden Fällen die nachträgliche Genehmigung des Justizministeriums einzuholen.

§. 13. Ebenso kann der Aufsichtrath, jedoch nur mit vorgängiger Genehmigung des Justizministeriums, einzele Sträflinge auf deren Ansuchen auch ohne die Voraussetzungen des §. 12 schon vor Ablauf der im §. 5 bestimmten Frist, jedoch nicht früher als nachdem sie wenigstens achtzehn Monate in völliger Absonderung zugebracht haben, in gemeinsamen Arbeitsälen (§. 6) beschäftigen oder unterrichten lassen, sofern und solange er nach ihrem Betragen und ihren Eigenschaften ihr Beisammensein für unnachtheilig hält*).

---

*) Auf diese Zeitbestimmung war England sichtlich von Einfluß, Was um so weniger gerechtfertigt war, als dort von Anfang an die Einzelhaft nur als eine Vorbereitung, zum Behuf der nothdürftigsten Zucht Derer aufgefaßt worden ist, die zur Verbringung verurtheilt waren, an deren Stelle jetzt öffentliche Arbeiten in der Heimat (penal servitude) getreten sind. Graf

§. 14. Die Zeit, welche der Sträfling nach Maßgabe des §. 12 an der Stelle der völligen Absonderung in gemeinsamen Arbeitsälen zubringt, wird ihm gleichwohl ebenso angerechnet, wie wenn er sie in völliger Absonderung zugebracht hätte.

§. 15. Für angemessene Beaufsichtigung der Strafanstalt, für Erhaltung einer gesunden Luft, Erwärmung und Erleuchtung der Strafzellen und Arbeitsäle, für gesetzliche und humane Behandlung, für gesunde Ernährung, Bekleidung und Lagerung der Sträflinge, für zweckmäßige Einrichtung des Gottesdienstes und für religiösen und moralischen Unterricht, sowie für Zurücklegung eines Theils des Arbeitverdienstes zu ihrem Vortheil wird durch Regierungsverordnungen gesorgt.

Das in der Hauptsache nach dem Muster von Pentonville, jedoch mit manchen Verbesserungen oder durch die Sparsamkeit gebotenen Aenderungen*), in vier von einem Mittelbau aus-

---

Görtz hat mit Recht darauf aufmerksam gemacht, daß eine Einzelhaft mit so beschränkter Bestimmung nicht wohl ganz ebenso wirken könne, wie eine solche, die für sich allein die Strafe erschöpft.

Beachtung verdient der Umstand (den Bauer, „der Gewerbbetrieb ꝛc." S. 166 Anm. anführt): daß von der den Sträflingen im §. 13 eingeräumten Befugniß bis jetzt noch Keiner Gebrauch gemacht habe. Da sie ebenso nach Ablauf des gesetzlichen Maximum (§. 5) meist freiwillig in der Zelle bleiben, machen sie also in beiden Fällen selber die Verkehrtheit des Gesetzes unschädlich, weil sie die Wohlthätigkeit der Zellenhaft schätzen gelernt haben, so unbegreiflich Dieß auch allen Denen erscheint, die sich von ihren Vorurtheilen gegen diese Haftweise nicht losmachen können, wie z. B. von Zahn.

*) Es unterscheidet sich im Wesentlichen gewiß zu seinem Vortheil nicht nur von seinem Vorbild, sondern auch von andern nach eben diesem Vorbild erbauten Gefängnissen, z. B. von dem zu Moabit, vor Allem durch größere Zellen und Fenster, die der Gefangene selbst öffnen kann. Vor beiden hat aber Pentonville den unbestreitbaren Vorzug, daß seine Lage nach Süden geht (vergl. Holtzendorff's Strafrechtzeitung 1861, S. 43).

Eine ganz genaue, durch Risse und Zeichnungen veranschaulichte Schilderung des Hauses, der ganzen Einrichtung und Gefangenbehandlung (mit Beifügung der „Hausordnung") findet sich in dem Prachtwerk von Füeßlin „Das neue Männerzuchthaus nach dem System der Einzelhaft in seinen baulichen Einrichtungen" Karlsruhe, 1854. Fol. — Hier sei nur noch bemerkt, daß die Zellen durchaus hell, freundlich und geräumiger sind als fast überall sonst, nämlich 13 Fuß lang, 8 Fuß breit, an der Seite 8 Fuß

gehenden Flügeln erbaute Zellengefängniß (— wie es jetzt, seitdem in Folge eines Gesetzes von 1863 auch die Arbeithaussträflinge dorthin kommen, amtlich genannt wird) zu Bruchsal, mit 408 Zellen, 3 Aufnahmzellen und 4 Krankenzellen, konnte größtentheils schon im Oktober 1848 einstweilen für Untersuchungsgefangene benutzt werden und war im Januar 1850 vollständig beendigt und bezogen. Es hat sich binnen 14 Jahren, während welcher es seiner eigentlichen Bestimmung gedient hat, in jeder Rücksicht vortrefflich bewährt, so daß es mit vollstem Recht als ein Mustergefängniß betrachtet werden kann.

Auch in Bruchsal hat sich die allgemein beobachtete Thatsache bestätigt, daß die Sträflinge, vorzüglich wenn sie die gemeinsame Strafhaft kennen gelernt haben und noch nicht ganz verdorben sind, die Zellenhaft entschieden vorziehen, daß sie um dieselbe als „Vergünstigung“ und „Gnade“ zu bitten pflegten, daß sie in ihr eine Wohlthat für sich sehen und sie häufig voll herzlichen Dankgefühls verlassen — Stimmungen und Eindrücke, die zwar der bürgerlichen Gesellschaft nur erwünscht sein können, sich aber freilich nicht mit den Strafansichten Derer vertragen, die schlechterdings darauf bestehen, daß das Gefühl des Uebels, des Gequält- und Gezwungenwerdens, den Sträfling nie verlasse.

Das Verhältniß der Zellensträflinge zu den Hausbeamten, Aufsehern und Werkmeistern ist fast durchgängig ein sehr gutes. Ihr äußeres Wohlverhalten ist ersichtlich aus der überaus geringen, stets abnehmenden Zahl der Ordnungstrafen, die nur auf etwa ¼ der Gefangenen kommen (1854 kamen deren 135 auf

7 Zoll, mittendurch aber, wegen der Wölbung der Decke, 9 Fuß 7 Zoll hoch, so daß sie über 1000 Kubikfuß enthalten. Am Auffallendsten unterscheiden sie sich durch ihre Freundlichkeit namentlich von den Zellen in Amsterdam, die durch ihre kleinen Fenster und einen Theeranstrich am untern Theil einen sehr trübselig düstern Eindruck machen. Besonderes Lob verdient die für die Gesundheit hochwichtige, daher auch für Mazas in Paris und für Frankfurt vorgeschlagene Einrichtung, daß Jeder den obern Theil des großen Zellenfensters beliebig öffnen und schließen kann, ebenso wie im Winter die Heizröhre.

nur 87 von 550 Köpfen), meist nur in Verweisen bestehen und 1856 nur 27 Verkehrversuche betrafen. Die Sträflinge sind überhaupt fast ohne Ausnahme, nach einer bei Einigen vorkommenden regelmäßig kurzen Zeit der Angst und Gemüthbewegung, sehr bald in bester Stimmung, ruhig und ergeben, einläßlich und empfänglich, nicht selten heiter. Die Geistlichen wissen den erfreulichen Abstich der weichen, vielversprechenden Gemüthverfassung Derselben gegen die völlig hoffnunglose im Zusammenleben nicht stark genug auszudrücken und sind durchdrungen von der Ueberzeugung nur hier Großes durch Seelsorge ꝛc. auszurichten, wie sich auch durch die nicht seltenen ganz offenen Bekenntnisse bewährt.

Die Gefangenen, weit entfernt von geistiger Abstumpfung, werden, durch Uebung im Nachdenken, oft auffallend geistig geweckt, zumal wenn sie die Schule besuchen (bis zum 36sten Jahre sind sie schulpflichtig). Sie schreiten Alle wesentlich und rasch, oft staunenswerth, voran in Schul- und Gewerbkenntnissen, sowie in der Bildung überhaupt*), und sie haben das erhebende und hoffnungreiche Bewußtsein davon. Arbeitlust und Fleiß herrschen fast ausnahmlos. In Folge Dessen und einer jedenfalls sehr sachkundigen Einrichtung des Gewerbbetriebs

*) Ueber die wahrhaft erstaunlichen Erfolge des Unterrichts, der sehr mit Recht (so wenig Das auch die alten Abschreckungsmänner nöthig finden) in der höhern Klasse Etwas über die gewöhnlichen Leistungen der Volkschulen hinausgeht, haben wir uns näher ausgesprochen in dem Gutachten über „die Verbesserung des Gefängnißwesens mittelst der Einzelhaft", 1856. S. 18 ff. Wer irgend nachdenkt, wird begreifen müssen, wie man es sogar in Irland begriffen hat, daß der Unterricht für Erwachsene, und zwar Gefangene, ein anderer sein muß als der für Kinder, wenn er — gute Früchte bringen und, durch Anleitung zum geordneten und klaren Denken, für ihre innere Umwandlung und ihre ganze Zukunft förderlich werden soll, — vollends aber in der Zellenhaft, wo er eine doppelt wohlthätige, ja unentbehrliche geistige Anregung gibt und, wie Zahn (Reisebericht S. 36) es gut ausdrückt, gleichsam „des Gefangenen geistiger Licht- und Luftgenuß" ist. Ueberhaupt wird ebenda und allerseits die ganze Einrichtung des Unterrichts zu Bruchsal (durch den hochverdienten Oberlehrer Müller) als in jeder Beziehung vortrefflich anerkannt.

wies dieser von Jahr zu Jahr günstigere Erfolge auf. Während z. B. der Reinertrag 1850 auf den Kopf bei 300 Arbeittagen nur 35 fl. 12 Kr. betrug, war er 1860 auf 158 fl. gestiegen und erreichte, im Durchschnitt von 11 Jahren, die Summe von 92 fl. 54 Kr., worauf es unsers Wissens keine andere ähnliche Anstalt Europa's gebracht hat*). Die Gesammteinnahme wird schon 1853 auf 79,930 fl. bei 370 Sträflingen angegeben und 1857 bestand der jährlich für den Unterhalt der Sträflinge auf den Kopf erforderte Staatszuschuß noch in 130 fl., er mußte aber selbstverständlich seitdem noch mehr abnehmen. Obwohl nun der Gewerbbetrieb überwiegend selbständige Handwerke begreift, so wurden seine glänzenden Ergebnisse doch nur dadurch erreicht, daß er vielfach zu einseitig auf die bloße Einträglichkeit abzielte **).

Der Gesundheitzustand ist im Ganzen sehr gut; auswärtige Besucher berichten, kaum irgendwo ein gleich gutes Aussehen der Gefangenen gefunden zu haben. Auf deren Gesammtzahl berechnet, ergeben sich in 12 Jahren durchschnittlich 30,6 % solcher Erkrankungen, die arbeitunfähig machten. Ansteckende Krankheiten sind bis jetzt nicht vorgekommen. Die Sterbfälle, bis 1857 durchschnittlich 1,41 %, hatten schon damals stetig abgenommen, namentlich seit Selbstbereitung der Kost, und ebenso in den letzten Jahren, vermuthlich zufolge der verringerten Zahl der Strafschärfungen. Es kamen während 15 Jahren auf eine Gesammtbevölkerung von 7196 Gefangenen: 106 solcher Fälle. Auf 3037 Sträflinge, die binnen 5 Jahren länger oder kürzer im Hause waren, fielen (nach Füeßlin) 18 eigentliche Geistesstörungen, also 5,9 auf je 1000 Köpfe; es waren davon aber 2 schon zur Einlieferungszeit vorhanden, 3 in erblicher Anlage begründet und 8 wurden vollständig geheilt. Außerdem ergaben sich noch 21 unbedeutendere Geistesstörungen und Sinnestäuschungen, die rasch vorübergingen, 6 Selbstmorde und ein ernstlicher Selbstmordversuch, fast sämmtlich aus Gründen, die

*) S. A. Bauer, der Gewerbbetrieb in den Strafanstalten 2c. 1861.
**) Vgl. unsere Schrift „Der Strafvollzug 2c." 9. Abh.

mit der Absonderung als solcher durchaus Nichts zu thun hatten und zumeist durch richterlich zuerkannte gesetzlichen Strafschärfungen der Hungerkost und Dunkelhaft oder durch Unmuth über abgeschlagene Gnade verursacht waren. Nach den neuesten Mittheilungen*) werden auf die Gesammtzahl von 7196 Sträflingen 88 Fälle aufgeführt, die als geistige Störungen vom Hausarzt angesehen wurden, also 1,17 %. Ueberdieß hatten sich die Fälle in den letzten Jahren (vermuthlich in gleichem Verhältniß mit den Strafschärfungen) sehr verringert und im Jahr 1863 kam gar keiner vor.

Ueber die Gründe, warum überhaupt die Berechnungen der Rückfälle an so großer Unzuverlässigkeit leiden, abgesehen von ihrer großen Schwierigkeit, haben wir schon oben auf die Aeußerungen Varrentrapp's Bezug genommen und finden dieselben auch in Bruchsal durchaus bestätigt**). „Reine Erfahrungen, die sich in beweisenden Zahlen ausdrücken ließen***)", sind daselbst völlig unmöglich gemacht worden durch die unbegreiflich planlose Art, in der dieses schöne Gefängniß jahrelang bevölkert ward; denn man ließ nicht nur oft nach Einander Gefangene auf eine Zeit lang bald dahin, bald in eine der schlechten alten Strafanstalten wandern, sondern es mußte denselben überdieß gewissermaßen als Abzugkanal dienen. Es wurden nämlich seit Eröffnung des Hauses im Ganzen mehr denn 900, zum Theil bereits wiederholt rückfällige Verbrecher, der großen Mehrzahl nach Gewohnheitdiebe, nachdem schon lange Zeit hindurch deren Ausbildung in diesen „Verbrecherkasinos" der Gemeinschaft die letzte Feile erhalten hatte, oft nur noch für einen kurzen Strafrest in die Zellenhaft gebracht, dennoch aber deren Rückfall ohne Weiteres der Zelle zur Last gelegt.

---

*) S. das badische Zentralblatt 1864 Nr. 5 u. 6.

**) Vgl. hier besonders Füeßlin, die neuesten Verunglimpfungen der Einzelhaft, 1861, S. 57 ff.

***) Wie sich treffend der Ausschußbericht der hessischen 1. Kammer ausdrückt. 1860, Beil. 39 der Protok. S. 21.

Die übrigen Hauptgründe, wodurch die vollkräftige Wirksamkeit des Bruchsaler Zellengefängnisses fort und fort erheblich beeinträchtigt ward, haben wir an einem andern Orte*) näher besprochen und beschränken uns hier nur kurz darauf hinzudeuten. Sie liegen, wie auch Füeßlin mehrfach erklärt hat, hauptsächlich in einigen schweren Mängeln der badischen Gesetzgebung, die noch lange nicht hinreichend in Einklang mit dem neuen Geist gebracht worden ist, der die Einzelhaft beseelt, sondern noch vielfach den alten widrigen Geist der Peinigung und Abschreckung athmet. Vor Allem gehören zu jenen störenden Zuthaten die s. g. Strafschärfungen der Dunkelhaft und Hungerkost, die vom Gericht nach dem Gesetz bis zu 60 bez. 91 Tagen im Jahr verhängt werden dürfen und früher oft genug auf Jahre hinaus verhängt wurden, jetzt aber — seitdem die Richter mit deren in jeder Hinsicht schlimmen Wirkungen bekannt gemacht worden sind — nur selten noch auf mehr als 30 Tage im Jahr vorkommen. Ihre vollkommene Widersinnigkeit ist auch den Kurzsichtigsten hier wie überall durch die Erfahrung klar geworden, daß sie nicht nur — als wahre „Gesundheitstrafen" — auf die Dauer auch die festeste Gesundheit zu Grunde richten, sondern auch jede Hoffnung der Besserung bei den sich mißhandelt Fühlenden zerstören, nur Ingrimm säen und zum Selbstmord treiben oder um den Verstand bringen**), obwohl sie dessenungeachtet gewissen Oberbehörden***) noch immer nicht entbehrlich scheinen, „weil — Manche (ohne sie nämlich) die Einzelhaft noch für zu gelind halten".

Ebenso wie Dunkelhaft und Hungerkost, wird auch Polizeiaufsicht für die Entlassenen zum Voraus auf ein oder mehre Jahre durch einen dem unerbittlichen Verhängniß gleichen, verhängnißvollen Richterspruch zuerkannt (wie man in richtiger Ahnung sagt: verhängt) — ohne alle Rücksicht auf die

---

*) In unserm vorhin erwähnten Gutachten S. 32—41.

**) Näheres in unserm Strafvollzug 2c." S. 343 ff.

***) Wie von Jahn (Reisebericht S. 38) mit sichtlichem Erstaunen erzählt.

während der Strafzeit nicht nur mögliche, sondern in unverfälschter Einzelhaft sogar wahrscheinliche Besserung; d. h. man bannt die Entlassenen in ihren Heimatort oder man bringt sie gar unverschuldeter, also ungerechter Weise, falls sie dort keinen Unterhalt finden, wie es begreiflich sehr oft der Fall ist, in eine „polizeiliche Bewahranstalt" (statt in ein Zufluchthaus), wo denn durch die hier herrschende altübliche Gefängnißzucht und Gemeinschaft mit dem nichtswürdigsten Gesindel die gute Wirkung der Zelle gründlich wieder zerstört wird.

Da fast überall die, mitunter große, Mehrzahl der Verbrechen gegen das Eigenthum gerichtet ist und diese zum Theil, gleich den politischen Verbrechen, in verkehrten gesellschaftlichen Ansichten wurzeln, sehr oft aber auch in drängenden Lebenslagen, die z. B. in Hungerjahren eine stete Versuchung zum Stehlen mit sich führen, so wird, solange die Eigenthumsgesetzgebung so sehr weit hinter ihrer Aufgabe zurückbleibt*), auch wenn Kirche und Schule das Ihrige thun, dennoch auch die Besserungstrafe der Einzelhaft des Krebsschadens nie Herr werden können, sondern nur eine immerhin erhebliche Beihülfe zu dessen Beseitigung leisten, zumal durch Gewöhnung zum Fleiß und durch Unterricht in einer solchen Arbeit, die das spätere Fortkommen erleichtert, sowie durch den für das Anfangen eines Geschäfts sehr förderlichen dem Gefangenen (als Sondergut) aufgesparten Arbeitlohnantheil und Ueberverdienst.

Soll aber auch von Seiten der Bestrafung das Mögliche geschehen, so müßte schon gleich der erste Diebstahl mit einer ausreichend langen Strafe belegt werden können, Was nach allen Gesetzgebungen, auch nach der badischen, dermalen nicht der Fall ist; es müßten sodann alle und jede Freiheitstrafen in durchgängiger inneren Uebereinstimmung stehen, d. h. die Einzelhaft überall stattfinden und überhaupt die ganze Grundlage der Gefangen- wenigstens der Sträflingsbehandlung wesent-

*) Genauer haben wir uns über diese Aufgabe ausgesprochen in den „Grundz. d. Nat.-R." II, §. 157 ff.

lich dieselbe sein, auch in den Orts- und Kreisgefängnissen, die bis jetzt allenthalben am Meisten verwahrlos't werden, nicht nur von Seiten ihres Baues, sondern auch der den Insassen zu Theil werdenden Behandlung*). Versäumt man dann nicht ferner bei den Neulingen im Stehlen das: principiis obsta, — anstatt sie wohl gar, durch Verbringung in Gemeinschaft, zu den Altmeistern der Gaunerei in die Schule zu schicken, — führen demnächst tüchtige und thätige Schutzaufsichtvereine das im Zellengefängniß begonnene Werk in gleichem Geist fort, dann erst kann man sicher erwarten eine starke Abnahme der Rückfälle zu erleben.

Als ein anderer, sehr großer Mißstand ist noch zu betonen, daß in Bruchsal keine Gesellschaft für sittliche Besserung der Gefangenen den Beamten des Zellengefängnisses an die Hand geht, daß also die Gefangenen fast ausschließend auf die Besuche durch Letztere angewiesen sind, die man überdieß neuerlich, im schreiendsten Widerspruch mit dem ganzen Geist und Sinn der Einzelhaft, wesentlich, und zwar im Verordnungswege, beschnitten hat, indem danach der Vorstand alle 10, der Geistliche alle 14 Tage, der Verwalter nur alle 4 Wochen Jeden zu besuchen hat. Das überaus wichtige Bildungs- und Versittlichungsmittel, was in solchen Besuchen liegt, wird den Gefangenen hiernach oft viel zu spärlich zu Theil, so gewiß diese Besuche umgekehrt in dem Maß, in welchem sie das Gesetz vorgeschrieben hatte, nämlich 6 täglich, weder nöthig noch auch möglich sind, ohne zur leeren Form zu werden. Noch in einer andern Beziehung als in der Schwierigkeit des Bildens einer hinreichend zahlreichen Gefängnißgesellschaft zeigt sich, wie

*) In ersterer Hinsicht ist neuerlich in Baden viel geschehen. In letzterer genügend zu helfen, ist freilich äußerst schwer, auch wenn man die Gefangenen nicht mehr, wie z. B. in Bremen öfter geschah, jahrelang ohne alle Beschäftigung läßt, oder überhaupt alle Sorge für ihr geistiges und leibliches Wohl lediglich dem guten Willen des Gefangenwärters anheimgibt. Oft genug hat man, nur um sie vor Langweile und Verzweiflung zu retten, zu der kläglichen Auskunft gegriffen, ihrer Mehre — sogar Straf- und Untersuchungsgefangene — in dieselbe Zelle zu bringen.

übel es ist*), wenn ein solches Gefängniß nicht in nächster Nähe einer großen Stadt erbaut ist, nämlich in der dadurch, wegen des fehlenden Absatzes, ausgeschlossenen Möglichkeit eines umfassenden Betriebs gerade solcher Gefangenarbeiten, die sonst nach der Erfahrung die gesundesten und zugleich einträglichsten sind, wie Holzarbeiten, besonders Küferei und Schreinerei.

Nichts einzuwenden ist gegen den Gebrauch einiger Sträflinge zu Hausgeschäften, sofern die Entfernung Derselben aus der Zelle räthlich ist und es unbeschadet des Grundsatzes der Absonderung geschieht; ebensowenig gegen die Abschaffung der (früher vielfach mißbrauchten) Briefkasten; Uebelstände aber sind die mindestens um die Hälfte zu geringe Fleischnahrung, die zu seltnen Bäder und der Mangel eines besondern Badaufsehers, die etwas zu kümmerliche Bekleidung und der Mangel an Sonn- und Feiertagskleidern, die noch ungenügende Einrichtung des Besuchzimmers und des Krankenhauses, endlich die Nichtverbannung der, wenn auch noch so selten gewordenen, Ordnungstrafe des Zwangstuhls, die der anderwärts gebräuchlichen und als ebenso erbitternd wie herabwürdigend**) bezeichneten Zwangjacke, den Prügeln, Lattenkammern, Sturzbädern u. Dgl. völlig ebenbürtig ist. Für die Dunkelhaft ist aber, statt der alten Thurmkerker, jetzt für einfache Verdunkelung der Zellen gesorgt. Gewiß ist ferner, daß die Spazierhöfe etwas größer sein könnten, daß es wünschenswerth wäre, wenn durch größeren Raum die Möglichkeit gegeben wäre, eine Anzahl von Gefangenen allenfalls, ganz getrennt, wenigstens mit Gartenarbeit zeitweise zu beschäftigen, daß überhaupt noch gar manche

---

*) Auf diesen Uebelstand, den wir seit Jahren hervorgehoben haben, verweist auch der italienische Gefängnißarzt Morelli.

**) So von Sachau im Gerichtsaal 1855 I, S. 245 ff. in Betreff des Zuchthauses zu Glückstadt. Eine traurige Bestätigung hiervon enthält der krasse in Moabit vorgekommene Fall des Todtschießenlassens eines Sträflings durch einen Bruder des rauhen Hauses, weil — Jener sich weigerte, dem freventlich gegebenen Befehl des Letzteren, sich selbst in der Zelle die Zwangjacke anzuziehen, Folge zu leisten! —

andern möglichen und räthlichen Verbesserungen der Einzelhaft der Zukunft vorbehalten bleiben müssen*). Völlig grundlos sind aber die Vorwürfe, die man dieser, so wie sie auch in Bruchsal durchgeführt wird, deßhalb gemacht hat, weil die Sträflinge — falls man nämlich nicht unter vier Augen mit ihnen spricht — nur nach der Zahl ihrer Zelle (bez. in der Schule nach der Zahl ihres Zellenstuhls) benannt werden, weil sie in den wenigen Minuten auf ihrem Weg zur Kirche, zur Schule und zum Spaziergang die Klappe an ihrer Mütze herunterziehen (anderwärts eine maskenähnliche Gesichtverhüllung anwenden) müssen, um den Andern unkenntlich zu bleiben, weil sie endlich in besondern Kirchen- und Schulstühlen (s. g. stalls) sitzen. Alle diese höchst einfachen und zweckdienlichen Einrichtungen hat man sehr unüberlegt als „Künsteleien" zu verurtheilen oder zu verspotten, ja wohl gar in übertriebener Empfindsamkeit um ihretwillen den Vorwurf der Grausamkeit auszusprechen für gut gefunden; allein sie müssen jedem folgerecht denkenden Kopf, gleich dem getrennten Spaziergang, geradezu unerläßlich erscheinen, wenn man nicht Anknüpfung von Verbindungen und Verständigungen aller Art begünstigen und dazu anreizen will. Wir haben von diesen und ähnlichen Dingen etwas näher anderswo gesprochen**) und wollen hier nur noch einige Punkte berühren, die für das Gedeihen des

*) Vgl. unsere „Verbesserung des Gefängnißwesens mittels der Einzelhaft" 1856 S. 47 ff. mit des Grafen Görtz Reise um die Welt I. Bd. S. 329 ff. und Diez, über Verwaltung und Einrichtung der Strafanstalten mit Einzelhaft und die Verbesserungen, deren diese Haftart bedürftig und fähig ist. 1857.

**) In unsrer Anzeige mehrer das Zellengefängniß zu Bruchsal betreffenden Schriften in der „krit. Zeitschr. für die ges. RechtsW. 4. Bd. 1857. S. 242—263. Viel Gutes darüber findet sich auch bei Diez am a. O. sowie bei Hägele, Erfahrungen in einsamer und gemeins. Haft. 1863. — Eine gedrängte Schilderung der Erfolge der Zellenhaft nach den Erfahrungen von Bruchsal, wie sie Füeßlin in seinem Werk „die Einzelhaft" mitgetheilt hat, findet sich in unsern Aufsätzen in der augsb. allg. Ztg. 1855 Nr. 332—335 und Beil. zu Nr. 346 (worin einige Bedenken Mittermaier's erörtert worden sind).

Zellengefängnisses von großer Wichtigkeit sind, und zwar nach dem Urtheil von zahlreichen Sachkennern aller Länder.

Falls der Vorsteher der rechte Mann ist, ist es ein Unheil wenn, wie in Baden, zweideutige Verordnungen einen Zweifel darüber lassen, daß alle übrigen Hausbeamten ihm untergeordnet seien*), oder wenn seine Oberbehörde aus der Ferne Alles besser wissen will und ihm auf Schritt und Tritt die Hände bindet, oder gar von den übrigen Hausbeamten fortlaufende Berichte („Tagebücher") verlangt, deren Kenntnißnahme ihm geweigert werden darf! Ein gründlicheres Mittel gibt es nicht, sein Ansehen zu untergraben, stetes Mißtrauen und Zwietracht zu säen und eine einheitliche Leitung zu hindern**). Ebenso muß ihm, wie in Amsterdam, alle nicht durchaus nöthige Schreiberei abgenommen und ein (dort trefflich bewährter) besonders aus Nichtbeamten gebildeter Aufsichtrath an die Seite gesetzt, außerdem aber Nichts versäumt werden, um die Bekanntschaft mit der Einrichtung und Wirksamkeit der Zellenhaft zu erleichtern, auch durch Veröffentlichung der Jahresberichte, anstatt sie, wie neuerdings geschehen ist, möglichst zu erschweren***). Je bedenklicher es sich z. B. in Holland, Preußen und Baden erwiesen hat, wenn die ganze Oberleitung des Gefängnißwesens in eine Hand gelegt wird, desto besser scheint es — auch zur Wahrung des gehörigen Ineinandergreifens aller wohlthätigen Staatsanstalten — eine Gesammtbehörde an die Spitze derselben zu stellen, die selbstverständlich dem Ministerium des Innern angehören muß.

Darüber, daß von Oben herab der einseitigen Fehlrichtung

---

*) Mit Recht verlangt Dieß daher Varrentrapp (Bemerk. über die in Bremen beabsichtigte Erbauung einer allg. Strafanstalt S. 28) vom Hausarzt, Geistlichen ꝛc.

**) Auf's Schärfste rügt Dieß der niederländische Reisebericht S. 115; ebenso Suringar in seiner Schrift: Eene Stem uit Nederland over de cellulaire gevangenis te Bruchsal etc. S. 138.

***) Ueber diese „Geheimnißkrämerei, die sich für Staatsweisheit hält" und den „Schreiberhochmuth in den Ministerien" s. Varrentrapp im Congrès de bienf. 1857. II. S. 446.

auf Steigerung des Ertrags der Gefangenarbeiten in Bruchsal auf jede Weise Vorschub geschah, ist alle Welt einverstanden. Dieselbe „Sparwuth“ (Corvin), die dort einst während des Sommers im Weiberzuchthaus die Unterröcke abgeschafft wissen wollte und sich gelegentlich in den denkwürdigen Worten kund gab: „Was liegt uns daran, ob von der Anstalt viel im Ausland geredet wird, weniger kosten muß sie!“ — hat sich auch hierin nicht verleugnet. „In Bruchsal, sagt Varrentrapp *), scheinen aus an höherer Stelle mangelndem Verständnisse des Wesens des Pönitentiarsystems in neuester Zeit diese richtigen Grundsätze“ (die nämlich der Bremer Senatsbericht hinsichtlich der Arbeit aufstellt) „verlassen und dafür einiger Groschen Mehrverdiensts halber die eigentlichen wichtigen Resultate auf's Spiel gesetzt zu werden.“ Und in dem „wohlgemeinten Wort an die badische Regierung“ am Schluß seiner in besondrer Beziehung auf das Zellengefängniß in Bruchsal abgefaßten Schrift**) sagt Suringar mit Recht: „Erkauft nicht höheren Gewinn an Gütern auf Kosten der Menschen, gebt dem Drängen nicht nach auf Einführung fabrikmäßigen Arbeitbetriebs in größerem Maßstab“ 2c. Dennoch ist inzwischen Einführung einiger Nähmaschinen durchgesetzt worden! —

Auch darin endlich hat Suringar vollkommen Recht, daß er ebenda sagt: „Bringt geistig Gestörte sobald als möglich in die Irrenanstalt“! — Während Jahren ist Dieß in Bruchsal unterlassen worden (in St. Jakob bei St. Gallen hat man dieselbe Unterlassung wenigstens als schweren Mißstand anerkannt), gleich als ob es darauf abgesehen wäre, die Zustände Amerika's bei uns zurückzuführen, wo oft genug dieselben Häuser zur Unterbringung der Irren und der Sträflinge dienen. Ein anerkannt ausgezeichneter Irrenarzt, Roller, hat zwar, auf seine amtlichen Erfahrungen an zahlreichen Fällen hin, erklärt, daß er die Verantwortung für ein solches Verfahren nicht tragen möchte, das dennoch ebenso von Oben Unter-

*) Am vorhin angef. Ort S. 29.

**) Am a. O. S. 139.

stützung fand, obgleich der frühere Vorsteher, Füeßlin, der gleichfalls Arzt ist *), dagegen war. Auch zweifeln wir, daß das allgemein mißbilligende Urtheil darüber irgend geändert werden könne durch den kürzlich, ganz im Sinn des Hausarzts, erstatteten Bericht eines zur Untersuchung des Gesundheitzustands des Hauses beauftragten Arztes. Selbst wenn eine gründliche Untersuchung dieser Art, ohne Eingehen auf die eben erwähnten Fälle und ohne Besuch sämmtlicher Beamten und Gefangenen möglich wäre, wie sie in zwei Tagen (!) offenbar unmöglich ist, und wenn eine geeignete Behandlung Geisteskranker (natürlich vom Standpunkt des Arztes und nicht des Abschreckungsmannes!) innerhalb des Zellengefängnisses überhaupt — oder doch anders als auf Kosten des Grundsatzes der Trennung — sich denken ließe, so würde sie doch jedenfalls einen gründlich psychiatrisch gebildeten Arzt voraussetzen.

Ein großer Fortschritt zur endlichen allgemeinen Durchführung der Einzelhaft in Baden ist dadurch geschehen, daß es möglich ward, nicht nur alle Züchtlinge des Landes in das Zellengefängniß zu bringen, sondern auch — zufolge eines 1863 gegebenen Gesetzes — sämmtliche Arbeithaussträflinge männlichen Geschlechts. Für Weiber, die bis heute in demselben „Zucht- und Arbeithaus" verwahrt werden, wie Dieß sehr oft auch anderwärts geschieht, ist Zellenhaft erst in ziemlich ferne Aussicht genommen worden. Ein Antrag auf Einführung der bedingten Freilassung ist für jetzt noch an der mangelnden Sachkenntniß der Kammermehrzahl gescheitert.

---

*) Aus diesem Umstand hauptsächlich wollen Morelli und Girolami die guten Erfolge in Bruchsal erklären, ja Letzterer stützt darauf nicht nur die Forderung, daß der Hausarzt kein mittelmäßiger Handwerker ohne Menschenkenntniß und reiches Wissen im Gebiet der Geisteskrankheiten sei, sondern er möchte sogar nur einen Arzt zum Vorsteher jeder Strafanstalt gemacht wissen (s. Della espiazione penale. Firenze. 1862. S. 60 ff.) und seinem Ermessen den weitesten Spielraum geben. Ohne Frage wird ein Arzt, gewohnt zu individualisiren, weit leichter den rechten Weg finden lernen, als der von den verkehrten Strafrechtslehren der Schule erfüllte Jurist oder der nur äußere Ordnung und blinden Gehorsam verlangende Soldat.

§. 47. Oestreich.

Oestreich hatte sich bereits 1842 für die Sonderhaft entschieden und man ward darin durch den trefflichen (1844 gedruckten) Reisebericht Jos. v. Würth's bestärkt. Wäre man auf diesem Wege fortgeschritten, so würde man demnächst auch ohne Frage völlig erlös't worden sein von den dreierlei, durch das Strafgesetzbuch von 1803 eingeführten, bloß „nach der Strenge", d. h. nach dem Grade der damit verknüpften Quälerei, abgestuften Kerkerstrafen. So aber sind diese inzwischen nur einigermaßen, und zwar seit 1852 auch gesetzlich, gemildert und auf zwei Stufen zurückgebracht worden. Das Jahr 1848 hatte nämlich, wenn auch nicht die Ueberzeugungen geändert — wie sich aus einem noch 1849 einstimmig zu Gunsten der Einzelhaft abgefaßten Ausschußbericht ergibt, sowie aus einer kaiserlichen Entschließung*), wodurch dieselbe für die Zukunft verheißen wird — doch die Ausführung auf unbestimmte Zeit vertagt. Dermalen ist dort die Verwaltung sogar der Männerstrafanstalten leider seit dem Konkordat großentheils in die Hand geistlicher, und zwar weiblicher, Orden gelegt, die dabei, als „Arbeitpächter" und gewissermaßen „traiteurs", wie der Minister selbst sie bezeichnet, großen Gewinn machen, sowohl durch die Gefängnißschenke als dadurch, daß ihnen auf den Kopf $45\frac{1}{2}$ Kr. täglich vom Staat gezahlt wird, während in Ungarn, ohne diese Orden, 26 Kr. ausreichen. Dieselben Quälereien durch Bekehrversuche, wegen deren ihnen die Regierung bereits die Verwaltung der Krankenhäuser entziehen mußte, sind, sogar bei Juden, auch hier vorgekommen, — wo sie freilich nur „starken Zudrang zum Protestantismus" zur Folge hatten — ebenso allerlei anderer Unfug, auch in geschlechtlicher Beziehung. Das Abgeordnetenhaus hat im Oktober 1863 abermals ihre Beseitigung verlangt, indem andern Falls, der Rechtsgleichheit halber, „konfessionelle Strafanstalten" nöthig sein würden. Zugleich ward, wegen der gefährlichen Unbestimmt-

*) S. Reichsgesetzblatt 1849 Nr. 376.

heit des §. 15 des neuen Strafgesetzbuchs (dessen §. 18 übrigens hinsichtlich der Beschäftigung der Sträflinge einige anerkennenswerthen Bestimmungen enthält), der Wunsch nach gesetzlicher Bestimmung der Eigenschaften der Strafhaft ausgesprochen, und demgemäß nahm das Haus einen Antrag an, der auf Umgestaltung des Strafwesens im Sinn der Einzelhaft zielt*).

§. 48. Preußen.

Preußen zuerst folgte dem von Baden gegebenen guten Beispiel. Ja man hatte dort sogar schon früher die Zellenhaft ins Auge gefaßt und unter Anderm den um das Gefängnißwesen hochverdienten Dr. Julius nach Amerika gesandt, um die dortigen Strafanstalten zu prüfen. Seit der Thronbesteigung Friedrich Wilhelm IV., 1840, der regen Antheil an der Sache nahm, ging man auf diesem Wege voran unter Julius' Leitung und baute seit 1846 vier große Zellengefängnisse zu Berlin (Moabit), Münster, Breslau und Ratibor, einen Zellenflügel an das Kölner Zuchthaus u. s. f. (z. B. in Halle) — in der Hauptsache nach dem Muster von Pentonville. Allein „wegen theoretischer Bedenken" und „äußerer Umstände", wie halbamtlich erklärt ward**), gelangte daselbst die Einzelhaft doch noch immer nicht zur Einführung. Der wahre Grund hiervon lag in dem stillen, aber zähen Widerstand der gesammten Büreaukratie, sei es weil man bei der pietistischen Richtung des Königs von der Einführung Schlimmes besorgte, oder bloß weil die eingerosteten Vorurtheile gegen diese Haftweise noch zu mächtig waren. Man scheute sich sogar nicht, ihr die Behauptung entgegenzustellen, fast 50 Gefangene seien in Moabit geisteskrank geworden, — eine Behauptung, die sich nicht nur als unwahr erwies, sondern, auch wenn sie wahr gewesen wäre, Nichts gegen die Einzelhaft beweisen konnte, da diese dort, wie in den andern Zellengefängnissen Preußens, bis

*) In der 30. Sitzung (28. Okt.) 1863.

**) S. die fünf Aufsätze in der „preußischen Korrespondenz" über die „Strafanstaltreform" zu Ende Septembers und Anfang Oktobers 1856.

dahin so wenig eine wirkliche Durchführung gefunden hatte, daß man nicht nur regelmäßig die Zellenthüren offen stehen ließ, sondern oft sogar (wie in Dreibergen rc.) zwei Sträflinge in dieselbe Zelle brachte, die überfüllten Gebäude durch angebaute Arbeit- und Schlafsäle erweiterte, in keiner Weise der Vereinigung der Sträflinge entgegenwirkte u. A. m. Endlich drang der König durch: man nahm, bestimmt „durch die fortwährend unerfreulichen Früchte der anderweitigen Systeme" und durch „die in Bruchsal gemachten Erfahrungen", den längst gehegten Gedanken wieder auf in dem fast einstimmig gefaßten Beschluß: „die Einzelhaft, in wesentlicher Uebereinstimmung mit den Bruchsaler Einrichtungen, zur Anwendung zu bringen" *), und zwar vorerst in der großen Strafanstalt zu Moabit, um, wenn der Versuch gut ausfallen sollte, weiter vorzuschreiten. So wurde denn am 1. November 1856 Moabit durch ausgewählte Sträflinge bevölkert, die nicht über 36 Jahre alt sein durften, Protestanten und zum ersten Male verurtheilt sein mußten. Die Verwaltung übergab man durch Vertrag der Brüderschaft des rauhen Hauses, und zwar 40 Brüdern, wozu jetzt, mit Ausnahme des Vorstehers und des Arztes, sämmtliche Angestellten des Hauses gehören. Die Oberaufsicht oder vielmehr, der Sache nach, die Leitung des Ganzen behielt sich Wichern vor, der seit einigen Jahren zugleich vortragender Rath im Ministerium des Inneren für Gefängnißsachen geworden ist.

In der Hauptsache ist auch der nun mehr als 7 Jahre währende Versuch in Moabit überaus günstig ausgefallen, und von dieser Seite ist kein Scheingrund für das bisherige Zögern mit dem verheißenen Vorschreiten auf dem Wege der Einzelhaft mehr herzunehmen. Eine lehrreiche Vergleichung der Erfolge

*) Auch der Verfasser soll durch sein Gutachten „Die Verbesserung des Gefängnißwesens mittelst der Einzelhaft", 1856, einigermaßen auf diesen Beschluß gewirkt haben. Auch die im Art. I der eben erwähnten halbamtlichen Aufsätze aufgestellte „Grundauffassung der Einzelhaft" — die nach Zahn's Reisebericht S. 28 Füeßlin als sein eigentliches Programm bezeichnet hat — ist wörtlich unserm Gutachten S. 8 entnommen.

von Bruchsal und Moabit durch den mehrjährigen Vorstand der letzteren Anstalt*) bezeugt die merkwürdigste Uebereinstimmung, und fällt um so schwerer ins Gewicht, als Derselbe zugleich reiche Erfahrungen in Gesammthafthäusern gesammelt hat. Diesen gegenüber rühmt er namentlich, daß im Zellengefängniß, wie überhaupt individualisirt, so auch an Einzelen Nachsicht geübt, ihnen sogar Lob gespendet werden könne, ohne daß es Geschrei über Begünstigung gebe**), daß umgekehrt auch von der Bestrafung Anderer wegen Ordnungswidrigkeiten Keiner Etwas erfahre, sowenig wie von ihren Verbrechen und Allem was sie angeht, daß daher die Erbitterung, der Hohn ꝛc. wegfalle, der beim Zusammensein so verderblich walte; daß ferner hier Jeder selbst für Reinlichkeit und Ordnung sorgen und sich daran gewöhnen müsse. Er berichtet, daß die Krankenzahl hier geringer sei als in Gemeinschaft, die Lehrzeit kürzer, weil die Arbeit Freude mache, um so mehr sofern sie eine solche sei, die Gewandtheit, Geschick, Nachdenken fördere, für die Zukunft Aussicht gebe; daß ferner auch in Moabit jährlich die Ordnungstrafen, zumal für Trägheit, Verderben von Arbeitstoffen und Verkehrversuche abgenommen hätten. Die Sterbfälle in Bruchsal und Moabit stellen sich fast gleich; in Hinsicht auf Geistesstörungen und Selbstmorde war, wie schon früher gesagt, das Verhältniß hier sogar günstiger. Dort aber ist die Kost weit besser, die Lage des Hauses weniger den Störungen von Außen (z. B. durch Tanzmusiken) ausgesetzt, die Arbeit wird weit zweckmäßiger nur auf eigne Rechnung betrieben u. s. f.

Der Hauptunterschied zum Nachtheil von Moabit, den freilich dessen ehemaliger Vorstand nicht gerade heraus sagen durfte, und zugleich das Haupthinderniß in dem weiteren Vorgehen mit Durchführung der Einzelhaft in Preußen, trotz des Gelingens des bisherigen Versuchs, liegt aber in der Brüderschaft

---

*) Schück, die Einzelhaft und ihre Vollstreckung in Bruchsal und Moabit, 1862. Vgl. auch die Mittheilungen (Wichern's) aus den amtlichen Berichten über die preußischen Straf- und Gefängnißanstalten, 1861.

**) Vgl. Varrentrapp, Bemerk. über die in Bremen zu erbauende allg. Strafanstalt S. 23 f.

des rauhen Hauses, an die man sie hier geknüpft hat. Mit vollstem Recht hat sich nicht nur die öffentliche Meinung gegen diesen protestantischen Orden erklärt, sondern es ist auch mit unwiderlegbaren Gründen vom Standpunkt der Gefängnißwissenschaft die Verkehrtheit dargethan worden, einer solchen Brüderschaft die Leitung der Gefängnisse und ihrem Oberhaupt die Leitung des Gefängnißwesens des ganzen Staats anzuvertrauen *). Zu diesen allgemeinen Gründen kommen die niederschlagendsten Erfahrungen über den (von Schück freilich nur leise angedeuteten) hoffährtigen und lieblosen Geist dieser Brüder, dem binnen wenigen Jahren bereits drei Menschenleben als Opfer gefallen sind, indem durch sie zwei Tödtungen und ein Selbstmord herbeigeführt wurden. Ehe das Verhältniß des preußischen Gefängnißwesens zu ihnen ganz gelöst sein wird, ist an keinen raschen nennenswerthen Fortschritt desselben zu denken **). Abgeschmackt ist es freilich, für Alles die Einzelhaft selbst verantwortlich machen zu wollen, was lediglich die Brüderschaft und das dermalige Verhältniß zu ihr verschuldet hat.

§. 49. Oldenburg.

In mancher Hinsicht lehrreich sind die in Oldenburg, und zwar in der Strafanstalt zu Vechta, gemachten Erfahrungen, die nur zum Theil durch den Druck bekannt geworden sind. Seitdem diese Anstalt Hoyer's einsichtvoller Leitung untergeben war (irren wir nicht, seit 1843) ward dieselbe Schritt vor Schritt aus einem alten Zuchthaus einem Zellengefängniß nahe gebracht, und zwar auf bis jetzt 111 Arbeit- und 47 bloße Schlafzellen. Man sah sich dazu gedrängt durch das allerseits, und besonders lebhaft von Seiten der Gefangenen selbst, empfundene Bedürfniß nach Absonderung, deren Wünschen man so gut als möglich entsprach, da sie sogar sehr mangelhafte,

*) In Füeßlin's Gutachten in Holtzendorff's Strafrechtszeitung 1862 Nr. 3: „Die Brüder-Aufseher in Moabit und die Gefängnißreform in Preußen.“

**) S. unsern „Strafvollzug ꝛc.“ 8. Abh.: „Die Brüderschaft des rauhen Hauses und ihr Verhältniß zur Einzelhaft.“

ja unheizbare Zellen dem Beisammensein vorzogen. So haben dort ganz eigentlich, nach Hoyer's Ausdruck, die Gefangenen selbst die Einzelhaft eingeführt. Im Voranschreiten auf diesem Wege ward man aber durch den Vorgang Badens jedenfalls bestärkt und man hatte während zwei Jahrzehnten alle Ursache mit den überraschend guten Erfolgen zufrieden zu sein. In 14 Jahren kamen nur zwei Geistesstörungen vor; man fand auch eine sehr langjährige Dauer der Zellenhaft ganz unbedenklich und erlebte, daß auch die härtesten, starrsinnigsten Sträflinge, die trotzig auf's Blutgerüst gestiegen sein würden, mit der Zeit weich gestimmt und von Reue ergriffen wurden. Zu bedauern war, daß Hoyer nie die hohe Bedeutung der ganz reinen und folgerechten Durchführung der Absonderung, auch beim Unterricht, Gottesdienst und Spaziergang, einsehen lernte, und daß er vollends in den letzten Jahren seines Lebens, unter dem Einfluß der steten Belobungen der s. g. irländischen Zwischenanstalten, auf den verhängnißvollen Gedanken gerieth auf die Einzelhaft ein s. g. Uebergangshaus folgen zu lassen, dessen Insassen gemeinsame Arbeiten, besonders auf dem Felde, neben einem Schock Landstreicher, verrichten sollten*). So kam es, daß er, weil er sich zu voller grundsätzlichen Klarheit nicht durchgearbeitet hatte, am Ende doch wieder in den alten Nebel eines s. g. gemischten Systems zurückfiel, von dem wir hoffen, daß man es demnächst in Oldenburg aufgeben werde. Der große Fortschritt, zu dem dort eine Zeit lang, wie in Holland, einige Aussicht war: daß man alle bisher üblichen Arten der Freiheitstrafe durch eine einzige, nur nach der Zeitdauer abgestufte Einzelhaft (natürlich mit Arbeit) ersetzen würde, wie es 1857 vorgeschlagen war — unterblieb; ebenso die gleichfalls vorgeschlagene Abschaffung der mit der Zuchthausstrafe verknüpften Ehrlosigkeit, mit deren Einschränkung auf 5 Jahre nach der Entlassung man sich (in bedauerlicher Halbheit) begnügte.

---

*) Näheres haben wir darüber berichtet in den Heidelb. Jahrb. 1863, Nr. 54.

§. 50. Schleswig-Holstein. Frankfurt. Würtemberg.

1. In den Herzogthümern Schleswig und Holstein bestimmte ein Gesetz über den Strafvollzug vom 16. März 1854 die Errichtung zweier Strafanstalten, einer Auburn'schen in Glückstadt für lebenlang Verurtheilte, eines Zellengefängnisses in Rendsburg für alle Uebrigen. Hier soll die Einzelhaft abkürzen die Zuchthausstrafe bis zu 6 Jahren auf die Hälfte, von 9 Jahren auf 4, von 12 auf 5, von 16 auf 6, von 20 (der längsten zeitlichen Zuchthausstrafe) auf 7. Der holsteinische Ständeausschuß hatte 7 Jahre ganz unbedenklich gefunden, mit Recht aber es als ganz folgewidrig bezeichnet, daß auf Lebenszeit Verurtheilte nicht ebenfalls in Einzelhaft kommen, sondern gleichsam aufgegeben werden sollten. Ebenso folgewidrig sollen sonst Vereinzelte in Schule und Kirche vereinigt sein*).

2. In Frankfurt beschloß im Oktober 1856 der gesetzgebende Körper, auf Varrentrapp's ausgezeichneten Bericht hin, einstimmig: daß alle Gefängnißneubauten der Einzelhaft gemäß einzurichten seien und daß einstweilen, nach dem Vorbild von Bruchsal, ein Strafzellenhaus für etwa 196 Männer und 64 Weiber erbaut werden solle. Inzwischen hat sich aus verschiedenen Ursachen die Ausführung verzögert, obwohl die Baupläne bereits vorliegen und von Sachverständigen begutachtet worden sind. Bemerkenswerth war hier, wie auch anderwärts, z. B. in Würtemberg, daß bei Berathung dieser Frage, sogar in Bezug auf politische Verbrecher, die alten tiefen Parteiunterschiede völlig verschwanden.

3. In Würtemberg war die Regierung schon seit längerer Zeit für die Einzelhaft entschieden und man hatte bereits vor etwa 20 Jahren, ehe man sich völlig klar geworden und ein Gesetz zu Stande gebracht war, in Stuttgart theilweise ein ziemlich mißglücktes Zellengefängniß aufführen und demnächst

---

*) Dieß rügt mit Recht Sachau im Gerichtsaal 1855, I, S. 241 ff. — Ueber den weiteren Verlauf der Sache in den Herzogthümern fehlen uns bestimmte Nachrichten.

beziehen lassen, ohne daß es jedoch bis heute zu einer wirklichen Durchführung der Zellenhaft darin gekommen wäre. 1855 und, nach Auflösung der damaligen Kammer, abermals 1856 ward den Ständen ein dahin zielender Entwurf vorgelegt, der sich im Wesentlichen eng an das badische Gesetz anschloß. Ein tüchtiger Bericht von Probst und Wiest lag den Verhandlungen der zweiten Kammer im März 1857 zum Grunde, die schließlich mit 82 gegen 3 Stimmen den Gesetzentwurf, mit einigen Aenderungen, guthieß und die Erwartung aussprach, daß die Regierung auf dieser Bahn fortgehen werde. Befremdlich genug hemmte jedoch die erste Kammer den Fortgang der Sache, indem sie für jetzt die Bewilligung einer halben Million für sittliche Belange des Volks ablehnte — wie der Minister es mit Recht rügte — nachdem sie kurz vorher 50 Millionen für Eisenbahnen zu genehmigen keinen Anstand genommen hatte. Daß diese Ablehnung mit der Frage selbst gar nicht zusammenhing und am Wenigsten aus einer Abneigung gegen die Einzelhaft entsprang, sind wir indeß ebenso zuverlässig versichert worden als daß an einem, obwohl heillos verspäteten, günstigen Fort- und Ausgang der Sache nicht zu zweifeln ist.

§. 51. Bremen. Hamburg.

1. In Bremen legte der Senat am 11. November 1859 der Bürgerschaft einen Gesetzentwurf über „die Ordnung des Vollzugs der Freiheitstrafen" vor, der sich auf ein eingehendes Senatsdeputationsgutachten stützte. Danach soll in den Ortsgefängnissen bis zu 4 Wochen Einzelhaft „soweit thunlich" stattfinden und zwar „auf Wunsch" mit Arbeit; längere Gefängnißstrafe, sowie Zuchthausstrafe, soll aber in verschiedenen, und für Männer und Weiber abermals getrennten, Abtheilungen derselben „allgemeinen Strafanstalt" verbüßt werden. Beim Gottesdienst, Unterricht und Spaziergang ist nur die Getrennthaltung der Abtheilungen, nicht aber der Einzelen für nöthig erklärt worden, weil man sonst zu s. g. „Künsteleien", nämlich: besondern Zellenstühlen, Spazierhöfen und Gesichtverhüllungen würde greifen müssen. Auch Solche sollen überhaupt der

Absonderung enthoben werden können, die nicht über 6 Monate zu sitzen haben, ebenfalls — „auf ihren Wunsch"; unter derselben Voraussetzung „versuchweise", mit Zustimmung des Senats, auch Diejenigen, die schon 18 Monate Gefängniß oder 3 Jahre Zuchthausstrafe in der Zelle durchgemacht haben. Solche sind dann im Arbeitsal oder im Freien gemeinsam zu beschäftigen, und deßhalb allein soll auch, wie es scheint, ein umschlossenes Grundstück zum Landbaubetrieb mit der Strafanstalt verbunden werden.

Da dieser Entwurf auch auf andere Staaten nicht gut gewirkt hat, so ist es nöthig über ihn und seine Begründung Einiges zu sagen. Obwohl viel Vortreffliches über die Einzelhaft selbst in der letzteren ausgeführt ist, so fehlt doch durchaus die folgerechte Anwendung, mithin dem Ganzen die innere Einheit. Die Hauptschuld daran trägt eine völlig falsche Auffassung des Verhältnisses der Einzelhaft zum Grund und Zweck der Strafe. Ueber diese werden nur die bekannten unbrauchbaren Allgemeinheiten vorangeschickt: daß sie, als Reaktion des verletzten Rechtsorganismus, diesen wiederherstellen solle durch ein zur Sühne geeignetes Strafleiden. Sei dessen Art und Maß, je nach der objektiven, absoluten Strafwürdigkeit der That, festgestellt, dann sei es durch „das Interesse der Rechtsordnung und ihre Sicherung, — da diese in der höhern sittlichen Ordnung wurzelt und ihre Lebensbedingung findet"—, und nicht bloß durch „polizeiliche Gründe", geboten dahin zu wirken, daß die Sträflinge nicht nur nicht verschlechtert, sondern sogar gebessert werden. Demzufolge glaubte man (mit Hoyer) die Gerechtigkeit suchen zu müssen in starrer Unabänderlichkeit der Urtheile, mithin in der Unzulässigkeit ebensowohl von bedingten Beurlaubungen als von Ergänzungsstrafen. Ebenso sah man (mit ihm) irrig in der streng folgerechten Durchführung der Einzelhaft bloße „Künstelei", ganz richtig aber einen Widerspruch darin, daß manche Vertreter der Einzelhaft dieser unter allen Umständen nach Ablauf einer gewissen Zeit ein Ende gemacht wissen wollten, sie als „an sich härter" betrachteten und daraufhin ihre Abkürzung verlangten.

Daß man im Uebrigen weder die ganze Bedeutung der Einzelhaft noch die Nothwendigkeit begriffen hatte mit ihr eine gänzliche Umgestaltung zunächst wenigstens der heutigen Eintheilung der Strafen, und vollends der Freiheitstrafen, zu verbinden*), erhellt aus Folgendem.

Geradezu unbegreiflich will man nämlich, sobald es nur nicht aus besondern Gründen offenbar unstatthaft erscheint, den so zahlreichen auf kürzere Zeit Verurtheilten „auf ihren Wunsch" diese Wohlthat entziehen und somit das abenteuerliche Recht einräumen, Andere zu verderben oder sich durch sie verderben zu lassen! Gerade bei kurzer Strafdauer ist so sicher, wenn auch nicht vollständige Besserung, doch ein tiefer Eindruck nur von der Einzelhaft zu erwarten, daß gerade dann fast einstimmig Alle, auch ihre sonstigen Gegner, sie fordern. Wie darf man ferner von der Voraussetzung ausgehen (durch die man sich übrigens, wie Varrentrapp richtig bemerkt**), unbewußt auf den Standpunkt der Besserungstheorie gestellt hat), daß die tiefer oder weniger tief sittlich Gefallenen während je 3 oder $1^1/_2$ Jahren soweit gebessert seien, um in den s. g. Prüfungszustand (richtiger: in die Versuchung) des Zusammenseins mit Ihresgleichen versetzt werden zu können? wie darf man Dieß vollends dann wenn man selbst zugibt, daß gerade die Besseren am Seltensten nach dieser gefährlichen Gemeinschaft Verlangen tragen?

Ebenso unbegreiflich sucht man ängstlich — durch Festhalten von allerlei Schärfungen und Nachtheilen in Bezug auf Kleidung, Kost, Ehre ꝛc. — den innerlich ganz haltlosen und mit der Einzelhaft schlechthin unvereinbaren Unterschied zwischen Vergehen und Verbrechen, Gefängniß- und Zuchthausstrafe zu retten — warum nicht auch noch die beide vermittelnde Arbeithausstrafe? — aus Furcht, daß dieser Unterschied sich sonst in der

*) S. die 11. Abh. „Die Vereinfachung der Freiheitstrafen" in unserm „Strafvollzug ꝛc."

**) In seinen „Bemerk. über die in Bremen beabsichtigte Erbauung einer allgem. Strafanstalt" 1860. S. 27.

öffentlichen Meinung verwische! Allein bei Zellenhaft ist ja, wie Varrentrapp hierzu bemerkt, „ein Jeder in einer besondern Abtheilung“. In dieser Ahnung, wenn nicht bloß um zu sparen, hat man endlich in Baden die Arbeithausssträflinge gleich den Züchtlingen in's Zellengefängniß gebracht. So gewiß Individualisirung nur bei der Zellenhaft möglich, aber auch bei aller Zellenhaft unerläßlich ist, so gewiß kann bei ihr nicht mehr die Rede sein von einer besondern, den Züchtlingen vorbehaltenen, „Gleichmäßigkeit der Behandlung“. Andere Unterschiede — auch z. B. in der Zahl der zulässigen Besuche oder Briefe von Verwandten, in der Größe des Verdienstantheils u. s. w. — hier machen zu wollen als der Zweck der Strafe sie erfordert, verräth ein bloßes Anklammern an die hergebrachten Vorurtheile.

Gute Bestimmungen enthält der bremische Entwurf in Betreff der weiblichen Aufsicht für die weiblichen Sträflinge, des Aufsichtausschusses und der Gefangenarbeit (nicht so in Hinsicht des Unterrichts); doch leuchtet unwillkürlich der Wunsch durch, eine Strafanstalt zu besitzen, die sich soviel möglich — etwa durch Gemüsebau — freiarbeiten möchte. Unterdessen scheint die Sache wieder für einige Zeit zu ruhen.

2. Ebendieß scheint in Hamburg der Fall zu sein, wo schon früher in einem von Hudtwalcker erstatteten Bericht zum Behuf der aufzuführenden Neubauten beantragt war, als Regel die Auburn'sche Haft anzunehmen, hingegen nur als Ausnahme und zwar zufolge richterlichen Erkenntnisses nicht über 6 Monate, außerdem solange die Sträflinge es wünschen, eine halbe Einzelhaft, d. h. ohne Trennung in Schule und Kirche sowie beim Spaziergang.

§. 52. Hessen-Darmstadt. Baiern.

1. Auch in Hessen-Darmstadt betrat man 1860 den Weg der Gefängnißverbesserung; und zwar ging dort (zum Unterschied von Würtemberg) die Anregung dazu von der ersten Kammer aus. Einen Antrag auf Einführung der Einzelhaft in den Strafanstalten des Landes stellte Graf K. v. Görtz,

der in weiteren Kreisen durch seine Reisen bekannt geworden ist, und dem man nicht nur eine sehr lehrreiche Schilderung des filadelfischen Zellengefängnisses verdankt, sondern auch eine Reihe trefflicher und feiner, daran geknüpfter, Bemerkungen über die Bedeutung der Einzelhaft. Diesem Antrag trat die Kammer einstimmig bei, nachdem zuvor durch den Präsidenten von Hesse ein ausgezeichnet kundiger und klarer Bericht erstattet worden war, — ein Bericht, der, obgleich dessen Verfasser sich noch nicht von den herkömmlichen Strafrechtsansichten loszureißen vermochte, doch so überaus viel Gutes und Treffendes enthält, daß ihn Füeßlin*) mit Recht allen Regierungen zur Beherzigung empfohlen hat. Dessen Schlußantrag ging bestimmt auf Einführung der Zellenhaft in den Zucht- und Korrektionsanstalten nach entsprechender Umgestaltung des Strafgesetzbuchs. Obwohl nun die Bedeutung dieses letzten Punkts außerordentlich groß ist, zogen beide Kammern vor, nach dem ursprünglichen Antrag Alles der Erwägung der Regierung anheimzugeben, die hoffentlich dieses Vertrauen rechtfertigen wird und inzwischen den Antragsteller in Begleitung eines Baumeisters zur Besichtigung verschiedener auswärtigen Zellengefängnisse beauftragt hat.

2. In Baiern ward durch das Gesetz „den Vollzug der Freiheitstrafen durch Einzelhaft betreffend" vom 10. November 1861**) versuchweise Einzelhaft eingeführt für die Gefängnißstrafe von 2 Monaten bis zu vollen 5 Jahren, und zwar bei Männern bis zum vollendeten 60. Jahr, sofern dieselbe nicht, nach darüber zu treffenden Bestimmungen des Justizministers, als ungeeignet anzusehen sei. „Soweit thunlich" soll der gegenseitige Verkehr verhütet werden bei dem Zusammensein Gefangener während der Kirche und Schule, des Spaziergangs und zuweilen der Arbeit außer der Zelle (!). Ein solches Zusammenarbeiten soll auch gestattet werden zum Lohn (!) für die ein Jahr hin-

*) S. dessen Schrift: „Die neuesten Verunglimpfungen der Einzelhaft." 1861. S. 76.

**) S. bair. Gesetzblatt 1861, Nr. 17, S. 273.

durch bezeigte Besserung, und zwar in derselben Anstalt. Auch soll es, ebenso wie die Zellenhaft selbst, Kürzung der Strafe um 1/3 nach sich ziehen. Eine Strafkürzung soll aber nie stattfinden während des ersten halben Jahrs der Haft, ebensowenig — obwohl dafür jeder zureichende Grund fehlt — dann wenn ein Sträfling freiwillig sich für die Zelle entscheidet. Abgesehen von den vorgeschriebenen öfteren Besuchen soll in der Zellenhaft dieselbe Behandlung und Hauszucht eintreten wie bei allen andern Gefangenen (!), also wohl auch Prügel, Ketten und einiges Krummschließen. Wir gestehen, daß wir von Baiern etwas Besseres erwartet hatten als dieses die Einzelhaft so durchaus verunstaltende Gesetz, von dem nicht zu begreifen ist, wie man es auch nur als Grundlage zu einem gesunden Versuch brauchen zu können glaubte, wenn man sich denn einmal, hier wie anderwärts, noch immer nicht scheut neue Versuche in einer Sache anzustellen, von der man wissen sollte, daß sie längst über die Zeit des bloßen Versuchmachens hinaus ist.

§. 53. Hannover. Braunschweig.

1. In Hannover forderte die Regierung im Januar 1860 an die Stände eine Geldbewilligung für bauliche Einrichtungen zur Verbesserung der Gefängnisse, deren Dringlichkeit wiederholte Anträge der Stände anerkannt hatten. Sie erklärte richtig als Vorbeding dafür Entscheidung über den Grundsatz, von dem auszugehen sei und bekannte sich entschieden zur Einzelhaft; diese sei nach allen Erfahrungen die den Strafzwecken förderlichste, darum gerechteste Haftweise; nur sie gebe die Möglichkeit individueller Behandlung in weitester Ausdehnung und dürfte daher auf Gefangene aller Art, auf kurzzeitige und langzeitige Haften, Anwendung leiden. Auch würden bei richtiger Ausführung Gefahren für die körperliche und geistige Gesundheit davon nicht in größerem Maß zu befürchten sein als bei der gemeinsamen Haft. Schon hieraus und aus vielen andern, zum Theil vortrefflichen Bemerkungen im Lauf der nun folgenden sehr eingehenden Kammerverhandlungen (besonders von Seiten v. Bothmer's, der bestimmt auf eine nahende gänzliche

Umgestaltung des heutigen Strafrechts in Folge des Grundgedankens der Besserung hinwies) erhellte, daß die hannover'sche Regierung weit klarer über das rechte Ziel sei als die meisten andern. Die Kammern bewilligten das Geforderte „für allmähliche Durchführung der Einzelhaft, zunächst in den Zucht- und Korrektionshäusern" und knüpften daran das Verlangen einer Gesetzvorlage über den Vollzug der Einzelhaft, die Strafkürzung in Folge derselben und die entsprechende Umänderung des Strafgesetzbuchs.

Am 18. Februar 1864 wurde denn auch ein Gesetzentwurf „über verschiedene mit der Reform der Strafanstalten in Verbindung stehenden Abänderungen der Strafgesetzgebung" mit kurzer Begründung den Ständen vorgelegt, der freilich nicht entfernt den Hoffnungen entspricht, die man nach dem Vorangegangenen hegen durfte, vielmehr ein so deutliches Abfallen von den eignen richtigen Grundsätzen verräth, daß man den übeln Einfluß der zunächst vorhergegangenen gesetzgeberischen Arbeiten von Bremen und Baiern kaum verkennen kann, während man durch Beachtung des in Italien und Portugal Geschehenen in Festhaltung jener Grundsätze würde bestärkt worden sein. Es soll danach regelmäßig bei allen 5 Arten der Freiheitstrafe (soweit es heute schon möglich) Einzelhaft eintreten — bei der Kettenstrafe natürlich ohne Ketten — mit der (unverständlichen!) Ausnahme der Gefängnißstrafe, im Fall diese mit Arbeit geschärft ist. Die Einzelhaft soll ohne Zustimmung der Sträflinge nur drei Jahre dauern, bei Solchen, die unter 16 oder über 60 Jahre sind, sogar nicht über 3 Monate und bei Werkhausgefangenen selbst mit ihrem Willen nicht über diese letzte Zeit (!). Bei kürzeren Freiheitstrafen soll keine Abkürzung durch die Zelle herbeigeführt werden, wohl aber bei längeren, und zwar, je nach Art und Dauer der Freiheitstrafe, in mehr oder minder steigendem Verhältniß. Es ist nur zu bedauern, daß dieser an sich ganz richtige Grundsatz, zufolge des unglückseligen Beibehaltens der bunten Musterkarte von 5 ganz grundlos unterschiedenen Freiheitstrafen zu einer ähnlich gekünstelten und verwickelten Berechnung geführt hat wie, aus demselben Grunde, im italienischen Entwurf. Die Unverträglichkeit der dermaligen Eintheilung der Freiheitstrafen mit der Einzelhaft ist nur insoweit anerkannt worden, als man denn doch wenigstens von der „Kettenstrafe" das Unterscheidende — die Ketten —, bei ihr sowohl als bei der Zuchthaus- und Arbeithausstrafe die Grade, bei allen Freiheitstrafen aber die Schärfungen, wegfallen lassen und Arbeit einführen will. Gewissermaßen als Annäherung an die Wahrheit ist noch die Vorschrift zu bezeichnen, daß mehre zuerkannten gleichartigen Strafen für eine Strafe gerechnet werden sollen. Die Zeit ist hoffentlich nicht mehr fern, wo man über Strafansichten lächeln wird, die folgerecht dazu führen würden, daß man z. B. einem Dieb für jede von 365 verschiedenen Bethätigungen seiner diebischen Neigung, als ebensovielen selbständigen Verbrechen, ebensoviele besonderen Strafen (etwa von 365 mal 4 Wochen) in Rechnung bringen müßte, wenn anders man den Muth hätte die ganze Ungereimtheit des herrschenden Grundsatzes blinder Wiedervergeltung durch dessen streng folgerechte Anwendung bloßzustellen. —

2. Auch in Braunschweig erschien am 2. Febr. 1864 ein Gesetzentwurf über die Freiheitstrafen und deren Vollziehung, dessen Motive mehr noch als seine Bestimmungen durch manche Lichtblicke sich auszeichnen, deren Früchte freilich durch ähnliche Einflüsse wie in Hannover gelitten haben. Es wird gesagt, daß alle Strafgesetze und Mittel des Strafvollzugs, also auch die Einzelhaft, „die Würde des Menschen auch im Verbrecher anerkennen, jede nutzlose Mißhandlung ausschließen, hauptsächlich Zurückführung des dem Gesetz widerstrebenden Willens zum Gesetz, sittliche Umwandlung bezwecken müssen".

„Ein Recht des Sträflings auf Gesammthaft" streite mit dem Begriff der Strafe schon jetzt, sei mithin auch nach einer bestimmten Dauer der Einzelhaft nicht anzuerkennen. Ebenso wird an wirklicher durchgehender Absonderung (auch in der Kirche rc.) folgerecht festgehalten, freilich nur solange nicht überhaupt — d. h. meist nach 4, ausnahmweise schon nach 2 Jahren — die „unzweifelhafte Besserung" und „der Raum" erlauben, dem „Wunsch" der Sträflinge zu willfahren nach Versetzung in die Gefahr des Verderbs durch Mitgefangene, z. B. durch Siebziger, bei denen in der Regel die Zellenhaft wegfällt. Gleich verkehrt sollen künftig alle Sträflinge nur mit ihrem Willen zu öffentlichen Arbeiten verwandt werden, obwohl oder vielmehr weil (!) man letztere selbst für ganz unstatthaft, der Zucht und Sicherheit gleich gefährlich erkennt, abgesehen von der darin liegenden „entsittlichenden Schaustellung"! Sähe man nicht einseitig in der Einzelhaft nur ein schweres Uebel, statt einer die Individualität rettenden Wohlthat, mithin nicht in der Enthebung von ihr bloß eine Erleichterung und Erlösung vom Uebel, wähnte man nicht ferner, daß mit der Zeit die Einzelhaft abstumpfe, unbehülflich und unfähig mache Versuchungen zu widerstehen, so würde man schwerlich in Versetzung zur Gesammthaft „auf Wunsch" den rechten Weg zur Vermittlung des Uebergangs in die Freiheit, in dem Gegentheil aber eine Uebertreibung zu finden glauben. Es ist ein schwerer Irrthum, daß eine solche Vermittlung, oder gar der im Ausschußbericht empfohlene sinnlose irländische Weg derselben, weniger Gefahren bringe als die Freiheit selbst. Aus unzureichenden Gründen will man die Einzelhaft nach vierjähriger Dauer nicht ferner kürzen, vorher aber ungleich — um $^1/_5$ bis zu $^1/_3$ — je nach Art der 4 Freiheitstrafen, die man (obgleich nur zwei Arten zu rechtfertigen seien) in der Hauptsache beibehält, sammt Entehrung, ausgezeichneter Kleidung, schwereren Arbeiten, an welche alten Unterschiede man sogar neue geknüpft. Nur die alten Schärfungen durch Ketten, Wasser und Brod, Einsamkeit werden beseitigt, letztere auch, wie das Prügeln, als Hausstrafe. Das „Nebenstrafübel" der Polizeiaufsicht soll das Ministerium erlassen und vorläufige Freilassung (die des guten Erfolgs sichrer sei als die heutigen Begnadigungen) nach mindestens $^2/_3$ der Strafzeit verfügen, ebenso nothfalls zurücknehmen können; denn mit Recht erkennt man die Forderung begründet, daß bei Dem ein Theil der Strafe wegfallen müsse, der sich eher gebessert hat als Gesetz und Gericht vorausgesetzt haben und voraussehen konnten. Verkehrt soll Einzelhaft in jedem Fall erst durch den Gefängnißvorstand und Arzt verfügt und sie Frauen immer nur sehr beschränkt zu Theil werden, obendrein sogar unter demselben Dach mit Männern. Auch ist zu besorgen, daß man weniger Zellen bauen werde als nöthig sein werden, sobald man von ungerechtfertigten „Enthebungen“ von der Einzelhaft zurückgekommen sein wird.

Sind wir anders recht berichtet, so geht man auch in Nassau und Weimar, unter dem Einfluß sachkundiger Männer, damit um eine Umgestaltung des Gefängnißwesens im Sinn der Einzelhaft vorzubereiten; und so dürfen wir hoffen, daß Schritt vor Schritt demnächst das ganze Deutschland in den rechten Weg einlenke.

CPSIA information can be obtained
at www.ICGtesting.com
Printed in the USA
LVHW110111200422
716647LV00003B/113

9 783752 596236